異世界に行ったので
手に職を持って生き延びます
1
白露鶺鴒
HAKURO SEKIREI
ILL. LINO

CHARACTERS
マリィ
レオニス
クレイン
パメラ

ナーガ
ラズ
グラノス

「〈調合〉のアビリティを持ってるのか」

「……一応」

「傷薬くらいは作れるな。

薬草の納品なら一日百Gも稼げないが、
傷薬にして納品すれば二百から
三百Gにはなるぞ。

もっと難しいものなら、かなりの金額になる」

「やった！　生きてく目途が立った！」

CONTENTS

1. 真っ白い世界で

〔お前たちを異世界に転移させる。どのように転移するかを自分で選ぶといい、時間は三時間だ〕

突然、頭の中に声ではない何かが響いた。驚いて、きょろきょろと視線を周囲に向け、様子をうかがう。

見渡せば、何もない真っ白な世界。自分と同じように辺りを見回す人、雄叫《おたけ》びを上げる人、跳びはねて喜ぶ人もいれば、膝をついてショックを受けている人もいる。たくさんの人がかたまりになっていた。この空間に何人いるのか、はっきりした数はわからない。ひとかたまりになっていて、その先はただ真っ白い空間が見える。

突然のことに、どうすればいいかわからない。さっきまで何をしていたのか、思い出そうとするとズキッと頭が痛くなる。

「なんで……」

自分が何をしていたのかと思い出そうとすればするほど、頭痛が酷《ひど》くなっていくのを感じる。耐えられずに自分のことを考えることをやめて、再び周囲を観察する。ぽつぽつと話しかけて数人でまとまって話をしている人や、何もない宙を見つめて指を動かす人、頭を抱えて膝をついている人などが見えたが、この状況に混乱しつつも、動き出している人の方が多かった。

私も誰かに話しかけたほうがいいか……。周囲を確認するが、うまく話しかける言葉が見つからない。

周囲にいる人は、七十歳くらいの老齢の方から、中学生くらいの若い子もいる。男女比は、多分、七：三くらいで男性の方が多い。男性の年齢は様々、女性は十代・二十代くらいの子が多い。自分の年代に近い女性は周囲にはいない。日本人ではなさそうな人たちも結構な数いるけど、話している言葉は同じ。発音も綺麗《きれい》で、どこか違和感がある。

しばらく観察していると、「ステータス画面を開いて、プロフィールを自分で決められる」「俺は勇者になる」「魔法使いがいい」という声が聞こえてきた。

「なるほど……といっても、どうすればいいかな」

ためしにステータスと呟《つぶや》くと、透明なアクリル板のようなものが空中に浮かんでいる。サイズは縦15センチ、横20センチくらいで、文字が書かれている。

・名前 ・種族 ・性別 ・体格 ・魔法 ・スキル

・アビリティ
・ユニークスキル
　残り　300ポイント
・能力　HP《体力》・MP《魔力》・SP《気力》・STR《筋力》・INT《知力》・DEF《防御》・MDF《魔法防御》・AGI《敏捷》

何かのゲームのようなステータスの画面だった。画面を見ながら、どうしようかと考える。

異世界への転移が本当だとしたら……。このステータスの割り振りは、今後を決める重要な内容になる。

しかし、ステータスを振ってキャラメイキングをするようなゲームはしたことがない。学生時代には、それなりにゲームもしていたけど、プレイヤースキルが高いほうではなく、モ○ハンとかで一度だけ上位にいけただけだ。レベルを上げればなんとかなる類《たぐい》のものしか、したことがない。キャラメイクの仕方、強くなる方法が全然わからない。

周りを確認しても、みんな自分のことだけで精一杯なのか、ステータス画面があるだろう空間を見て、指でいじっている。若い子やコミュニケーション能力が高い人たちは集まって相談しているみたいだけど。相談しに行く勇気が持てない。

そもそも、相談をして、その通りに振った場合、今後もその人の指示に従うのか？　初対面で、自分のすべてを託すか？　………無理。自分で考えるほうがまだ納得できる。何もわからないからこそ、人任せにはできない。

まずは、名前。これは全く思い浮かばない。そのまま自分の名前を、と思ったら、頭痛が起こる。頭痛が激しくなり、考えることを放棄する。自分の名前すら思い出すこともできないらしい。

頭痛の原因がわからない。自分のことを思い出さないようにするなら、学生時代のゲームのことなんかもダメなはずなのに。ゲームをしたことがあるのは思い出せた。法則性がわからない。

「くっ……」

なぜだろうと考えると、再び頭痛が酷くなる。自分の名前を考えることを放棄して、ステータスの方に頭を切り替える。

種族は、いくつかの中から選べるみたいだけど、これは後で考えようかな。

『魔法』は〈水魔法〉とか〈火魔法〉とか。魔法レベルは1から10まで。

火魔法1（必要ポイント：10）
火魔法2（必要ポイント：20）
火魔法3（必要ポイント：30）
火魔法4（必要ポイント：50）
火魔法5（必要ポイント：70）
火魔法6（必要ポイント：90）

火魔法7（必要ポイント：120）
火魔法8（必要ポイント：150）
火魔法9（必要ポイント：180）
火魔法10（必要ポイント：220）

魔法レベル1だと10ポイント。レベルが上がるとポイントは増えていって、レベル10だと合計で220ポイントが必要になる。『スキル』は〈剣術〉とか〈槍術《そうじゅつ》〉、武術系のことで、同じくスキルレベルは10まで。『アビリティ』もレベルは10までで、必要なポイントは一緒か。

色々と種類があるみたいだけど、ポイントは一律で決まっている。魔法やスキルに比べて、アビリティはたくさんありすぎて、目が泳ぐ。武器と魔法に関係しないものは全部アビリティに分類され、多すぎて何がいいとかはわからない。

さらに下にあったのは、『ユニークスキル』。これは三つずつ並んでいる。

例えば〈剣の嗜《たしな》み〉（50ポイント）、〈剣の道〉（150ポイント）、〈剣の極み〉（250ポイント）。三段階で、一番良いのを取ると、他はほとんど選べない。ただ、ユニーク……独自性とか、唯一という意味なら、やはり強そうだから取っておきたい。一通り、ステータスを見て、どうしようか考える。最初に頭に声が響いたときから、すでに一時間を経過してしまった。このまま何もしないで、三時間経過してしまうとどうなるのか……。時間切れでそのまま放り出されるとか、あるかもしれない。

急いでステータスを決めてしまおう。周囲も、最初より人が減ってきている気がする。ステータスを決めた人たちがいなくなっているなら、ゆっくりしていられない。

まず、気になっているのは、ユニークスキルの〈直感〉と〈幸運〉。

ユニークスキルはポイントをかなり使う。〈直感〉は二段目だから150。一段目の〈幸運〉は50。二段目の〈強運〉なら150か。

〈直感〉は持っているポイントの半分を使う。別の世界が今までのような平和な世界とはならない可能性が高い。こんなに戦闘するための能力ばかりなら、危険な世界と考えたほうがいい。生き抜くためには、〈直感〉や〈幸運〉が必要だと思う。

私は運がいいほうではない自覚がある。選択肢の二択とかは、必要なときには当たらない、当てられない。どうでもいいときには当たるけど。

試験の時、選択肢を五択から二択まで絞ることができるのに、最後で外す。記述式はきちんと答えられるのに、なぜか選択式になると外す。実力がないと言われればそれまでだけど。少しくらい運が欲しい。

運に関係しそうなユニークスキルは、〈幸運〉〈強運〉〈激運〉と、〈虫の知らせ〉〈直感〉〈超直感〉。他に運と付いているのは、〈天運〉〈天命〉〈天業〉。これは求めているものではなさそう。

〈幸運〉と〈直感〉がどう違うか、いまいちわからないけど、どちらかは欲しい。

どんな内容なのか確認するために、〈直感〉を選んでタッチすると、他のユニークスキルは灰色になってしまった。もう一度タッチしても全く変わらない。〈直感〉に触れても、他に触れてみても何も変わらなかった。

……え？　あれ、一度選んだら戻せない？　確認ボタンとかない？　詳細が確認できると思ったのに、触れると確定だったらしい。とりあえず、悪い選択ではないと信じよう。

異世界で危険が迫ったとき、「運よく助かった」と「危ないと感じて危険を回避」とのどちらがいいか。できるなら回避したい。最初から危ないところに近づきたくない。〈虫の知らせ〉は、良くないことを知らせるって意味だとするなら、〈直感〉の方がいい。

多分、〈幸運〉とかだと、RPG定番のアイテムドロップとか良くなる気はするけど。ドロップが良いのは、アドバンテージはかなり大きいけど、それよりも「いのち大事に」で生き抜きたい。ユニークスキルは、取りたいのを取ったと考えよう。次からは、本当に必要と思うものを取っていこう。取り返しがつかないから、気をつけよう。

残りポイント　150。最初に戻って、種族から考えよう。

ヒューマン、エルフ、ダークエルフ、ドワーフ、獣人、鳥人、魚人、竜人、妖精、天使、悪魔。これが、ピュア、ハーフ、クォーター、ミックスなども選べるようになっている。種族によって、ステータスが変化する。

ヒューマンはすべての能力が標準的。ほかの種族は数値がバラバラになっている。どれを選ぼうかな。種族との組み合わせによって、種族としての特徴がどれだけ出るかが変わる。

獣人のピュアは獣らしい見た目になるのに対し、ミックスであれば体に痣《あざ》があるだけで、痣を隠せば種族はわからないと思う。それに魔法適性とか、耐性とかも変わる。獣人は魔法は苦手。魔法を使えないし、耐性も弱い反面物理には強い。エルフは魔法が得意で、防御が紙装甲な種族だったりする。

これ、ピュアだとかなり極端なビルドになるかも。ポイントを使って弱点を増やす感じになってしまう。ミックスとかクォーターだと極端というほどではないし、ポイントも少ない。自分のやりたいことによって種族をカスタマイズして選ぶのがいいかな。ポイントはヒューマンを除き、どの種族もピュアは150ポイント、ハーフは100ポイント、クォーターは60ポイント、ミックスは30ポイント。

私の考えとしては、能力値の高さから天使族がいいと思う。悪魔も能力値は高いけど、種族がばれたときに危険な気がする。魔女狩りとかの対象になったら困るから、やめておこう。

それに、天使族は〈光魔法〉の適性とかが高そう。魔法の種類に回復魔法という種類がなかったから、〈光魔法〉は回復だと考える。いざというときを考えて、回復魔法は覚えておきたい。

天使族は輝く銀髪で瞳の色が黄金色なのかな。ピュアの場合には、これを変えられない。ハーフは同じように輝く銀髪で黄金の瞳を受け継いでいる。こっちも、色の変更はほぼできない。クォーターやミックスの天使族になると、髪は銀髪だけど、輝き加減がだいぶ減っている。目は金色。ちょっとにごったような瞳になっている。天使族の外見の特徴は髪と瞳の色だけかな。

異世界で目立つ外見は困るけど、クォーターやミックスだと結構色を変えることもできるみたい。

銀髪は目立つかもしれないから、白色に近いように、あんまり艶《つや》を出さずに輝きを消して、ほぼ白色にして、目ははちみつ色。瞳の色くらいしか、ヒューマンとの違いがなさそうだから、目立たない。もし、瞳の色に問題がありそうなら眼鏡でもかけよう。それと、肌の色も変えられる。これは、普通にデフォルトにしておこう。

よし、種族はミックス（天使族）。女の子で、背は平均身長と同じくらいの158センチにした。天使族って身長が高めなのか、体格が小柄と表示され、若干幼い顔つきに変わった。

ついでに、ミックスの天使族を選んだら、〈祝福〉というアビリティを覚えて、10ポイント消費されてしまった。種族を選ぶとセットでアビリティが付いてくることがあるらしい。〈光魔法〉、〈聖魔法〉の横に適性○と表示されている。せっかくだから、種族適性がある〈光魔法〉と〈聖魔法〉をレベル1で取得しておこう。

あれ？　そういえば、最初に魔法の種類を見たときには〈聖魔法〉なんてなかった気がする。適性がないと覚えられない魔法もあるってことかな。

あとは、冒険するなら〈水魔法〉。探索で迷子になって持ってる食料がなくなっても、水があれば生きていけると聞いたことがある。水は大事。自分で水を出せるなら、危険が減るはず。魔法はとりあえず三種類。〈水魔法〉を取った時点で、なんか〈複合魔法〉が選べるようになっている。複合ってことは、魔法同士を組み合わせるとかができそうだよね。これも良さそうだから取っておこう。

次は、スキルかな。武器を何にするか。正直、武器は何を使えばいいかわからない。〈体術〉はとっておこう。武器がなくても戦えるようにしておくことは大事。魔法と同じで、レベル4からポイントが高くなってるから、〈体術〉はレベル3にしておこう。ある程度は動けるようにしておかないと、何かあったときに対応できない。

他の武器は……。弓は敵に近づかないでよさそうだけど、うまく使える自信はない。槍《やり》は洞窟とか狭いところを歩くのに邪魔になる。斧《おの》は重そうだし、剣よりリーチが短いから使いづらそう。無難に剣にしておいて、実際に使いながら武器を変えてもいい。武器は変えるかもしれないから〈剣術〉のスキルレベルは1。残りポイントは30か。

「どうしよう……」

異世界に行って、魔物とかと戦闘をするとしたら……。他の人たちはもっと強くなるようにポイントを振っているだろう。私の振り方は強くない。

自分が生き残るために必要だと考えて振ったわけで、強くなるとか二の次だったから、仕方ない。生き延びることを目的にユニークスキルを取ったことに後悔はないけど、強さが足りないので他の道も考えておこう。

色々と考えたけど、戦いのみではなく、手に職を持っておいたほうが生きていくのに困らない。どんな世界であっても、専門職であれば食いっぱぐれることはないのでは？　とはいえ、向こうの世界がどのようなところかわからない。戦い以外の道は生産職が無難。

生産系のアビリティは〈錬金〉と〈調合〉か。両方取っておこうかな。何が違うのかはわからないけど、どっちもあって困るものではない。あと、〈付与〉？　武器とか、防具、魔道具とかに属性を付与できるイメージだけど。便利そうだから、取っておこう。

まあ、私にはコミュ力がないので商売には向かないから、自分用に作るだけになる可能性は高いけど。


最後に名前は、クレイン。

よし、残り四十五分。これで決定だ！　決定をタッチしたら、次の画面が出てきた。

キャラ設定の次は武器と防具などの装備。三千Gの予算で武器とか防具を選ぶのか。装備は、試しに持ってみることができたので、剣を振ったり、防具を身につけたりしてみた。結構、重い……。

鉄の剣は七百五十G、銅の剣は二百五十G、木剣は百G。鋼《はがね》の剣は二千二百五十Gもするのか。防具も大体同じ値段かな。お金も残しておきたいから銅と革にしておこう。無理に高い装備を買うよりも、お金は残しておいたほうが、何かあったときに使える。お金は大事。

銅の剣、銅の小盾、銅の胸当て、革の籠手《こて》、革のブーツ、革の帽子、革のマント。合計千百五十G。残金千八百五十G。

通貨の価値がわからないから、残りの額がこれだけあっても不安ではあるけど……。これでいくしかない。

《ステータス》

・名前　：クレイン
・種族　：ミックス（天使）
・性別　：女
・体格　：小柄
・魔法　：聖魔法　LV1　浄化〈プリフィケーション〉、聖光線〈ホーリーレイ〉
　　　　　光魔法　LV1　光〈ライト〉、回復〈ヒール〉
　　　　　水魔法　LV1　水〈ウォーター〉、水の矢〈ウォーターアロー〉
　　　　　複合魔法　LV1　―
・スキル：体術　LV3　〈スマッシュ〉、〈気合ため〉、〈カウンター〉
　　　　　剣術　LV1　〈スラッシュ〉
・アビリティ：
　　　　　祝福　LV1　―
　　　　　調合　LV1　―
　　　　　付与　LV1　―
　　　　　錬金　LV1　―
・ユニークスキル〈直感〉
・能力
　HP《体力》30　MP《魔力》28　SP《気力》16
　STR《筋力》13　INT《知力》20　DEF《防御》12　MDF《魔法防御》20　AGI《敏捷》15

ステータスは、平均よりは魔法職寄りになっている。DEF《防御》が低いのが気になるけど。防具をつければ防御は上がるから、合計ステータスは悪くない。

魔法は呪文、スキルは特技をレベルによって覚えた。予想通り、回復魔法は光だった。よかった。回復手段を手に入れたのは大きい。これで、怪我《けが》しても大丈夫だ。

これでよし。異世界に行くぞと思ったが、さらに、選択画面。行く先の設定だった。

転移場所は国が三つ。帝国、王国、共和国。どこがいいとか選ぼうにも、国の特徴とか書いてないから、選びようがない。強いて言うなら王国かな。

帝国とか、あまり良いイメージがない。共和制というのも馴染《なじ》みがないから。……まあ、王国も似たようなものだけど。

王国を選ぶが、どうやらこれはキャンセルが可能らしく、他の選択肢が灰色になってない。王都と市街が三つ、町が三つ、村が三つ、全部で十か所ほど行ける場所があるらしい。

確認のために他の国も調べたけど、どの国でも十個の中で選べた。王都は、首都だとすると、生活費とか、その他色々にお金かかりそう。お金がかかる地域は最初の頃大変そう。逆に村は田舎すぎて色々と不便な可能性がありそう。町くらいなら程よく人がいる気がするから、町にしておく。

王国の三つある町の一つを選ぶ。〈直感〉は働いていないような……どれでも変わらないのかな。

よしっと頷《うなず》いて、転移のボタンを押すと、次の瞬間には、それなりの規模がありそうな町の入り口近くに立っていた。

真っ白な世界にいたときより人数は全然少ないけど、多分、同じような立場の人たちが少し離れたところにいる。二十人くらいかな。

「あ、武器とか防具が、鉄とか鋼だ……すごい」

銅装備って私しかいない……でも、お金が残っていないのでは？　様子を見ていると何やら演説をしている人がいる。声は聞こえないけど、みんな真剣に聞いているようだ。

そちらに向かうほうがいいかなと思って、足を向けた瞬間、体に電流が駆け巡るような、視界がぐにゃっと曲がるような、妙な感覚が起きる。体の中で何かが、団体に合流することを拒否している。行くな！　という警告？

踏みとどまり、もう一度、集団を見る。別にこちらを攻撃してくる感じはしない……。みんなこっちには気づいてないと思われる。とりあえず近づかないほうがいい。別方向へと足を踏み出すと今度は何も感じない。

おそらく、今のは〈直感〉だと思う。理由はわからないけど、〈直感〉が働いているならば、それに従い合流はしない。君子危うきに近寄らず、という言葉もある。よし、さっさと町に入ろう。

なんか、視線を感じるけど、気のせい、気のせい。私は関わらない。

町に入ろうとして、門番さんに声をかける。身分証がない人は、百G支払う必要があった。身分証を発行してもらう方法を聞いたら、各ギルドで発行してくれるそうだ。金額も聞いてみると、冒険者ギルドなら三百G、商業ギルドなら五百G、鍛冶《かじ》・仕立て・錬金・薬師ギルドは千G。なかなかに厳しい額ではある。お金を残しておいてよかった。

町に入って、身分証を作るしかないから、必要経費。

門番に百G渡して、冒険者ギルドで身分証を発行したいと言うと、少し驚いた顔をされた。「冒険者はならず者が多いぞ」と警告されたから、頷いておく。門番がさらに何か言いたそうにしているが、何か変なことをしたんだろうかと思って、ふと、思いついた。

あれ？　もしかして、町の外にいたあの人たち、町に入れなかったとか？　装備が立派ということは、町に入って身分証を得る最低限の四百Gも手元にお金が残ってない可能性があるかも？　ふと、考えたことは頭の隅において、門番さんに必要なことを確認しておく。

冒険者ギルドの場所、宿などの必要となる施設を聞くことができた。宿は、最低価格は十Gだけど、三十から五十Gくらいの方が安全・安心だと聞いた。

よし、まずは冒険者ギルドに行こう。説明聞いたら、宿は五十Gのとこにしよう。早々に稼げるようにならないとすぐに資金難になりそう。

冒険者ギルドに行くと入り口には怖そうな人が、何人か座り込んでいる。コンビニの入り口で座り込む若者みたいで、ギルドに入りにくい。こちらをじろじろ見ているのはわかるけど、声をかけてどいてもらうのも変だから、行くしかない。身分証は大事だ。この町に入るたびにお金を取られてたら、お金がいくらあっても足りない。

気合を入れて、座り込んでいる人たちの間を通り、ドアを開けると、中にいた人たちが一斉にこっちを見る。なんか、観察されてる？　敵意っていうのか、うん、好意的な視線がない。

正面のカウンターに三人、綺麗な人たちだけど、空気が重くて声がかけにくい。荒くれを相手にするから、気弱な雰囲気ではだめなんだろうけど、迫力のある美人さんたちだ。でも、美人で強気なお姉さん……見てる分には目の保養になる。とりあえず、左側の金髪の女性に声をかけてみよう。

「あの……」

「冒険者ギルドへようこそ」

笑ってるけど、笑っていない。目が怖い。なんでここ来たのって、なんか後ろにダークオーラを背負っている気がする。ようこそ、なんて全然思っていないのがわかる。

「あ、はい。えっと、どうすればいいかわからないのですが……冒険者登録がしたいです」

「はい。では、まずは三百Gお持ちですか？」

「あ、あります。えっと、これでいいですか」

三百Gを取り出して、机に出す。お姉さんがお金を確認したら、途端に後ろに背負っていたダークオーラが消えた。後ろで様子を見ている他の冒険者たちからも少しだけ警戒心が薄まった気がする。

「はい。冒険者ギルドに登録する場合、登録料が三百G必要になります。ちなみに、他にもギルドもありますが、冒険者ギルドでよろしいですか？　二重加入はできませんよ」

「……簡単にですが、説明を聞きました。これから冒険者として、頑張ります」

こちらが登録について理解していたためか、ちょっと警戒度が下がった。門番さん、丁寧に説明してくれてありがとう。

冒険者の仕事には魔物討伐とかだけじゃない、困った人たちの雑用とかもあるって、聞いておいてよかった。仕事をするならば、ちゃんと受け入れてもらえるようだ。

「そうですか。では、何か戦闘スキルはありますか？」

「えっと……〈剣術〉と〈体術〉が……その、実戦経験はありません」

私の言葉に一瞬、沈黙される。その後、取り繕うように笑い、言葉を続けた。

「そうですか。確認します。こちらの水晶に手を置いてください」

「あ、はい」

実戦経験ないって言ったら、（何言ってんだ、こいつ）みたいな顔された。実戦経験ない奴が冒険者になるって、おかしいことなのか。でも、身分証が必要ならみんな登録しようとするだろう。

　水晶は曇りのない綺麗な大きい球体で、占い師さんが使うようなサイズより大きい。これ、手で触っていいのだろうか。指紋とかついちゃうけど。

「緊張しなくて大丈夫ですよ？」

「い、いえ……その……気のせいか、色々と見られてる気がして……」

「そうですね。まあ、皆さん気になるんでしょう。『異邦人』が多いので」

「う……その、異邦人って……」

「いきなり町の入り口に現れた集団ですよ。異世界から来たという」

　周りに見えないように、指で私を指したから、おそらく、「あなたもだろう？」と聞いているのだろう。ここで、嘘《うそ》をついて印象を悪くはできないから声は出さずに頷く。そんなにわかりやすいのか。あと、なんで異邦人は嫌われているのか、気になる。だけど、ここで聞くのは得策じゃない。ギルドのホール内で誰が聞いているかわからない。

「……その、異邦人っていきなり現れるとか、あるんですか？」

「そうですね。まあ、何十年かに、一度。そんなことを言う人が出るらしいですよ。伝承ですが」

「えっと……外にたくさんいますよね？」

「まあ、町の入り口にたくさんいるようですね。何もないところから現れるのも確認しています。伝承では一人とか多くても四、五人だと聞きますが、今回はずいぶんと多いんですよね」

　世間話を装い聞いてみると、困ったように答えてくれた。この世界では、異世界転移は今までもあったという。ここまで大規模な人数じゃなかったとしても、こちらの世界の人たちは、良い兆候とは捉えていないようだ。

う〜ん。詳しく聞きたいけど。それよりも気になることがある。

「……あの、そろそろ、スキルの確認できました？」

水晶から手を浮かせる。この水晶、私が話すと少し青く光る……。なんとなくだけど、嘘発見機とか、私の言動を判断している道具だと思う。普通の水晶ではないことは確かで、触っていたくない感じがする。……けど、手を浮かせたら周りがどよどよと困惑の声を出している。

「もう一度、手を置いてください」

「……はい」

少し咎《とが》めるような声で手を戻すように言われ、水晶に手を置く。理由を聞こうかと思ったが、ちょっと怖い。大人しく、言われた通りにして様子をうかがう。

「気づいたようですが、これは嘘か真実かを見極めるアーティファクトです。冒険者ギルドでは戦闘できない人を登録することはできません。身分証を作成するということは冒険者ギルドがその身を保証することですからね。きちんと人物を見極める必要があります。そのためのものです。もう一度聞きます。戦闘できるスキルはありますか？」

「〈剣術〉と〈体術〉」

簡潔に答えると青く光った。つまり、私は尋問を受けていたということだ。嘘をついていたらどうするつもりだったのか。聞きたいけど怖くて聞けない。確かに、身分証を不審者に発行するなんて危ないから、人物を見極めることは必要とは思うけど……いきなり、尋問である。気をつけない

と、犯罪者にされることもありえるのかもしれない。

「技のようなものはありますか？」

「えっと……スラッシュ、スマッシュ」

また、青く光る。嘘言ったらどうなるのか、気になる。しかし、すでに疑われてるのに、そんなことできない。最初の敵意も含めて、慎重に行動したほうがいい。

「はい。確認できました。それでは登録しますので、こちらのカードに血を垂らしてください」

「はい」

机に置いてあったペーパーナイフのようなものを使い、指先を軽く切り、カードに触る。なんの変哲もない銅のカードだったのに、名前と町名とFというアルファベットが浮かんでいる。

すごい、なにこれ。どういう仕組みなんだろう？

「はい、登録できました。クレインさんですね。ありがとうございます。では、こちらがあなたの冒険者カードになります。身分証でもあります。なくさないようにしてください」

「再発行とかありますか？」

「ありますよ。ただし、料金がかかります。ランクによって変わりますが、Fは三百G。EとDは二千G、CとBは一万G。A以上は五万Gになります」

手数料を取るってことは、この素材が貴重とかなのかな。普通の銅に見えたけど。字が浮かび上がるってことは、魔法？　魔道具？　なんだろう？　ランクによっても金額が変わるのも気になる。

「わかりました……あと、その、冒険者ギルドの決まりごととか教えてほしいのですが……」

「え～と、そうですね。では、技能講習が百Gでありますが、受けてみますか？」

技能講習！　冒険者になるためのスキルを教えてくれるってことなら、ぜひお願いしたい。

「それはどのような講習ですか？」

「そうですね。冒険者ギルドは、戦闘スキルがないと入れないため、戦闘スキルが全くない人は講習を受けてスキルの習得を目指します。講習は一回三時間、百Gです。スキルがない人が一回の講習でスキルが身につくとは限りませんので、何度も受けることもあります。他にも冒険者に必要になるアビリティの取得を目指す技能講習もあります。戦闘スキルがある人は受けなくてもいいんですけど……何もご存じないなら、教わってみてはどうでしょう？」

なるほど。そういう制度があるなら使っておこう。色々と教えてもらわないとやっていける気がしない。残りのお金を考えるとそんなに何回も受けることはできないけど。それに、受付の人はなんか話しにくい事情がありそうだから、無理に聞いて、最初のような態度に戻られても困る。

「じゃあ、お願いします」

「では、左奥の部屋にてお待ちください。講師を呼びます」

「はい。あの、ありがとうございました」

姿勢を正して、頭を下げてお礼を言う。私が悪いことをしたわけではないけど、礼儀正しくしておいたほうがいい。今後も冒険者ギルドにお世話になるならば、少しでもいい関係を作っておきたいという意思表示にもなる。多分。

「いえいえ。あ、クレインさん。私はマリィといいます。その……だまし討ちみたいなことをして、嫌な思いをさせたと思いますので、こちらお詫《わ》びです。ギルドでのルールが書いてあります」

「あ、ありがとうございます」

「頑張ってください」

「はい。ご迷惑をかけないよう頑張りますね」

マリィさんにお礼を言って、奥の部屋に向かう。とりあえず、ギルドの人はお仕事でやっているのだ。きちんと礼儀をもって接していれば、普通に相手してくれる。こっちを観察していた冒険者の方はどう出るか、わからない。

そもそも、こちらの知りたい情報を集めようにも、情報を渡すことを警戒されているようなんだよね。困ったように技能講習の話をしていた様子から、多分、技能講習の講師に判断を委ねたのだろう。冊子については、まあ、新人に配るように束が用意してあったから、一応渡したということろかな。

意外とハードモードな世界に転移したのか。使命があるわけでもなく、現地の人には転移者が望まれてない状態で、結構きつそう。なんとか信頼を得るようにしないと、暮らしていくのも一苦労になる。

しかし……。いきなり、他の転移者の人たちと溝ができた……かもしれない。知らない人たちだし、自分の方が大事だから、いいけど。うまくやりやがってと、恨みの対象になるのは避けたい。転移者には接触しないようにしよう。警戒はきちんとしつつ、味方はできる限り作っておいたほうがよさそうだけど。

2. 現地での出会い

「失礼します」

「おう。講習希望の異邦人か」

部屋にいたのは、ムキムキの冒険者っぽい人。年齢は四十代半ばくらいかな。髪は短髪、体格のいいマッチョ。歯を見せて、「ニカッ」と笑ってきたが、反応に困る。偏見かもしれないけど、マッチョって、どうしてこう、よくわからない微笑《ほほえ》みをしてくるのだろう。

「……あの、異邦人ってすぐわかるんですか？」

「普通ならわからないが、二日前からそれなりの人数が何もないところから現れてるからな。その後、なぜか、多くが町の外で集まっているんでな……こちらも常時見張りを立てている。お前をつけていた奴からの報告がきてる」

少しためらったようなのは、どこまで話すか迷ったから？　とりあえず、私の後をつけている人がいたらしい。全く気がつかなかった。あれこれ聞いたせいで、門番さんも聴取を受けていたら、申し訳ないことをしてしまった。それにしても……予想以上に警戒されてるってことだ。突然現れたことも、集団に合流しなかったこともずっと見張られていたと考えよう。

「一人ひとりチェックしてるんですね」

「町に入ってきた奴はな。町の外で何やっているかは知らないがな」

「………町に入らないのは多分、お金がないのだと思います」

「ほう？」

じっと観察するような瞳でこちらを見てくる。なぜ、そんなことをこちらに教える？　って感じか。情報がないから警戒されている可能性がある。私が伝えることで、警戒レベルが下がる可能性があるなら、知っている情報くらいは流してかまわない。この人は腹芸というか、人を騙《だま》すことができるようなタイプじゃなさそう。典型的な戦士っぽい体格で、性格も脳みそも筋肉系に見える。マッチョだし。ついでに、人情味があるタイプだろう。

「クレインといいます。実戦経験がないから講習を申し込みました。よろしくお願いします」

「ふむ。俺はレオニスだ。ギルドの職員兼講師を務めている。講習はしてやるが、こっちも色々と聞きたいことがある」

「お答えできることなら。ただ、こちらも全然わからないから、色々教えてください」

お金払っている以上、そっちが教えるべきと、はっきりとは言わないが、わからないことは教えてもらうスタンスは確保しておく。ギブアンドテイクの関係はこういうときには大事だよね。お互いにＷｉｎ-Ｗｉｎが理想。

「よし。まずは、金がないってのはどういうことだ？　お前は金払って講習を受けてるんだろ？」

「う〜ん。確証があるわけではなく、私の憶測《おくそく》ですけど、いいですか？」

「かまわん。話せることだけでも話してくれ」

こちらの懐事情を話して警戒心が減るといいけど……。町の入り口に武装した集団がいたら警戒するのは当たり前。こっちの視点だけじゃなく、相手方の視点でも考えてみよう。私が町の人だったら。どこかから現れた集団が町を囲っているなら怖いから町から出ない、絶対。

そして、「なんで、町に入らないんだ？」と疑問を持っているなら、憶測でも、町に入らない理由を伝えることで、警戒心を減らしたい。

「私も、おそらく他の人たちも、この世界になぜ来たのかはわかりません。気がついたら、たくさんの人が集められた空間にいました。みんな知らない人です。他の人たちも知り合い同士には見えませんでした。異世界に行くことを告げられた後、全員が三千G与えられて……この世界に行く前に装備を整えてから来たんです」

「ふむ」

私の言葉にゆっくりと頷《うなず》き、考えるそぶりを見せる。

「装備は……私は鉄や鋼《はがね》の武器とか防具が重くて動けなかったため、軽くて安い革にしています」

「確かに。それでも着慣れていない感じだがな」

「はい……でも、動けないよりましです。お金も手元に残すようにしました」

「ああ、その判断は正しいな。それで、町の外の連中は」

「予想ですけど……鉄や鋼装備は重い。そして、金銭的にも高いので……」

お金を残しておこうと思う人が少なかったのはなぜか。若い子ならともかく、二十代後半から四十代の社会人の年齢であれば、何もないところから、お金を稼ぐことは大変だと考える。ある程度の備蓄がないと苦労する。何をするにも準備するのには、お金がかかる。すべて用意されていると考えての行動は悪手。だけど、そのことは、自分たち目線でのこと。こちらの世界の人たちは、私たちのお金事情は知っておいて損はない情報……だよね？

「なるほど。このこと、ギルド長に伝えてきていいか？」

「あ、はい。かまいません。……あの、私も聞きたいことがあります。……町の外にずっといて、魔物とか出ないんですか？」

「そうだな。出るとも言えるが、出ないとも言えるな」

「えっと？」

出るの？　出ないの？　どっちなの？

頭を掻《か》いたあと、手を顎《あご》に添えて考えている相手をちらちらと見てみる。こっちにはあまり情報を渡したくないか？　こちらの情報の対価として、教えてほしいが……足りていないだろうか。

こちらをじろりと見て、顎に手を添えたまま再び少し考えてから、言葉が続いた。

「まあいいか。まず、町の外には魔物が出る。だが、町の周囲には魔物避《よ》けが施されているため、原則は寄ってこない。スタンピードとか、緊急事態を除いてだがな」

「は、はい」

「あいつらがいる場所は、町からそう離れていない。魔物もあまり近づいてはこない位置だ。ついでに、襲ってくるような危険な魔物は町の周辺には出ないように、普段から冒険者が優先的に狩っているからな。放置しても平気な弱い魔物しか町周辺には出ない」

「なるほど」

確かに。冒険者がいるんだから、危険な魔物を排除しているのは当然か。全く出ないわけではないみたいだけど。言われてみれば、その通りだった。

「それから、魔物だって、生きてるんだ。わざわざ人間がたくさんいるところに割って入って、自分を危険にさらすことは滅多にない」

「……じゃあ、なんでギルドの入り口を含め、ホールにも冒険者がたくさん揃《そろ》ってたんですか？」

「もし、町に異邦人が攻め入ってきたとき、すぐに駆けつけて、討つための戦力だ」

「あ、はい。ですね。すみません」

冒険者って、酒場とかで飲んでるか、冒険に出てるイメージだったのに、なぜかギルドにて、寛《くつろ》いでいたのが気になってたけど、物騒な理由だった。完全に敵認識されてた。むしろ、外に行けない分の鬱屈《うっくつ》も加算されてピリピリしてるのか。つまり私も異邦人だとバレてるわけで……もしかしなくても詰んでるのでは？

「聞きたいことはそれだけか？」

「え、じゃあ……私以外には冒険者登録した人とかいなかったんですか？」

聞きたいことはたくさんあるけど。なんだろう？　もう少し、私以外で友好的な態度で、なんとかしようとした人はいなかったのかなと、聞いてみた。私は友好的なつもりだけど、何か企《たくら》んでるとか、危険だと思われてるなら、その理由とかも知りたい。

「いや、何人かは登録しようとしていた。ただ、こっちの質問には答えず、矢継ぎ早にこの世界のことを聞きたいとか、ずっと質問してきてな。キレた冒険者につまみ出された奴が暴れて捕まったのが最初で、自分は勇者だと宣言して仲間を町に入れろと命じてきた奴、無理やり城門から侵入しようとした奴、ろくな奴はいなかったな。今は皆、警備につかまって牢屋《ろうや》にいるはずだ」

ダメだった。友好的どころか、怒らせてる。めっちゃ、怒ってる。牢屋……。この世界では罪を犯さなくても牢に入れられるとか？　……ないな。犯罪をしなくても捕まるなら秩序が乱れ、もっと殺伐とした町になってしまう。

つまり、町への無断・無銭侵入は犯罪。他にも、暴力とかが犯罪なんだろう。実際に私たちの世界でも国同士の往来は、パスポートがないとできない。身分証がないと町に入れないのも決しておかしくない。冒険者ギルドのルールブックの前に、この世界のルールブックが欲しい。

平気だろうという考えで、罪を犯しているとかがあるとヤバい。でも、普通に聞いたら、なんでそんなことも知らないんだと相手に警戒されるのも困る。とりあえず、講師の人に謝っておこう。自分は悪くないけど、異邦人は迷惑をかけ続けているわけで……私の気持ちが少しは楽になる。

「えっと、なんか、すみません」

「お前も知らない奴らだろ。なぜ謝る？」

「まあ、はい。全然知らない人です。それでも、同じ空間から来てしまったので」

「お前自身が何かしたわけではないなら謝る必要はない。講習だが、スキルはあるんだよな？」

「一応……」

「じゃあ、まずはちょっと手合わせをしてみるか。せっかくの講習だしな」

「よろしくお願いします」

ギルドにある横の入り口から外へ出ると、中庭につながっていた。観賞するための庭ではなく、狭い運動場のような場所だ。端の方には、魔物の死体がひとかたまりに置かれていて、その皮を剥《は》いだりと作業をしている人もいる。

講師の人は、少し距離を取って、剣を構えた。こちらも合わせるように、一度、息を吐いてから、剣を抜いて構える。


目が合った瞬間が開始の合図だった。

同時に、凍《い》てつく気配が体に纏《まと》わりつき身震いをする。これが殺気っていうやつなのか……体が急に重く、息苦しく感じるが、相手からは目を離さない。お互いに武器を構えたが、あちらは仕掛けるつもりはないようで、こちらの様子を見ている。講習だから、こちらの技量を見た上で指導をするなら、当たり前か。

殺気は変わらずに放たれているが、このままでいるわけにもいかない。戦ったことがないとか、冒険者になったのに言えない。自分でこうなることも想定し、冒険者になることを選んだ。アニメとかの見よう見まねで剣を振りかぶって、仕掛ける。


……うん。これはもう、どうしようもないくらいに実力差がある。……正直、どこをどう直すとか以前の話だった。

斬りかかっても、あっさり剣でガードされ、逆に攻撃が来る。最初はすんでのところで止めてくれたが、二度目からは腹とか腕に一撃が入る。手加減してくれているから、動けなくなるほどの痛みではない。

何度も攻撃を受けながら、少しずつ攻撃に備えるために後ろに下がったり、盾を構えてみたりと自分の動きを変える。だが、重い攻撃に手がしびれる。実はこっちの方がきつかった。その衝撃に、思った通りに動けなくなり、次の動作に支障をきたす。

こちらから距離を取ると追ってこないのは、実力を見るためだろう。だけど、強すぎて相手にならない。距離を取り続けても講習の意味がない。

再び攻撃を仕掛ける。適当に剣を振るうだけでなく、スラッシュとか技を使っていくが、防御している部分に当たるだけで全く効果はない。カウンターも決まらない。素早さも相手の方が高い、防御姿勢をとって、攻撃をわざと受けているようだ。攻撃はすべて防御されるか軽くいなされる。私がバランスを崩したりしても、攻撃してこないのは、多分、一発でもまともに攻撃が入ると一発KOになることがわかってるからだろう。

これが太刀打ちできないってことか。お互いに打ち合うってことができるのは、ある程度実力がないといけないと学んだ。


時間にして十五分程度だろう。「ここまでだな」と声をかけられたところで、その場に座り込む。きつい。何度も攻撃をした。全く意味がなかった。これでは……実戦ならすぐに死んでしまう。体が冷え、ぶるっと震えが出る…………死にたくない。

「ふむ。お前、実戦経験ないんだよな？」

「ないです」

私の言葉に少し考えるような仕草をして、肩をぽんぽんと軽く叩《たた》かれた。

「筋は悪くない。技もちゃんと織り交ぜてる。強い技を連発してうぬぼれていた前の異邦人たちよりましだ。そいつらより弱いけどな」

「強さより生き延びることを目指したので……」

弱いと言い切るってことは、戦ったことがあるのか。異邦人と戦ったってことは……つまり、捕まえて牢屋に放り込んだその場に、この人いたのかな。私も何かしたら……同じことになるのか。

いや、でも異邦人相手に講習受け持ってくれているから、迷惑かけなければ良い人だ。

多分、手加減してくれなければ、ぼろぼろのぼろ雑巾になって、そこらへんに転がっていたはず。

でも……。でもね…………。弱いってはっきり言ってくれなくてもいい。自分でわかってる。

レベルが上がる前から……そんなにダメなら、方針を考え直す必要がある。冒険者になるというのが難しいなら、他の道を考えないといけない。

「異邦人はみんな実戦経験ないのか？」

「……わからないです。私は元の世界で人と戦ったことはなかったけど、趣味で格闘技をやる人もいます。他の国が……戦争をしていることもあります。……国を守るためにその職業に就く人もいます。…………どんな人たちが来たのか、全然知らない」

平和な時代に生まれた。戦うことなんてなかった。暴力を受けたこともない。でも、祖父母や曾《そう》祖父母《そふぼ》の世代には戦争をしていた。他国では、今も兵役が義務になっている国もある。聞かれても、答えはわからない。自分以外の情報を私は全く持っていない。

「なぜ、冒険者になることを選んだんだ？」

「この世界の情報がなく、他に何がやれるかわからなかったので。……突然、異世界に行かされるって聞いて……私は必要そうな魔法やスキルを取得してみたんですけど……その、やりたいことは人によって違うと思います……」

「スキルを取得か。お前は何を持っているんだ？」

「えっと……〈剣術〉1、〈体術〉3と〈水魔法〉1、〈光魔法〉1と……」

持っているスキルと魔法をそのまま伝えていくと、相手の眉間に皺《しわ》が深くなっていく。何か変なことを言ってるのだろうか？

講師の人が手のひらを向けてストップという仕草をしたから、こくりと頷いて、黙る。ぽりぽりと頭を掻いているのは、困ったときのこの人の癖だろう。

「お前、それを他の奴には言うなよ？」

「えっ？」

怖い表情と声に、少し後ずさりをして、こくこくと頷く。なんだか、空気が痛い……気がする。すごく怖い。こっちはビビりだから、怖がらせるのはやめてほしい。

講習で、相手がお仕事だから話ができてるだけで、この人、身長高いし、ガタイがいいし、強面《こわもて》なところがあるから、何もないなら近づかない。

私が距離を取ったから、「はぁ」とため息をついて、表情を戻して、こいこいと手招きをされた。

話をするには距離が遠いのはわかる。でも、本気で怖かったから距離を取ったことは許してほしい。

「いいか？　スキルってやつはそう簡単に身につくものじゃない。実戦経験がない奴が、いきなりスキルレベル3なんてありえないんだ」

「あ、はい」

「戦闘スキルが一つもない奴は冒険者になれない。だが、冒険者になれるためのスキルは、簡単には持てない。熟練度を上げ、レベルを上げてから初めて覚える。それと、魔法を使える奴は魔法使いに、剣を使えるなら剣士になる。最初から両方使える奴は少ない」

「やっぱり……」

聞いたことある。極振り《きょくふ》……。ある程度特化したステータスの方が、強いと聞いたことがある。魔法の使える剣士って中途半端だ。どちらかを極めるのが正しいのは、理解している。だが、特化したステータスは、弱点も明確になる。だから、それを補う者がいないと成り立たないはず。

「あん？」

「あ、えっと……」

「俺を警戒して、話をするか迷うなら無理する必要はない。ただ、お前の話を全部報告するわけじゃない。ここには俺しかいない。わからないことは教えてやる。そのための講習だろ？」

確かに。わからないままにすることはできない。正直、周りは全部敵だと思って対応するよりも、ある程度は人を信用して、話をしたほうが自分の気が楽でもある。たまたま、講習を受け持ってくれた人ではあるけど、この人を信じて話をしたほうがいい気がする。

「その……普通、スキルとか魔法って特化させたほうが強いだろうなとは、私も思っていました。でも、それって役割ができるっていうか……できないところをカバーしてもらう人が必要になるので」

「ああ、まあ、そういうものだな。パーティーを組むのは、タンクやアタッカーという役割があって、効率よく魔物を倒すことを目的として組んでいるのがほとんどだ」

「私には、無理かなって……………グループで仲良くしながら、役割をこなすって、ハードル高くて……自分がミスしたら……みたいなこと考えると手足が縮こまるというか…………責任が生じないように、一人でもなんとか生きたいけど……日常的には友達が欲しいな……っていう、自分の希望でして」

コミュニケーション能力って、持っていないと、結構大変。豆腐メンタルなんで、すぐ凹《へこ》むんです。すみません。良い人だとわかっていても、結構きついことがある。そして、相手が気を使ってくれているのがわかるとそれも申し訳なくなって、胃がキリキリする。

結論。パーティー組まないでなんとかしたい。失敗してもいいって言ってくれる優しい人がいるなら、まあ、頑張るけども。一つのミスで死ぬような世界で、そんな人がいないのは理解している。

私の言葉を聞いてから、講師の人は少し考えてからゆっくりと頷いて、言葉を続けた。

「なるほどな。それで、自分で回復ができるように〈光魔法〉か。まあ、特化しすぎれば、特殊な魔物が出たときに対応できないからな。俺もある程度は他の役割をこなせるだけのスキルやアビリティを持っておくべきだと考えている。一人でやるなら、その考えは悪くはない」

「はい」

とりあえず、頭ごなしに否定されなかった。自分の言う通りにやるのが正解とか言われたらどうしようかとひやひやした。この人、脳筋だと思ってたけど、意外と頭が柔軟なタイプだ。

「まず、アビリティやスキルには常時効果が発動しているパッシブ効果、自分の意識で発動させるアクティブ効果がある」

「えっと……ちょっと、わかりにくいんですけど」

「あん？　説明は得意じゃないんだが」

一度、考えをまとめるように顎に手を当ててから、言葉を続けた。

「お前、戦ったことがないのに、剣を使って攻撃するときにどう動けばいいか、なんとなくだがわかってたよな？」

「え、はい。そうですね？」

最初はわからなかった。だけど、さっきの訓練を続けているうちに、なんとなくだけど剣の振り方や足運びとかは理解できるようになっていった。まあ、適当に攻撃してるだけだと、反撃が痛いから、必死に学んだとも言える。

アニメとかの動きなんて考える暇もないくらい、攻撃した後、相手の動きによって横に避《よ》けたり、後ろに距離を取らないと痛くて……手加減されてるけど、痛いものは痛い。

「〈剣術〉や〈体術〉のようなスキルは、体の方もある程度、適した動きができる。これがパッシブスキルだ。途中で使っていたスマッシュとか、発動をさせる必要があるのはアクティブスキル。技とも言うな」

「なるほど？」

「まあ、パッシブのアビリティは少ないが、覚えておくと有益だからな。それを取ったのはいい選択だと思うぞ？」

「えっと、スキルではなく、アビリティですか？」

「実戦経験なしで、〈体術〉が3だとしてもあの動きはできないからな。なんか持ってるだろう？」

「え？」

〈直感〉のこと、なのかな？　いや、でも、言わないほうがいい気がするんだけど、誤魔化すべき？　戦闘中に〈直感〉が発動している感じはしなかったけど。でも、常時発動しているパッシブとして、使っていた？　う〜ん。わからない。

「別に話す必要はない。冒険者である以上、自分の能力をすべてさらけ出すことはするな。自分にあって他人にない能力は搾取されやすい。いいように使われて、捨てられるなんてこともある世界だ。まあ、スキルやアビリティについては、使っていればそのうち自分で感覚をつかむだろう」

「えっと、スキルとアビリティの違いがよくわからないんですけど」

「そうだな。スキルとアビリティの違いを説明するのは難しいんだが、ざっくり言うと魔法でもスキルでもないものはすべてアビリティに分類されている。スキルは、戦闘中に、関連するものを身につけていることで、効果が出る。アビリティは補う効果のものが大半なんだが、各自の特性というか、才能によっても同じ効果でも名前が異なることもあって、説明が難しくてな」

うん、説明を聞いてもよくわからない……。魔法はなんとなくわかるんだけど……。私が首を傾《かし》げていると、相手も少し考えてから、言葉を発した。

「例えば、〈剣術〉であれば、戦闘中に剣を持っていないと効果が出ない。〈体術〉の場合も、拳や蹴りができるものを身につけていないと効果が発動しない。お前の場合、籠手《こて》があるから〈体術〉の効果が乗る感じだな」

「そうなんですか？　その戦闘中というのは？」

「さっきまでの手合わせで、戦闘になると俺の雰囲気が変わらなかったか？」

「あ、はい。殺気を感じるとか、威圧されているというか、そんな感じの……」

「新人相手の講習で、殺気を出す必要はないだろう。単純に、スキルの効果が出たからだ」

そう、なんだ？　戦闘中という意識に切り替えるといきなり雰囲気が変わるってこと？　あれは、威圧しているわけじゃなかったのか。

「あの時、俺の〈剣術〉のスキル効果が発動したと考えればいい。そうだな、お前の持っている盾を貸してくれ」

よくわかっていないと顔に出ているのだろうか、少々あきれたような雰囲気で盾を貸すように言われた。言われた通りに、身につけていた盾を外して、渡す。

そして、それを受け取って、私から少し距離を取ってから、盾を構えた。

その瞬間に、さっきの比ではないほどの威圧が部屋中に広がる。恐ろしくなり、無意識に後ずさる。盾を構えているだけなのに、怖くて震えが止まらない。

「さっきとの違い、わかるか？」

すぐに構えを解いてくれたが、こくこくと頷くだけで、言葉が出てこない。目じりに涙が浮かんで、ごしごしと服で拭《ぬぐ》う。

「俺の専門はタンクなんでな、戦闘になって盾を装備していれば〈盾術〉のスキル効果が発動する。さっきは持っていなかったから効果が発動していなかった」

スキルは装備しないと効果が発動しないということはよくわかった。〈剣術〉だけでも、かなりビビっていたけど……。もし、〈盾術〉の効果も最初から発動してたら、私はその場で泣き出したのではないだろうか。多分、講習にならなかったと思う。

「怖がらせて、悪いな。とりあえず、スキルについては理解できたか？」

「……なんとなくですけど、わかりました。ありがとうございます」

ゆっくりと私の前まで戻ってきて、盾を返してくれた。わざわざ説明してくれてるのに、怖がってしまって申し訳ない。でも、すごく怖かった。ちょっと、おトイレに行きたくなっている……。

「続けるが、アビリティは、多種多様でな。しかも、貴族にとって都合が悪いから調べるなという圧力がかかってる。ちゃんとした情報は持ってない。俺もうまくは説明できないんだが、俺の場合、〈剣術〉や〈盾術〉だけで戦っているわけじゃない。例えば、〈受け流し〉というアビリティで、敵からの攻撃の衝撃を逃がすような、〈盾術〉の補完効果のあるアビリティも使っている。他にも〈観察〉という自分が見ている内容をより高め、状態を見極めたりするようなアビリティがある。

お前が〈体術〉以外に何か持ってると見破ったのはこういうアビリティのおかげだったりする。まあ、〈観察〉は戦闘以外でも役に立つしな。戦闘時にスキルと一緒に発動しているようなアビリティもあれば、常時身体能力を上げるパッシブ効果のあるアビリティもある。自分で効果を発動させて発揮されるアクティブ効果の場合もな。全部ひっくるめてアビリティとなっている」

わかるような、わからないような……。多分、アビリティも体系みたいなものがあるってことかな？　戦闘補助のようなアビリティや、能力強化のアビリティとか、物を作るためのアビリティとか。でも、それを調べたりすると、貴族が黙ってないってことかな。

これ以上は聞いても、その内容を理解できなさそう。そのうち感覚をつかむと言ってるから、それを信じて、その時にまた考えよう。

「はい。あの……動きだけで、戦闘補助のようなパッシブ効果のあるアビリティを持っているってわかるんですか？」

「それなりに観察力や洞察力がないと戦えない魔物もいる。特に、前衛は判断が遅れれば死ぬこともあるからな。見ただけではわからなくても、戦っていれば感覚でわかるっていう奴もいる。人によるが、長く冒険者をやっていればそれなりにわかるだろうな」

「…………」

この人、優秀な冒険者だったのか。わかるのが普通とは考えにくい。いや、でも、今の話を総合して考えると、そういうアビリティ持ちで、見破っていると言われたほうが納得する。本人がそれを感覚だと思ってるとかもありえる？

しかし、搾取されやすい……。確かに、この世界のことがわかっていないからこそ、騙され、不当な扱いを受けることはあり得るだろう。魔法と剣、どちらも使う人が少ないなら、より気をつけることは多い。

「まあ、俺からの忠告としては、本当にソロでやるならソロだと先に周囲に宣言しておくことだ。便利だ、と勝手にパーティーに組み込まれないようにな」

なるほど。じゃあ、受付でもソロ志望だと言っておかないとかな。

他の冒険者にも聞かれたら、ソロだとちゃんと言うようにしよう。パーティーには加入しないと宣言しておくことがトラブル対策でもある。そこから、さらに手合わせ中の動きについて、ダメなところや良かったところを一つ一つ説明を受けた。全体的には可もなく不可もなく。攻撃を受けても止めずに、次をどうするか、きちんと考えながら続けたことは評価できるとのこと。ただし、訓練だからいいが、ソロであれば、もっと慎重でもいいらしい。一部、隙《すき》だらけで危ない場面があったとのこと。気をつけます。

隙を見せることになれば、死ぬこともある。他の助けがないからこそ、一瞬の油断が命取りとなる。だからこそ、自分と相手の見極めが大事。それはわかる。死なないために、「ぜひ、もっと教えてほしい」と言ってみたら、あきれた顔で返事がきた。

「お前はリスクを最小限にして、保険を何重にもかけるタイプだな。冒険者として、大成はしないな」

その通りだけど、はっきり言うのはやめてほしい。これから頑張ろうと考えているのに、向いていないと言われれば傷つく。豆腐メンタルなんで、言われたことはずっと気にしてしまうのだ。確かに冒険者として成功したいわけではない。この世界で生きていく手段の一つとして冒険者になった。やるべきことはやるけれど、無理はしたくない。

さらに言うなら、保険に入っておけば安全とも考えない。石橋は叩いて確認するけど、渡らないという選択もあるはず。何重に保険があったって、危険に突っ込むのは嫌だ。別の選択肢を考えるほうがいいと思う。

「あの、でも……異世界に行けって送り出されただけで、魔王を倒せとか言われてないです」

「あん？」

「何かしたくて来たわけじゃない。何かしろと言われたわけでもない。それに、あんなにたくさん人がいるんだから、私が、しょぼい仕事しながらこの世界に生きててもいいと思うんです。使命とかあるなら、きっと、やりたい人がやるんで。それではダメですか？」

何かしろと言われて、この世界に来たわけではない。適材適所と考えたら、私は前線で輝くタイプではない。魔王とかドラゴンとか、ファンタジー小説のような討伐は絶対無理。戦争とかも無理。まあ、好き勝手に生きろとも言われてないけど。戻れないなら、自由に生きたい。ここでのんびり、できることをしながら過ごしたいから、それを許容してほしいだけだ。

だけど……。

「おい、大丈夫か？　頭押さえて。顔色も悪いぞ」

「……平気です」

元の世界に戻りたいと考えたとき、頭痛が起こった。つい、反射で頭を押さえてしまったから、心配されてしまった。頭痛……何か思い出そうとしたわけではないのに？　元の世界に帰りたいと思ったから？

白い世界でも何度か起きた頭痛と同じだった。何が頭痛を引き起こしてるのか、わからないことが多すぎる。

「とりあえず、座れ。水でも飲むか？」

「いえ、ほんとに……もう、治まったので」

「そうか」

しばらくの間、無言でこちらを心配するように様子を見ていたが、少しは顔色が戻ったのか、「大丈夫そうだな」と呟《つぶや》いてから、彼は話に戻った。

「それで、な。俺は生き方はそれぞれだと思っている。お前が好きにするのを反対する気はないが、お前に冒険者の心得を叩き込んでも無駄だろう」

「えっ⁉　困ります、教えてください」

無駄って、それはない。ジト目で見つめるが、うんうんと頷いて両肩をぽんぽんと叩かれた。えっと、なに？

「落ち着け。いいか、冒険者ってのは、所詮《しょせん》は荒くれたちの集まりだ。一攫千金《いっかくせんきん》を夢見て、強い魔物と戦い、ダンジョンで宝を探す。名誉を得たい連中ばっかりだ。お前……違うだろ？」

「あ、えっと……外にいる人たちはきっと、そうだと思います」

少し言葉を溜《た》めた後に言われた「違うだろう」という問いの答えを、相手は確信している。確かに自分でも、「違う」と答える。

冒険者になって日銭を稼がないと生きていけないなら、ちゃんと冒険者をするつもりでいる。その努力だってするつもりだ。頑張ればできる、というのはちょっと楽観的だと思うが、無理せずに、できる範囲のことをやる。誰にでもできるようなことで、でも手間だから面倒なものは避けて、簡単な仕事をきちんと行う。一攫千金は夢見ないけど、日々の暮らしのためならお仕事をするのは嫌ではない。

「お前は、魔物と戦うより危険が少ない薬草採取とか、そういう仕事の方がいいだろ」

「あ、はい！　あの、薬草採取って戦わなくていいんですよね？　いくらくらいになりますか？　戦わないでも暮らしていけますか？」

それだ！　薬草採取で稼げるなら、ぜひお願いしたい。堅実に稼ぐ方法があるなら、ぜひ教えてほしい！

「薬草採取は採取した薬草の種類と数による。だが、恒常クエストだ。必ず金はもらえる。冒険者ギルドとしては、できる限り薬草を確保して、薬師ギルドや錬金ギルドに卸して、傷薬やポーションを用意したいからな。専門でやる奴はいないが、新人とか怪我《けが》で前線に出れない奴なんかにギルドから頼むこともあるくらいだ」

「なるほど……自分たちのギルドで作らないんですか？」

「お前、俺が作れると思うか？」

「いえ……そういうタイプじゃないと思います」

私の問いに対し、苦り切った顔をした後に、自身が作れると思うか問い返してきた。見るからに、作れないよね？　見た目で判断して悪いけど。どう見ても戦士。脳みそまで筋肉系でないことは話をしていてわかったけど。

でも、ボディビルダーみたいな筋肉してるし、肉体言語「筋肉」で、同志とわかり合えるタイプに見えるんだよね。でも、ギルド内に得意そうな人とかいるんじゃないかって思ったんだけど？どうしてこの人が作るのが前提になるの？

「そうだ。冒険者の多くは俺みたいな奴で、作れるような奴はいない。作れる奴はそっちのギルドに行くんだが、お前、作れるのか？」

「えっ…………た、多分？」

「〈調合〉のアビリティを持ってるのか」

「……一応」

作ったことはないけれど、〈調合〉があればなんとかなるなら、作れるよね？　材料とか器具が必要なら、すぐにはできないけど。

いや。でも、なんかにやりと笑った顔が不気味。

「傷薬くらいは作れるな。薬草の納品なら一日百Gも稼げないが、傷薬にして納品すれば二百から三百Gにはなるぞ。もっと難しいものなら、かなりの金額になる」

「やった！　生きてく目途《めど》が立った！」

「だが、レシピがないと傷薬は作れん。そして、レシピは薬師ギルドに登録しないとぼったくられるか、売ってもらえない」

「…………」

一喜一憂させないでほしい。つまり、私では作れないということだ。まあ、身内には安くすることはあっても、ギルドに入ってない奴に安く売るとか、普通にない。レシピを買おうにも、所持金を考えると無理だ。お金が貯《た》まったらレシピ買う？　まあ、稼ぐ方法はあっても、その準備にお金がかかりそうだった。

「ま、そんな顔をするな。傷薬を納めてもらえるなら、冒険者ギルドから融資制度もあったはずだ」

「お金……ないですよ」

「で？　残金、いくらだ？」

「……五百Ｇ」

もう少し持っているけど、宿代とか食事代を考えれば、出せるのは五百Ｇまで。レシピは欲しいけど、まずは生活基盤を整えてから、お金を稼げるようになった後の方がいい。

「よし。なら、この講習をもう一日追加で五百Ｇ、どうだ？」

「お金なくなるじゃないですか」

「お前、使える金額を言っただろ。どうせ、宿代とかは別に持ってるんだろ？」

「……だって、それは確保しとかないと……もう一日追加で講習受ける必要あるんですか？」

なぜ、ばれてる？　完全に私の性格が把握されてる？　なんでわかるんだろ、筋肉系なのに。戦っただけで、わかるってマジなのか。いや、私がわかりやすい性格なのかな？

だが、お金を全部使ってまで講習を受ける意味がわからん。お金大事！　収入が安定してからじゃないと大金を使うなんてできない。

「おう。明日、薬草採取の仕方を講習してやる。町の外まで行って、薬草の種類や〈採取〉のアビリティ取得を実地で教えてやる。ついでに傷薬の調合講習だ。〈調合〉ができる人を用意してやる。必要だろ？　使えない薬草を採ってきたり、値切られたりするくらいなら、きちんと講習で学んだほうが収入の安定は早くなる。レシピについては、作れるようになってからだが、ギルドが代理購入したほうが安いぞ。まあ、うまくいけば他の方法もな」

お金は大事……。だが、物事には順序がある。何もわからないで、〈採取〉も〈調合〉もできるならいいけど、失敗して詰むことだってあり得るわけで……。必要な情報がわかる講習。しかも、どんな伝手《つて》を持っているか知らないけど、講師を用意してくれる。これは、乗るしかない。

「はい！　ぜひお願いします」

「で、残金いくらだ？」

「これ以上は出せないですよ!!　無理！　文無しになったら死んじゃいます！」

お金がどんどん減っていく。薬草採取って、何を採ってくるかわからないから、講習は受けたいんだけど。まだ、稼げるかもわからないのにどんどん減っていくのが不安になる。

「わかってる。だが、薬の調合を宿でしたら、においが染みついたとか言われて賠償させられる可能性があるんだ。できれば、部屋借りちまったほうがいい」

「そんなに臭いんですか？」

「ああ、日常的に作るならかなりにおうようになる」

「でも、保証人いないし……」

「俺がなってやる。代わりに、傷薬作れるようになったら、冒険者ギルドに卸してくれ。期間はそうだな。三か月くらいが目安だな」

少し考えるようなそぶりの後に三か月と言われた……。それ以降は好きにしていいってことか。最初が肝心。この世界で生きるための準備期間としても、その間に冒険者ギルドから庇護《ひご》とまでは言えないけど、目をかけてもらえるならば、悪い条件ではない。よし、正直に残金を答えよう。

「残り、九百五十Gです。でも、食べ物とか、何にも持ってないので……」

「わかった。講習の途中だが、少し上に報告してくる。そのあと、町に出るぞ。家探《いえさが》しと買い物だ」

「あ、はい。じゃあ、ギルドの冊子でも読んで待ってます」

「あん？　……ああ、なら、二階の資料室に行くといい。机もあるし、色々資料も置いてあるからな」

レオニスさんは、入ってきたドアとは違う、奥へとつながっているドアに向かった。私は見送った後、入ってきたドアを出て、階段を使って上の資料室に向かう。途中、マリィさんがこちらを見ていたから、笑顔でぺこりとお辞儀をしておいた。

資料室は、奥の方で一心になにかを書いている人がいるくらいで、静かな場所だった。壁に、この辺の地図が飾ってあったから確認する。あまり詳細な地図ではないがないよりはいい。

このマーレスタット町は王国の中でも東側。帝国との国境である山脈から割と近くにある町。国境が近いようにも見えるが、山越えが厳しく、回り道をしないといけないから、地図では国境から最寄りに見えるが、実はもっと近い市街がいくつかある。

迷宮ダンジョンが二つほど、半日程度で行ける距離にあるため、冒険者には人気の町。ギルドの冊子には、冒険者の町だと書いてある。とはいえ、冒険者は根無し草でもあり、この町に実際に暮らす人は多くなく、大きな市街になるほどの人口はいない。大きな市街までは馬車で二日ほどの距離。

王都は、一週間以上と書いてある。馬車での移動で、いくつかの町や市街を経由するため、直接向かうならもう少し早いのか。歩いて移動する場合の記載はないから不明。

結局、資料室で地図やこの町のことを確認していたら、レオニスさんが戻ってきたから、たいしたことは調べられなかった。魔物の分布とかも資料になってるらしい。時間があるなら確認しに来よう。


「行くぞ」

「はい、お願いします」

町を簡単に案内してもらう。外観は中世ヨーロッパ風。石造りの家が多いが、レンガを使ってるところもある。日本の木造建築のような家はない。この町は扇を広げたような形をしていて、町の中心には領主の館《やかた》がある。町の入り口は主に三つ。東・中央・西に門があって、それぞれを門番が警備している。

最初に町に入ったときに使った門が東門。東門のある東地区は比較的に冒険者が多い地域。冒険者ギルドもあるし、手ごろで安い宿や酒場、武器・防具を扱う店とかは東側に揃っている。冒険者が多いからか、若干治安が悪いそうだ。

中央門がある中央地区は、領主の館までまっすぐに大通りが通っている。その大通りに対し直角に二本の大通りが交わっていて、中央一区、中央二区、中央三区と区分けされている。

中央一区が領主の館に近く、高級店が多い。この地区で問題を起こしたら、速攻で警備に捕まるから注意。

中央三区は門に近く、お値段手ごろで日用雑貨から食べ物まで色々と揃う市場があり、活気づいてるとのこと。中央二区は、冒険者ギルドを除く各ギルドが置かれているオフィス街のような場所。

東地区から中央二区に入り、歩いていると、「ここだ」と言われ、おしゃれな洋館のような店に入る。中に入るといくつかの窓口がある。窓口に向かうのかなと思ったら、店員から声がかかった。

「あれ、レオニスさんじゃないですか。こんな昼間から若い子連れて、どうしたんですか？」

「部屋探しだ。ちょうどいい、対応してくれ」

「部屋探すなんて、浮気ですか？　奥さんにチクっちゃいますよ？」

「はぁ、俺はこんなガキに用はねぇ。こいつに部屋を貸してやってほしいんだ。俺が保証人になる」

「え～怪しすぎて貸せませんよ。奥さんの許可取ってきてください」

どうやら、不動産屋のようだ。顔見知りのようでそのまま声をかけてきた店員のいる席に向かう。

それにしても……。レオニスさん、四十代に見えるし、既婚者なのもわかるけど。私の見た目、十代だよね？　こっちの世界だと、ロリコンは犯罪じゃないのだろうか……。私は、元の世界なら、そこまで年齢差が大きくないとは思うけど。現状は結構な年齢差だけど、普通なんだろうか。

でも……。正直、好みではないな。マッチョが好きという性癖はない。いい人だと思うし、面倒見てくれて感謝してるけど、恋愛には絶対ならないと断言できる。

「こいつは冒険者の新人だが、世間知らずだし、ほっとくと死にそうだからな」

「あ～まあ、冒険者っぽくないですね。新人にしても、入るギルド間違えてます？」

「あぅ……」

きちんと防具もつけてるし、武器とか盾だって持ってるのに、これで冒険者っぽくないっておかしくない？　普通、武器持ってる人って冒険者とか騎士とかじゃないのかな、ファンタジー世界なら。ここに来るまで歩いてたときも、普通に剣持ってる人なんていなかったけど。あ、もしかして、四次元ポ○ットみたいな道具とかがあるから、みんな持ち物がないとか？

「こいつは、これでも見込みがあるんでな。俺としても目をかけてる」

「う～ん。でも、ですね？　こちらとしてはきちんと毎月お支払いいただかないと信用にかかわるんですよ。冒険者ギルドの保証って、商人ギルドではたいした価値ありませんよ」

「ああ。その点は大丈夫だ。なあ？」

「うえっ⁉　は、はい。頑張って稼ぎます！　部屋も綺麗《きれい》に使います、迷惑をかけません」

家借りるのって、確かに大変だもんね。信用だけじゃどうにもならないから、賃貸保証会社とかあるわけだ。まあ、払えるかと聞かれても、これから頑張りますとしか言えない。

「ふ～ん。なるほど。本当に浮気とかじゃないんですよね？」

「こんなガキに興味はない。まあ、知り合いの子だな」

レオニスさんが複雑そうに言うと、相手も何かを察したようにこちらを見る。少し雰囲気が変わったので、改めてお願いをしてみる。

「えっと……すみません。いまのところ、恋愛とかの余裕はないです。ついでに、その……申し訳ないですが、好みのタイプではないです」

「おい」

「わかりました、いいですよ。そこまで言うなら部屋貸しますよ。予算は？」

「月二千Gで頼む」

「え⁉」

現在の所持金の倍以上の額に驚いて、声を上げる。いや、確かに月額だから高くなるのはわかるけど。そんなお金は持っていないから、借金になってしまう。今日、初めて会った人にそんなことするのはマズい気がする。

「金がないのはわかってる。初月は俺が立て替えてやる」

「新人冒険者ですよね？　月二千Gですか？　大丈夫ですか？」

「あ、あの…………相場がわからないので、すみません」

「そうですね。まあ、冒険者って、基本的には家持たない方が多いんですよね。だから、相場と言われると難しいので、一般家庭が基準ですけど。紹介するにしても西区か西奥になるから、冒険者ギルドは遠いですし、結構高いですよ、払えます？」

西区は居住している人が多く、家が立ち並んでいる。さらに、西区の奥も町が続いているが、こちらは郊外。住みにくい地区とのこと。領主の館には中央区からでないと通じていないから、西区の奥は結構距離が離れているらしい。そして、東区からは遠いのはわかる。

払えます？　と聞かれても、払えるだけの稼ぎが本当にできるか、わからない。ごめんなさい……。でも、頑張って稼げるように努力はします。あと、お風呂は欲しい。わがままですみません。


「……わからないです。でも、普通の宿では〈調合〉がダメだと教えてもらいました。私の希望としては、〈調合〉のための作業部屋と寝る部屋は分けたいのと、できればお風呂が欲しいです」

「なるほど！　〈調合〉ができるなら大丈夫です。妥当な金額ですかね～」

「そうなんですか？」

「一般家庭の月収は二千から四千Gくらいです。冒険者の場合は、能力によりますね。まとまった額を稼げても、怪我して休むこともあります。個人差もあり、正直わからないですね。ですが、薬師は別です。稼げます！　初級薬師でも、需要はあるから大丈夫でしょう。稼げないようなら、商会に雇われるとか方法もあるので」

う～ん。通貨の価値がわからないけど……。一般家庭の月収の家賃って考えると、結構な額だよね。それだけ稼げるのか。

「はぁ……えっと、家賃高いのでは？」

「高いですよ。でも、〈調合〉ができるならそれくらい容易に稼げるんですよ。この町、冒険者は多いのに、薬師は少ないんですよね～。それも、大抵がどこかの店の紐付《ひもつ》き。供給を調整しているせいで、けっこう品不足なところがありますから、稼げますよ。あ、お勧めの物件は、こちら。古い建物ですが、井戸もあり、お風呂もあります。少し周囲がうるさいことなどもあり、広さの割には安く、月額千七百Gです」

悩ましい……。千七百Gってきついかなって思ったけど。そもそも五十Gの宿泊まろうとしてたんだよね。三十日×五十G＝千五百G。風呂付きだと、すごく高いわけじゃないのでは？　いや、でも家賃と宿って違うし、高いか。

ただ、〈調合〉のために必要な施設と考えたら……。ちらりと講師のレオニスさんを見る。この人は、相場とかもわかってる。今後の私の稼ぎの予測についても、信用してもいいかな？　いや、結構、きついかもしれないけど。

「大丈夫だ。冒険者は危険が伴う分、稼ぎがいいからな。ソロなら、分配を気にする必要もないから、〈調合〉と合わせて、サボってばかりじゃない限り十分稼げる」

大丈夫だと確信を持っているようだ。まあ、講師をしてるくらいだから、冒険者のことはよく知っているだろう。ここは信じるしかない。あとは自分の頑張り次第。

「わかりました。それでお願いします」

オススメされた物件で決めてしまった。即断即決。きちんと調べないで、こんなことして大丈夫なのか、ちょっと不安はある。調合してもいい部屋というのが限られているなら、この出費も仕方ない。広さの割に安いというし、まずは衣食住の確保って大事だ。

「即決でいいんですか？」

「その……とりあえず、寝場所を確保できるのであればそれでいいです。他にも色々と準備したりしないといけないので。頑張って稼ぎます」

「う～ん。大丈夫です？」

「逆に、こいつを宿に入れるとヤバいだろ。女に飢えた奴らばかりのとこに、こんな奴入れたら、わかるだろ？　真面目に、仕事をえり好みしないで、きちんとこなしていれば大丈夫だ」

「まあ、確かにそうなんですよね。〈調合〉を使えるなら家賃も何とかなりますから。案内しますね」

どういうことだろう。この世界、宿に泊まるのも身の危険があるほど治安悪いんだろうか。犯罪は、警備に捕まると聞いたのに、危ないのか？　案内してくれる二人についていきながら、周囲を観察する。都会ではないから、人が多いわけではないけど、そこまで治安が悪そうには見えない。どこか見えないところに問題でもあるんだろうか。

不動産屋の建物から、十分歩いて、西区の奥にある民家に着いた。ここら辺の地域では珍しい三階建てで、しっかりした石造りの家だった。

悪い場所ではなさそう。とはいえ、西門に行くのも十分くらいかかり、不便な地域になるとのこと。そもそも、薬を売るなら中央区や東区が多いから、ここに店を持っても、よっぽどいい腕じゃないと売れないそうだ。

ここら辺の一帯は作業所が多いみたいで、居住地区ではない。お客になる町人はほぼこちらには来ない。ただ、商会に卸す分には問題ない。目の前には商業ギルドで確保している馬小屋。

馬小屋の横には倉庫のような大きな建物があって大量の荷物が運び出されている。運び出した先には馬車が何台も並んでいて、大きな声で指示が飛んでいる。馬車用の馬をまとめて管理しているそうだ。現代でいう、運送拠点となるターミナル。各商会がまとめて、ここに荷物を一度置いて、受取・発送しているそうだ。

ちなみに、ちょっと歓くさい。馬小屋の方から漂ってきている。その先は西門ではなく、業者用の裏門が近い。そっちの出入りは基本的に馬車のみで使えないから、西門まで行くしかない。要するに、この場所は町の中でもかなり奥まった場所で、一般人はあまり来ない。ついでに、お隣は鍛《か》冶《じ》屋。ハンマーの音なのか、カンカンという音がずっと響いている。

人通りが少ない割にはにぎやかというか。結構、うるさい。トンカチの音と馬の嘶《いなな》き、馬車の音……。これ、暮らしていくにはきつそう。騒音対策が絶対に必要なやつだ。

「どうですか？　一階が店舗兼物置にお風呂、二階が〈調合〉などをするための作業場になっていて、三階が居住スペースでキッチンとダイニングに寝室が二つですね」

「広いですね……あと、中は静かです」

紹介された家は、中に入ると快適だった。防音効果があるのか、外の音を遮断しており、騒音を感じない。大きい家で、一人で住むなら豪邸だった。外の喧騒《けんそう》にちょっと辞退しようかと思ったけど、これならいい。

「そうですね。まあ、外がうるさいから前に住んでいた方が防音加工しているそうです。ただし、店のドアや窓を開けたらうるさいですよ。あと、頑丈だけど古い家です。ここら辺は人通りも少ない地域ですし、日用品の買い物とかも結構遠くなります。ただ、〈調合〉はにおいの問題があるから、条件としてはかなりいいお部屋です。以前も店だったから、そのまま店も開けますよ」

「わかりました。その……店を開く予定はないので、改築は可能ですか？」

「出るときに元に戻すのが原則です。それが可能であれば、大丈夫だと思います。一応、家主に確認取りますけど」

「はい。よろしくお願いします」

私に鍵を預けて、不動産屋さんもレオニスさんも帰るそうだ。契約については、店に戻り、そこでレオニスさんがするらしい。保証人で、お金も払うから、レオニスさんが契約したほうがスムーズにいくらしいけど、それでいいのか？　私では払えないからお願いするしかないけど。なんだか、そこまでしてもらうのも申し訳ない。

「気にするな。ちゃんと仕事して返してくれ」

「はい、必ず」

レオニスさんにお礼を言って、頭を下げる。この人には足を向けて寝られない。二人を見送って、そのまま家の中に戻る。

「……今はお言葉に甘えるしか、ないかな……。借りがたくさん……返せるかな」

騙されていたとして、すでにお金もない。考えても仕方ないことだから、できることをしよう。

そして、いつか恩返しができるようになる。

住居を確認してみる。一階は店舗と言っていたが、小さなカウンターがあって、その後ろにドア、大きな部屋は、これでもかというほど、本棚や棚で埋め尽くされている。棚は空《から》だけど、本はそのまま置いてあるのか。だいぶ埃《ほこり》をかぶっている。部屋は広いが、物もたくさん放置されていたり、棚も多いから、だいぶ狭く感じる。

これは、部屋を掃除しないと駄目だ。埃だらけで体に悪い。確か、聖魔法の浄化〈プリフィケーション〉っていうのがあった。〈聖魔法〉って、アンデッドを浄化するイメージがあるし、汚れたものを綺麗にしたりできないかな？　埃とかにも効くとすごく助かるので試してみよう。

魔法を唱えようと思った瞬間に、再び体に電流が走り、視界が歪《ゆが》む。これは、〈直感〉？　わからないけど、危険という兆候だろう。やめよう。今じゃない……。よし、とりあえず全部見てから、試すだけ試してみよう。

お風呂は広い……。けども？　なんか不思議なにおいが充満してる。あと、ロープとか張られてる。ここで素材を干したり、蒸したりしていたとか？　窓を開けて換気をしておくけど、においがすごいから、すぐには使えないかもしれない。

二階は、錬金術のイメージ通りの大釜がドンっと真ん中に置いてあり、端には机やソファーなど、色々と物が置いてある。危険そうなものはないようだった。〈調合〉だけ伝えて、〈錬金〉のことは話さなかったけど、ここって、錬金術師の家に見える。器具を使っていいのか、いらないものを廃棄していいのか、今度相談してみよう。

三階は、キッチンとダイニングと寝室が二部屋。埃っぽいから、これじゃ寝られないけど。魔法は……。うん、うん、いける。今度は何も警告みたいのがないから、発動してみよう。

「えっと…………浄化〈プリフィケーション〉……でいいのかな。呪文とか……あ、発動し……あれ？」

急に意識がくらっとして、その場に膝をついた。目がちかちかして、動悸《どうき》がして、めまいで立っていられない。吐き気もする。そのまま座り込んで目をつむって休んでいたが、ようやく吐き気が収まってきたから、ゆっくり立ち上がる。

部屋はすごく綺麗になっていた。埃とかないし、これなら今日寝るのも問題がなさそう。でも、なんで急に……。あ、魔法使ったからMP切れだろうか。慌ててステータスを確認する。

ＭＰ　28↓0

一気にＭＰがなくなっていた。キッチンとかは汚いままで、寝室だけ綺麗になった。

浄化〈プリフィケーション〉はかなりのＭＰを使うのか。部屋が汚いせいもあるかな。この部屋だけすごく綺麗になっている。部屋全体を対象にしたから、ＭＰが枯渇したのか。魔法を唱えると対象に対して、必要なＭＰを一気に放出するのか。他の魔法もだけど、後で色々と試して、検証してみないと仕様がわからない。

だけど……。もし、一階の大部屋で使ってたら？　もっと広くて、汚れも目立ったあの部屋で使ったら……。もしかして、命が危なかったのではないか。ＭＰが枯渇しただけで、これだけ体調に変化があるなら……。足りないＭＰの分を生命力とかで補うのであれば…………。待っていたのは『死』かもしれない。

あの、電流が流れ、視界が歪む感覚は、この先に待つのは死であり、それを避けろという意味かもしれない。そうすると、〈直感〉の発動条件は、『死』ということだろうか？　それは、結構使いどころが限定されてしまうかもしれない。『危険』な場合に発動してくれるのが理想なんだけど。

とりあえず、今後は部屋を普通に片づけた後に、魔法をかけてみるのが、いいかもしれない。

「辛《つら》い……今後は枯渇状態にならないように気をつけないと……」

初めてのＭＰ枯渇状態だけど、結構辛い。掃除するのは少し休んでから……。立つのもしんどいから、横になって冒険者ギルドのルールでも確認しよう。

う〜ん……。ギルドの掛け持ちは禁止。変更は可能だが、変更する場合には解約・契約の双方に手数料がかかる。

冒険者ギルドは一年間お仕事をしないと脱退処分となる。脱退処分後であれば、ギルド移行にお金はかからない。ただし、やむを得ない事情がない限り再契約不可。二度と冒険者になれない。冒険者ギルドではお仕事をした量によって、等級が上がっていく。FからSまであり、仕事をすれば上がっていき、しなければ下がっていく。

また、受けられるお仕事をクエストといい、クエストにも等級がある。自分の等級から下は二等級、上は一等級まで受けることができる。ただし、恒常クエストは、ランクなしで誰でも受けていい。

パーティーを組んだ場合のクエストの受注条件は、全員の平均等級になる。とりあえず、パーティー組む予定はないから気にする必要はない。

等級は個人ごとで、基本的にはFランクから。騎士学園卒業生とか魔法学園卒業生とかだと、EとかDからになることもある。等級の昇格は、ギルドが決めるらしい。詳細は非公開。クエストをこなしていればいいわけじゃない、ってことだろう。

ちらっと見たギルドの掲示板、B〜Eまでのクエストしか貼ってなかった。Aランク以上には個別でクエストを渡すとかなのか。SランクとかAランクがどれくらいいるのか、あの時に聞いておけばよかった。

あとは、緊急時にはギルドの命令に従わないといけない。町にある大きな鐘楼《しょうろう》から、いつもと違う音が鳴ったらギルドに駆けつけなくてはならない、らしい。いつもの音もわからないけど。まあ、それはいいや。あとで確認しよう。

大まかなルールはこんなとこ。あと、ギルドは国で管理しているから、この国なら他の町でも身分証となるが、国が変われば使えないことがある。

町の外でのルール。

・他の冒険者が戦っている魔物を奪ってはいけない。ラストアタックした人ではなく、最初に戦い始めた人が戦利品をもらう。
・魔物を他の冒険者に嗾《けしか》けてはいけない。自分が逃げている途中でばったり遭遇したでもダメ。
・採取ポイントを占有してはいけない。ずっと同じ場所に陣取るのがダメで、いったん離れた際に見つけた場所を報告しない分には問題なし。
・冒険者同士で殺し合いをしてはいけない。決闘をする場合は、ギルドの立ち会いのもとで行うこと。
・町の外にて、一般人が助けを求めている場合には、可能であれば助ける。ランクが低く難しい場合は、救援を呼ぶこと。
・橋などの建造物や道などが破壊されているなどの異常が確認された場合には、ギルドに報告すること。

う～ん。ルールは守るつもりだけど、理由がわからないのがいくつかあるかな。クエストを受けるときに、マリィさんとかギルドの受付の人に確認してみよう。難しいルールとかはなさそうだから、ルール違反とかもしないで済むだろう。やっていける目途がついてきた。

「お〜い！　いないのか〜！」

「うん？」

本を読んでいたら、いつの間にか寝てしまっていた。「おーい」という声がもう一度聞こえ、急いで玄関まで行く。ドアを開けると、レオニスさんがいた。すでに夕方。空が赤く染まっている。西の方の山に太陽が沈んで辺りが暗くなり始める頃だった。

「どうしたんですか？」

「ギルドの仕事が終わったからな。お前を何もわかってないまま放り出したから、心配でな」

「あ、ありがとうございます。とりあえず、家の中掃除してました」

にこっと笑って奥まで案内するが、どこもかしこも埃だらけである。レオニスさんが棚を指で擦《こす》れば、埃が舞い、線ができる。わかっている。どう見ても、掃除なんてしていなかったと言いたいのだろう。でも、部屋はこれだけじゃない。他の部屋は綺麗にした……一部屋だけ。

「これでか？」

「まずは寝るとこからです！　上の階はもう少しましです。ここら辺は、少しずつ掃除します」

「そうか。とりあえず、市場に案内してやろう。必要なものを買い揃えておこう。あと、飯。食ってないだろ？」

「いいんですか？」

講習が終わったのに、アフターケアまでしてくれることに感謝する。お言葉に甘えさせてもらおう。いや、良い人だな。うん。下心？　いや、ないない。この人、たまに懐かしそうに眼を細めることはあるから、まあ、なんかあるのかもしれないけど。恋愛感情とかではなさそう。

「おう。野放しにして、面倒を起こされたら困るからな。もう少し、説明をしておこうと思ってな。それに、この家の契約についても、書面を預かってきている。中身も説明する必要がある。買い物も、実際にしてみないと物価もわからないだろ？」

「ありがとうございます。……必ずお礼します。恩を返せるように頑張ります。ただ……できれば、軌道に乗るまでは少し待ってほしいです」

「わかった、わかった。ほら、行くぞ」

「はい。よろしくお願いします」


市場では、最初に小型のナイフや水筒、魔法袋（極小）、スコップに断ち切りバサミなどの、冒険者として採取に必要となるものについて色々と説明を受けた。

面白いのは、時計の代わりとなる魔石が入る筒のような魔道具。この魔道具に魔石を詰めると時間経過で割れていく。何に使うのかと思ったら、魔石・小が一つ割れるとおおよそ一時間が経過しているという、時計のような役割を持っていた。魔石・極小の場合はその十分の一。……おそらく、五〜六分くらいのものらしい。実は魔石のサイズは均一ではないから、誤差が生じている。

実際には、時計が全くないわけではない……らしい。まず、貴重な宝箱から出てくるアーティファクトには時計があり、正確な時がわかり、持ち運べるものがある。そして、それを解明……はできていないが、研究して、かなり巨大なもので再現した大時計が、王都や大きな町にはある。「よくわからんが、でかい。観光名所になっている」との説明を受けた。見たことはあるが、レオニスさんはあまり興味がなかったらしい。

そして、いちいち魔石を割って、各自時間を確認するのは面倒なのでは？　と思ったが、九時・十二時・十五時・十八時には、町全体に鐘が鳴り響き、時間を知らせるらしい。この鐘の時間に合わせて、魔石を入れることで、おおよその時間を図っているとのこと。魔石は十個入るものがメジャーだが、大きいものは三十個入る。

さらに、オススメの武器屋や仕立て屋の場所とかも教えてもらった。余裕が出てきたら、採取に必要となるピッケルとか斧《おの》とかも購入したほうがいいそうだ。

ちなみに家の隣の鍛冶屋さんは、工房だから製品は置いていない。店は東地区にあるとのこと。大剣とか大槌とか大盾、パワー系の装備を得意とし、防具もサイズが合わないだろうということで、私にはオススメできないらしい。それでも、お隣に引っ越したから、ご挨拶に伺うことはしておこう。

買い物を終えて、レオニスさんの家へと向かう。出迎えてくれたのは、レオニスさんの奥さんのディアナさんだった。

「あら、可愛《かわい》い子連れてきたわね」

「おう。今日の仕事の関係でな。まあ、訳ありだが、見込みのありそうな新人冒険者だ」

「あの、お邪魔します。クレインといいます。その……今日、ギルドの講習でレオニスさんに色々教えていただいて……」

「ふふっ、そんなに緊張しないでいいのよ。私はディアナよ。よろしくね」

「よろしくお願いします」

きりっとした表情がかっこいい系のクールなお姉さんで、レオニスさんより、一回りくらい若い。綺麗なお姉さんだけど、どことなく陰がある表情をする。初対面で、詳しいこととかは聞かないけれど。何か事情持ちだったりするかもしれない。

この美人な女性も元冒険者だった。よく見れば、体も引き締まり、鍛えてるように見える。レオニスさんもだけど、最近引退したようだ。まだまだ現役でもいけそうな二人だが、夫婦よりも仲間意識の方が強そうに見える。仲が悪いとかではないけど、恋愛感情ではないのが感じ取れる。

「それで、今日はギルドで待機していなくていいの？」

「ああ。とりあえずな。今のところ目立った動きもないからな。今日は他の奴に任せてきた」

ギルドで待機って、もしかして、泊まり込みで異邦人対応してたとか？　異邦人への対応、治安維持のためには、必要だったんだろう。冒険者まで待機させて、結構な厳重態勢を敷いているのはわかる。レオニスさんは対応に追われて、家に帰れなかったようだ。ディアナさんが食事の用意のために席を外したところで、確認をしてみる。

「あの……異邦人っていつから現れ始めたんですか？」

「一昨日の日暮れ頃だな。最初は四人で現れ、一人が町に入って、そいつが冒険者ギルドで勇者を名乗って問題を起こした。で、昨日は、ばらばらで七、八人現れたか。今日は結構多くて二十人くらいか？　町中に入ったのは、お前以外に一人と一グループだな」

「……一昨日から。…………それなら、多分ですけど、今日、日付が変わるまでがタイムリミットの可能性があります」

勘だけど、あの白い空間での一時間がこっちでの一日だと考えられる。私が来たのは三日目だし、三十分くらいは余ってたから昼前にこっちに来た。だいたい合ってるだろう。

「どういうことだ？」

「その、この世界に来るまでの時間が与えられていたんです。その時間、タイムリミットが、こっちの世界では今日の日付が変わるまでだと思います。時間がぎりぎりになってきたから今日は人数が多くなってます。最初の人は多分スタートダッシュをしようと急いで来た人たちで……」

自分たちだけ得をしたいと先行して動いた。ただ、得するどころか、一人は牢屋行きで、見事に失敗している。正直、警戒度合いを見ると異邦人への好感度は低い。一触即発、何かのきっかけがあれば危険。

「異邦人のことはお前に聞いても、細かいことはわからんだろ。気にするな」

知っていることだけでも、話をしておこうと思ったが、レオニスさんには首を振られた。おそらく、ディアナさんに知らせたくないとかもあるんだろう。これ以上は話をするつもりがないらしい。

話題を変えることになった。

「明日の講習なんだが、薬師のばあさんが一緒に同行する。薬草の種類や採り方から教えてくれることになった」

「え？　いいんですか？　お金、そんなに払えないですけど」

現役の薬師が薬草のこと教えてくれるならすごく助かる。種類だけじゃなく、採り方ってことは、やっぱり品質とかが大事ってことだ。きちんと納品してお金を稼ぐために、ぜひお願いしたい。

「おう。ばあさんとしては、変な採取して使い物にならないのを採ってこられても困るから、きちんと教えるそうだ。俺がいるなら護衛の心配はないんでついてくることになった」

「あの……護衛の代金……ないですよ？」

「ああ、いいんだ。俺も現役時代に世話になったばあさんの願いは無下にできねぇんでな。俺が護衛するから気にすんな」

「ありがとうございます」

護衛。ついでに、護衛の仕方も見ておこう。できるようになるまでは時間がかかるけど、お手本を見ることができるのは今後のためになる。基本的には、危険にさらさないようにするんだろうけど。高齢の方なら、足元とかも気をつけておこう。それに、歩調を合わせるようにしないといけないな。

「〈調合〉もばあさんが基本を教えてくれる。ただ、三時間の枠に収まらない可能性があるから、明日は覚悟しとけ」

「……後払いは可能ですか？」

「あん？　金より、ばあさんに薬草を定期的に卸すことになると思うぞ？　そのために教えるんだ」

「なるほど……わかりました。きちんと覚えて、お返しします」

直接薬草を卸すこともできるなら、仕事がないってことにもならない。問題は、以前にレオニスさんが卸していたのなら、かなり危険なところに行くことになるのが困る。実力を考えると、そんな危険なところに採りに行けない。

「あの、そもそもの話なんですけど……技能講習って、どんなことを教えてもらえるんですか？」

「ふむ。まあ、講師によるな。講師となるのは、ギルドの職員が原則だ。今回の同行については、ギルドに許可をとって俺の伝手を使っている。まあ、冒険者になりたい奴が戦闘スキルを得るための講習が多いな。他にも、武器を変えようとする奴が講習を受ける。剣を使ってた奴が、いきなり槍《やり》を使おうとしても使い方がわからないだろう。自己流でもそのうち覚えるが、教わったほうがいいこともあるからな。魔法なんかは、講師がたまにしかこの町に来ないから、滅多に講習はない。他には〈採取〉や〈解体〉とかアビリティを取得するのもあるな。まあ、スキルやアビリティを得るための講習だが、必ず覚えるわけでもない。金を払っても覚えないことが多いことから、人気があるわけではないな」

わかったような、わからないような？　とりあえず講習には種類があって、戦闘以外でも教えてもらえたりする。講師もだが、本人の能力によっても、アビリティなどの取得率が変わる。本人の素質がなければ全く覚えないということも多いということだ。素質の有無は大事だが、把握する術《すべ》はない。何度かやってみてダメなら、諦める。どうしても覚えたいなら、あとは個人の努力次第とのこと。

「明日は〈採取〉と〈調合〉を教えてもらえるということですか？」

「時間があれば〈調合〉もするが……おそらく、〈採取〉だけになるだろう。まあ、心配せずにやってみろ。明日なら俺もついてるからな」

確かに。初めて外に出るときに、強い人がいるなら心配もない。まあ、護衛対象がいるわけだし、私も守ってもらうってことはないけど。保険の意味合いとしては、いてくれれば、気が楽。

冒険者は緊急事態だと、領主命令で徴集されて戦うことになる。ある程度強くならないといけないわけで、ソロでやっていくなら、なおさら、教えてもらえるときに戦い方を覚えておかないといけない。

「よろしくお願いします」

「明日は冒険者ギルドに行って、薬草採取のクエストを受注する。これは、薬草をいくつか納品することになるが、種類は決まってないのを受注してくれ。そのあと、町の西側の入り口で待ち合わせだ。東門は異邦人の連中がいる可能性があるから、西門にしておく。待ち合わせ時間は十時な」

「はい。わかりました」

待ち合わせを決め、この辺の地理や魔物についての説明を受けた。街道沿いの魔物は間引いてしまったほうがいいから、積極的に倒す。私はレベルが二、三回上がれば、町の近辺に出る魔物に後れを取るようなことはないとのこと。それまでは緊張感を持って挑むように言われた。

他にも魔物の特徴や戦い方、逃げ方についてのレクチャーをしてもらった。闇雲《やみくも》に逃げて、他の冒険者に文句を言われれば、資格剥奪《はくだつ》、仕事がなくなる可能性もある。冒険者ギルドは、問題を起こせばすぐに脱退させられるとのこと。武器を持つからこそ、きちんと取り締まりをしないと無法者ばかりで、治安が悪化するからとのこと。確かに、普段から武器を携帯しているからこそ、管理は必要だ。

さっきの講習を受けているときに、こういう話をしてくれればよかったのでは？　と思ったが、冒険者によってスタイルがあるため、教えても意味がないことも多いらしい。あくまでも参考程度にして、自分で考えないと長く続けることはできない仕事だと説明された。

どんな内容のクエストを受けるかによっても動きが変わるから、臨機応変にいかないと駄目。向かないと思ったら、引退をしないと命をなくす。シビアな世界だ。

それなりに頭も使わないといけないから脳みそまで筋肉では駄目。忠告を素直に聞く奴の方が少ない、癖が多い奴ばかり……。最後の方は愚痴になっている気もしたが、ギルド職員は、冒険者をまとめるのが、大変なようだった。

「話は終わったかしら？」

「おう。こいつがちゃんと理解しているならな」

「……大丈夫です。本当はメモとかしておきたいですけど……紙はお高いので」

「ふふっ、真面目ねぇ。紙だったら、少しあったはずよ」

ディアナさんは奥の方の部屋に行って、すぐに戻ってきた。

「はい、どうぞ」

「え？　いいんですか？」

メモ用紙サイズの紙の束をたくさん渡された。

え？　紙は高いよね？　さっき雑貨屋を見てたときに、結構な額だったので買うのを諦めたのに。もらっていいのだろうか？

「気にしないで。今はもう、使うことがないの。貴重だから取っておいてるだけなのよ。有効活用できる人がいるならその方がいいわ」

「ありがとうございます」

「ふふ。硬くならないで大丈夫よ、冒険者なんて自分勝手な連中ばかりだし、ちゃんとやらかしたことに責任持つならうるさくないわよ。この人はあなたが心配だから口うるさいの」

「えっと？」

心配されているようだ。ちらっとレオニスさんに視線を送るが、「ふん」と言って、顔を逸《そ》らされてしまった。レオニスさん、面倒見が良いな。たまたま講習を受け持っただけの新人相手に……。

いや、むしろ良い人すぎる？

「口うるさく感じるかもしれないけど、あなたに危険な目にあってほしくないのよね。素直じゃないんだから」

「そんなに危険なところには行かないですよ？」

「ええ。そうね。自分たちが第一線を離れたせいかしらね。ついつい、危ないことしないでほしいと思ってしまうのよね」

「お二人とも、A級だったんですよね？」

「いや。俺はAだが、ディアナはSだ」

A級なら、危険な場所にだって行っただろう。それと同じことをするつもりはないのだけど、心配されているらしい。他に三人ほどパーティーメンバーがいて、パーティーとしては、一人でもS級がいると、S級扱いらしい。てっきり、レオニスさんの方が実力は上だと思っていたけど？ ちらりと見るが、何も答えてくれない。

「この人、S級になれるのにならなかったのよ？」

「え？ なんでですか？」

「A級ならC級の採取クエストを受注できるけど、S級ではできないからって。採取クエストを受けるためにA級で居続けたのよ」

「なるほど……」

パーティーでの活動以外にも、ソロとか二人だけで採取クエストを受けるなどしていたらしい。

それで、やりたいと言っている私に詳しく説明できるのか。

「今、採取クエストを専門にしてくれる人もいないそうだし、頑張ってね」

「が、頑張ります」

「おう、頑張れよ」

レオニスさんにがしがしっと乱雑に頭を撫《な》でられた。なんだかんだと、期待をしてくれているらしい。その後は、ディアナさんの作った、美味《おい》しい食事をいただいた。でも、ちょっと味付けは単調……。この世界では、調味料は少ないみたいだ。

食べ終えた後は、ディアナさんから女性視点での注意や必要なことを教わった。トイレ問題と体形隠しは、きちんと考えておいたほうがいい。あと、ソロの場合に夜営をどうするかも大事。寝てる間に襲われましたは洒落《しやれ》にならない。簡単なのは、テイマーギルドで、移動と周囲警戒ができるお供を用意するのがいいが……金銭的には、かなりかかるとのこと。しばらくは、日帰りでの冒険で事足りるから、それまでにお金を貯めよう。

ディアナさんの厚意で日記帳ももらった。これにきちんと注意事項とかを記録しておこう。ステータスとか、教わったこととか……異世界でも生きていけるように。

翌朝。よく晴れた清々《すがすが》しい朝である。

採取するには持ってこいの天気だ。準備をして、冒険者ギルドへと向かった。

「おはようございます、クレインさん。早いですね」

「マリィさん、おはようございます。早いですか？　さっき鐘鳴りましたし、九時ですよ？」

「ええ。ギルドは八時から受付ですが、昼過ぎに来る方が多いですからね」

なるほど。夜遅くまで飲んで、朝は遅いとか、そんな感じなのか。冒険者って時間とかお金にルーズそうなイメージがある。

マリィさんに確認をしてみると、そもそも新しいクエストをギルド開始時刻の八時に出しているわけではなかった。緊急の依頼は、時間に関係なく、即時発行。緊急性がないものは、ギルド長の許可が下りるのを待ってからのため、お昼頃と夕方に発行する。決まった時間ではなく、その日のギルド長次第であり、朝から発行されることはほぼないらしい。

つまり、今ある依頼は前日の残りで、良い依頼は取られてしまっているから、うまみがないそうだ。私みたいな新人は恒常クエストを受けることが多いから関係ないけど。

「この薬草採取の受注をお願いします。あ……スライム討伐も追加で」

「はい。わかりました。今回のクエストは常時発注されていますが、そうではないクエストを受ける場合、あちらの掲示板に貼られている受注の紙をお持ちください。依頼は早い者勝ちですので、ちゃんと確認したほうがいいですよ」

掲示板。Fランクの場所にはほとんど貼られてない。CとかBランクにいっぱいある。需要があるクエストはこのランクらしい。護衛クエストはDランクとCランクで金額がだいぶ変わるから、どちらにも貼ってある。魔物退治はC以上が多かった。

「わかりました。あと、今日もレオニスさんの講習を受けますので、料金の支払いお願いします」

「はい。聞いております。二回分でお間違いないですか？」

「えっと、延長するようならまた払いに来ます。その、優秀な講師の方を独占してしまい申し訳ありません」

「大丈夫ですよ。職員は他にもいますし、こちらでも体制が整いましたから。ただ、レオニスさんは奥さんがいる方なので注意してくださいね」

注意って何を？　レオニスさんに惚《ほ》れるなってこと？　タイプじゃないよ？　ディアナさんも、嫉妬深いタイプには見えなかったよ？　どういうこと？

よくわからないといった表情をしていると、「あれでモテるんですよ」と苦笑していた。レオニスさんは女冒険者からはとても人気があるらしい。男女関係なく新人時代にお世話になった人は多い。ただ、女性からすると下心なく、親身に相談に乗ってくれるので、女性側から惚れられることも多かったらしい。一切応じなかったらしいが、そこもよかったとか。

確かに、昨日、すごくお世話になった。あんな風に誰にでも親切にしてたら、勘違いが起きても仕方ないかもしれない。

「新人の女冒険者に優しくして、惚れられちゃうんです。タンクですから守ってくれると。ピンチの時なので、より素敵に思うんだとか」

「なるほど？　もともと冒険者をしていたから、お世話になる新人多いんですかね。昨日、奥さんにもお会いして、食事をご馳走《ちそう》になりました。ディアナさんが若かったのはそういう理由もあります？」

「まあ、お二人はパーティーを組んでいたのがきっかけですけど。詳しくは、知りません」

ん？　なんか、言いたくない感じ？　にっこり笑ってるのに、ちょっと拒否感がある。何かあるのか……あるんだろうな。

「レオニスさんにもディアナさんにもアドバイスをもらっているので、きちんとお礼をしたいと思ってます……稼げるようになったらですけど」

「そうですね。なら、頑張らないとですね。一歩ずつでも頑張りましょうね」

「はい」

マリィさんにクエスト受注の手続きをしてもらい、待ち合わせ場所まで歩いていく。聞かなかったけど、昨日の昼頃には大勢いた冒険者が今日は少なかった。慌ただしい雰囲気もなかったから、ギルドはなにか手を打ったようだ。いや、触らぬ神に祟《たた》りなし。私は無関係を装う。異邦人なんて知らない。


待ち合わせ場所に着いたが、まだまだ時間がある。昨日もらった紙とペンを出して、マリィさんから預かったクエスト受注紙の中にある薬草の名前を書いていく。この中の薬草のうち、一定量を納めればクエストクリア。

何が採取できるかはわからないけど、レオニスさんが大丈夫と言っていたから、なんとかなる。量が足りないなら、翌日とかにまた行こう。締切まではまだ日にちがある。

「お前さんがクレインかい？」

「あ、はい。クレインといいます。おばあさんは、今日、講師をしてくださる方ですか？」

声をかけてきたのは、かなり年配に見えるおばあさん。でも、足腰は丈夫そうだ。しっかり歩いている。私の名前を知っているということはレオニスさんが言っていた薬師の方だろう。雰囲気も

薬師っぽい、というか、黒いローブ姿がとても魔女っぽい？

「レオ坊の紹介と聞いたが、ずいぶんとひよっこさね。こんなのに任せられるのかね？」

「新人冒険者ですが、ちゃんとお世話になった分がお返しできるよう頑張ります。よろしくお願いします」

姿勢を正して丁寧に挨拶をする。薬草採取で稼ぐならお得意様になる可能性も高い。最初が肝心。信頼してもらえる、丁寧な接客が必要。

「ひよっこ、お前さんは冒険者らしくないさね」

「えっと……薬草採取とかで日銭を稼ぐタイプの冒険者になる予定です」

「それを堂々と言うのがおかしいんだよ。戦えるのかい？」

「一応、魔法とスキルがあります」

なんだか、ちょっとグサッと刺さった。昨日から、私、冒険者っぽくないと言われ続けている。そんなにダメな見た目なのか。ひよっこって言われるくらい、冒険者っぽくないようだ。戦闘スキルがあるという言葉にもかなり微妙そうな顔が返ってきた。戦えるようになるために頑張るから、信用してほしい。

冒険者ギルドにいた冒険者は、ほぼ男性だったから、女性冒険者が少ないことはわかる。でも、ディアナさんだって元冒険者。あの美人さんがやっていたくらいだから、私がやっててもいいと思うんだけど。

う〜ん。小さいから？　でも、十三歳から冒険者になれるって書いてあったから、もっと小さい子もいるはず。私の見た目は十五、六歳くらいのはずなんだけど。中身もしっかりしてるつもりなんだけどな……何がダメなんだろう。

「まあ、無理だと思えば辞めればいいさね」

「あ、はい……あの、おばあさんのお名前を伺ってもいいですか？」

「わたしは、パメラ。ばあさんでもなんでも、好きに呼ぶがええ」

「おばあさん……パメラさん……パメラ様…………じゃあ、パメラ様って呼びます」

ばあさんと呼ぶのは、失礼だよね。すごく、こう……「高名な薬師です」って感じの人だ。とても知性を感じる落ち着きと、威厳がある。レオニスさん、よく「ばあさん」なんて呼べるね。それだけ仲がいいということだと思うけど。

「そうかい。それで、お前さんは何をしていたんだい？」

「はい。薬草の名前を書いていました。名前だけでも書いておいて、あとは実際に見たときに特徴とかを書けばいいと思って」

メモしておけば、あとからでもわかりやすい。あまり、草とか花って種類を知らないけど。今後、必要になる知識ならきちんと覚えたいというのもある。採取クエストの記載があった名前だけは、書いておいた。

「ふむ」

パメラ様は、メモにある素材の名前を確認してから、話を続けた。

「では、一つずつ教えてやろう。まず、お前さんが作れるようになりたいのは傷薬だろう？　傷薬に使うのは、薬草は主に三つ、そのうち例外が一つだね。どの薬草でも同じ傷薬が作れるが、それぞれ特徴があり、手間も変わるさね。百々草《ももくさ》、セージの葉、ラゴラの根。このうち、百々草だけは少々面倒だね。町の外ならよく見つかる草で、すぐにダメになってしまう。根ごともってきて、きちんと保管しても、三日もつかどうか。草の部分だけじゃと、一日程度しかもたないから、すぐに処理をしないと使えなくなる。そのせいで技術が廃《すた》れてしまって、最近じゃ作れるもんがおらん。ギルドに納めても無駄じゃから、自分ですぐに調合するなら採ってくるくらいだね」

なるほど？　百々草という素材は採取クエストにはなかった。でも、簡単に手に入るならそれで作ればいいと思うけど。しかも、廃れた技術でも、この人は作れるってことだよね？

即日作るというところがネックなのかもしれないけど、近場で見つかるなら、その日に採りに行けばいいだけだ。その辺の雑草で傷薬が作れるなら、手早く高収入が約束されたのでは？

「百々草……はい。採ってきて庭に植えておいたら日持ちしますか？」

「無駄だね。土を外から持ってきても変わらん。植物は水がないと育たんが、町の水がダメなのか、枯れてしまう。根っこごと持ってきて、あとは生命力次第さね」

「なるほど……」

言われたことをメモしていく。すぐに悪くなるけど、使えるんなら問題がないと思うけど。一日しかもたないってところが重要かな。ギルドに納品して、その後に依頼者へ納品という形では、手元に届くのが遅くなるから使えないってことだね。

「セージの葉は、できるだけ拾っておくんだよ。セージの葉が一番扱いやすい。これは日持ちもええ、乾燥させて他の薬にすることもできる優れモノさね。薬草採取といえば、まずはこれのことを言うよ。ギルドでは五枚で十Ｇ。小遣い稼ぎにしかならんが、もともと木にたくさん葉がついておるから、他のものより量は採れるよ。ただし、木についてる若葉を採っても使えん。木から落ちている葉を持って帰るんだよ」

「セージの葉……はい。書けました。ありがとうございます」

言われたことをメモしていく。現物については、見つけたときに教えてもらおう。視点が製作者側だから、注意事項もわかりやすくて助かる。今後を考えるとこの出費は必要経費なんてものじゃない、破格のお値段！

「次はラゴラの根じゃ」

「ばあさん、クレイン。そろそろいいか？」

いつの間にか、レオニスさんが来ていたようだ。全然気づかなかったが、そろそろということは、結構前から来ていたのかもしれない。

「なんじゃ、レオ坊。今は説明している途中さね」

「それはわかるが、実際に見ながらのがいいだろ」

「生意気なボウズさね。ついこの間まで鼻垂らしていたガキが」

「いつの話だよ！　おら、行くぞ」

レオニスさんは、言葉こそ雑に言っているけど、パメラ様の荷物を当然のように自分の魔法鞄《かばん》に入れ、立ち上がるときに自然に手を差し出して支えているあたり、結構慣れているようだ。

護衛任務というよりも、お年寄りに対する気遣いだけど。本当に大切にしているということがわかる。

「おはようございます、レオニスさん」

「おう。おはようさん。今日は天気も良さそうだから、採取日和だ。ちゃんとついてこいよ」

「はい。よろしくお願いします」

「ああ、町の外では魔物が出るからな。俺はばあさんを守るから戦闘はお前が一人で倒してみてくれ」

「頑張ります」

気合を入れて、町の外に向かった。ここから、初めての魔物狩りと素材採取だ！

町の外。門から続く、街道を歩いていく。街道といっても、立派な道路とかではなく、踏み固められた土の道らしきものがあるだけだ。草が生えていないだけで、雨が降ればぐちゃぐちゃになり歩けなくなるらしい。王都の近くやもっと立派な市街に行けば、もう少し立派な道があるとのこと。領主様が道の整備をしているかどうかで、だいぶ違うとのこと。この地方は、各村や町に向かう道と迷宮ダンジョンへの道などもそれなりに整備してくれているほうだという。

ただし、今から向かう場所は町方向でも、迷宮ダンジョンでもないため、歩きにくい道が続くらしい。当然だが、魔物も出やすくなる。

「レオニスさん。前に何かいます！」

「おう。あれはホーンラビットだな。一体だし、一人でいけるだろ。倒してみろ」

「はい！」

草むらから顔を出した兎《うさぎ》に近づき、剣を構える。こちらに気づいて突進しようとしてきたから、レオニスさんとパメラさんが背後にならないように少しずつ横に距離を取る。

「なんだい、戦えるのかい」

「ばあさん、戦えないなら冒険者にはなれないだろ」

「どうも冒険者っぽくないからね。真面目そうだし、話を理解しておるようだから薬師見習いとしては使えそうさね」

「その通りだけどな。でも、戦闘もそれなりにいけるぞ、あいつ。性格的には向いてない可能性もあるけどな」

「ふむ……確かに一対一なら問題はなさそうさね」

ホーンラビットは、動きは素早くない。角をこちらに向けて突進をしてくるから、避けては後ろから攻撃していたら、無傷で倒せた。怪我しないでよかったけど。数が多いと戦闘がきついかもしれない。銅の剣ではあまり斬れ味が良くないから、一人でもなんとかできるように対策を考えないと怪我しそう。

「おい、クレイン。ぼ〜っとしてたら危ないぞ。どうしたんだ？」

「レオニスさん！　倒せました。初めてだったので、ちょっと驚いてました」

「おう、お疲れ。外はいつ魔物が出るかわからないから、突っ立ってたら危ないぞ」

「そ、そうですよね。気をつけます」

倒したホーンラビットをどうすればいいのか、悩んでいると二人が近づいてきた。周りに魔物はいないみたいだけど、この倒したホーンラビットはどうすればいいんだろう。

「戦い方は悪くないが、複数で出てくる場合もあるからな。もう少し、周囲も気にするだけの余裕が欲しいな」

「頑張ります。えっと……倒したのはどうすればいいですか？」

「ひよっこ、ホーンラビットの角の部分を取っておくんじゃ」

「え？　角ですか？」

パメラ様が死体を持ち上げて、頭の部分を見せる。さっき突進してきたときも、この角で攻撃しようとしていたからわかるけど、何に使うんだろう？　飾りとかにするには、しょぼいと思う。

「よく見るんじゃ。ほれ、額のこの部分、根元が硬くなってるじゃろ。ここが魔力溜《だ》まり。これは中級以上の薬に混ぜると少し効果が上がる。もっと立派な角なら効果もさらに上がる。使える部位は取っておくのが基本さね」

パメラ様はわかりやすいように、ゆっくりと説明をしながら、確認をさせてくれる。確かに、角も触り心地が少し違う。ここの硬いところを傷つけないで取っておくのがいいのか……なるほど。

「そうだな。あとは魔石も取り出したほうがいいんだが。〈解体〉のアビリティはないか？」

「えっと……」

〈解体〉のアビリティ。覚えたいけど、適当に魔物の死体を解体していれば覚えるんだろうか。

やり方を教えてもらいたいと言おうとしたが、それがわかったのか、待ったをかけられた。

「持ってないなら、今は時間がないからいい。とりあえず、こいつは袋に入れておく。肉も食えるし、〈解体〉はギルドにしてもらうこともできるからな」

「レオ坊、ちょい待ちな。どれどれ。ひよっこ、角の部分をこうやって根元に刃を当てて、こうするんじゃ。覚えておくといい。ギルドで〈解体〉しても、角はもらえんからの。先に取っておくんだよ」

パメラ様はどこからか取り出したナイフを額の硬い部分の横に当てて、梃子《てこ》の原理でひょいっと剥《は》がすように角を取り出した。結構簡単にやってるけど、薬師だよね？〈解体〉まではいかないけど、これって普通のことなんだろうか。いや、〈解体〉ができる人なのかもしれない。薬師だって、細かく素材を砕いたり、〈解体〉することもあるよね。

「おい、ばあさん」

「は、はい、ありがとうございます。簡単に取れるんですね」

「慣れだね。やってればコツもわかってくる。素材は有効に活用するために必要な部位は覚えておくべきさ。魔物には魔石以外にも、魔力が溜まりやすい場所が個々にある。それらの素材は薬の効果を高めるために使える。もっとも、調合作業が難しくなるから、まだまだひよっこには扱えん。まあ、すぐに悪くなるものでもないから取っておくさね」

確かに。有効活用するのは大事。使える素材なら、ちゃんと取っておこう。薬の効果を上げるなら、すごく重要だ。ホーンラビットは、弱い魔物で狩りも簡単、お肉も食べられて、角も使える。

これからも積極的に狩っていこう。

「はい。ありがとうございます。〈解体〉も覚えるべきですね」

「いや、冒険者はほとんど覚えてないからな。まあ、危険を冒さないで近場の魔物を狩って稼ぐなら、覚えたほうがいいってだけだ」

そんなことを言いながら、レオニスさんも〈解体〉をちゃんと覚えてるとのこと。アビリティを覚えても、ギルドに任せることはできるらしい。毛皮とかがお金になる場合には、自分でやるよりも任せるほうが、素材価値が高くなる。逆にお肉とかが目的なら自分でやるくらいでも十分らしい。

まあ、下手に〈解体〉されては困るというのもわかるから、頷いておく。

「おら、前にスライムがいる。複数だぞ」

「はい！　……あれ？」

「一撃さね」

「まあ、そうなるとは思ったがな」

「えっと……破裂しちゃったんですけど」

剣で、すぱっと斬るというより、シャボン玉が割れる感じで破裂した。そんなに強く斬りかかったわけじゃないんだけど、おかしいな。

「小さいスライムは弱いからな。ほら、このぶよぶよしたのが、スライムの核だ。討伐クエストは討伐した確認の部位が必要になるから、これを持って帰る必要がある」

「わかりました。パメラ様、スライムは何か役に立つ部位はありますか？」

「〈錬金〉にはよく使うが〈調合〉は使わん。あとは、スライムゼリーも錬金素材さね。ドロップしたら納品しておけばええ。ほれ、この魔石は持っておけ」

〈錬金〉に使うなら、使い方教えてほしいけど。スライムならすぐ倒せるみたいだから、必要になったときでいいか。

「魔石……？」

あ、なんか、紫色の小さな粒だけど。石？　そこまで大きくないよね。ビービー弾よりも小さい。粒だよね。キラキラ光っているから、綺麗だけど。

「魔石は魔物が必ず持っている。この魔石を体から取り出すと、魔物の死体は放置していても一時間やそこらで消滅する。魔物の素材を回収後、魔石を体から取り除くのが基本だ。ただし、B級以上の魔物はきちんと処理しないとゾンビとかになることもあるから、魔石だけは確認しろ。あとは、魔石は換金してもらえる。でかくなればなるほど高いぞ」

「このちんまいのでは、金にはならんから、まだ持っておくだけさね……まとめて売るなら、ギルドも多少は金を出してくれるさね」

「わかりました。えっと、先ほどのホーンラビットは？」

「あれは、皮も肉も使えるから、魔石を取り除かずに持ち帰って処理したほうがいい。もちろん、荷物に余裕があればの話だがな。スライム討伐を受注してるなら、二十体くらいは狩っておくか。十体で二十Gにしかならないから、受ける奴が少ないしな」

「そうなんですね……でも、お金になるならちょっとでも狩っておきます」

スライム狩りが必要かはわからないけど。素材採取が目的でも最低限の強さは必要。実戦を積んでいかないと、強くなれない。

レオニスさんの話だと、年に一、二回はスタンピードが起こることがある。それまでに戦えるようにしておかないと、巻き込まれて死んでしまう。

「ばあさんがいるから、ある程度魔物は避けていくが、スライムはいたら狩っておけ」

「このばばあのことは気にせんでええ。ちゃんと魔物を倒しておかんと、今後困ることになるさね」

「えっと……どうすれば？」

「……複数の場合は避けろ。一体なら積極的にいけ」

「はい」


戦闘をしながら、目的地へ向かっているとレベルが上がった。〈ＭＰ不足〉を覚え、ステータスが上がった。思ったよりも結構ステータスが上がったけど、やっぱりＤＥＦ《防御》が低い。ＳＴＲ《筋力》も低いけど、上がった値をメモしておいて、あとで検証しよう。

しかし、アビリティに増えた〈ＭＰ不足〉ってなんだろう？　昨日は浄化〈プリフィケーション〉を使って、ＭＰ回復したら、また使うって感じで、ほぼ枯渇していた。今日は全く使ってないから、きちんと回復してるけど、昨日のがきっかけだろうか。

「う～ん」

「クレイン？　どうした？」

「あ、えっと、レベルが上がったら、なんだか新しくアビリティを覚えたみたいで」

「ああ。そうか。説明していなかったな。まず、新しいスキルや魔法・アビリティっていうのは、レベルが上がったときに覚えるもんだ」

つまり、持っていないアビリティでも覚えるチャンスはいくらでもあるのか。

「効果がわからないんですよね」

「何を覚えたんだ？」

「〈MP不足〉、っていうアビリティです」

あれ？　なんか言ってはダメだった？　めちゃくちゃ眉間に皺《しわ》を寄せて、顎に手を当ててるんだけど？

「有用なアビリティではある。聞いた話だが、MPの回復スピードが速くなるそうだ。常に使い切った状態とかにしておかないと覚えないはずなんだがな？」

「あはは……」

そう。昨日は夕食後にも、MPが回復していたから、浄化〈プリフィケーション〉を使って試していた。テーブルくらいの大きさでのMP消費量とか、小さい小物でも使ったままと、一度洗った後で効果がどうなるかとか、色々と試していたから、常にMPは不足していた。でも、そのおかげで覚えられたならラッキーかも？

とりあえず、〈MP不足〉だけってことはないだろう。〈SP不足〉とかもあるんだろうけど、今は試すことはできないか。一人の時に試してみよう。〈HP不足〉については、不足状態にするのは怖いから検証しない。死んでしまっては元も子もない。

「有用ではあるが、取得のために無茶するなよ？　ＭＰもＳＰも不足している状態で無理に使うと生命力を削ると言われている。ＨＰ《体力》ではなく、生命力だ。削ったら戻らない可能性のあるものだと覚えておけ」

「……はい」

ちょっとウキウキしていたからなのか、さらに覚えたいなと思っていたら、釘《くぎ》を刺された。いや、重要な情報だから助かったけど。

「そうなんですね。他にどんなものがあるとか、覚え方とかわかりますか？」

「人によって覚えられるものが違う。そいつの強さを決めることにもなるから、アビリティの種類は公表しない。貴族とかなら、そういうのを管理してるんだろうがな。わからないままにしておけ」

「そうさね。ひよっこ、ステータスとアビリティはあまり公表せんほうがええ。〈調合〉があるってだけで、冒険者ギルドに目をつけられたんじゃ。利用されることにもなるから、考えたほうがいいさね」

「は、はい」

ステータスやアビリティは原則公開しない。知識不足だから、色々聞いてみたいけど、藪蛇《やぶへび》になる可能性があるのか。〈調合〉があるから目をつけられた……なるほど？　家の紹介の時にも言っていたけど、薬師が不足しているという情報は間違いないのか。しかし……。実は、アビリティの中で、取った覚えがない〈祝福〉というアビリティがあるから、聞いておきたかったのだけど……。

ちょっと聞くことができそうもない。そもそも、このアビリティを何で取ったのか思い出そうとしても思い出せない。いや、あの白い世界でのこと自体がなんか不自然な気もしている。そんなに時間はたっていない……体感では一日前のことなのに、昨日の夜よりも記憶が曖昧な気がする。帰ったら、覚えてることをメモしておこう。

「一応説明しておくと、アビリティっていうのは、覚える条件は人による。どうやっても覚えないこともある。まあ、基本的にはそいつのステータスや覚えたスキル・アビリティとか、熟練度に左右されると言われてる。同じように戦っていても、ステータスが高くても、覚えないときは覚えない。逆にステータスが低く、関係なさそうなのに一発で覚えることもある。運が関係すると言われているが、解明されていない」

「へぇ～……じゃあ、覚えたらラッキーってことでいいんですか？」

「ああ。熟練度については、強い敵と戦えば上がりやすいな。例えばだが、レベル1でレベル3程度の敵と戦うのと、レベル10でレベル3の敵と戦う場合は熟練度に違いが出る。あとは、クリティカルを出したり、弱点を突くと上がりやすいらしいな」

「物を作るときは難しいものを作ると上がるさねぇ。まあ、失敗すると熟練度は少ないし、素材がなくなることを考えると、難しいものを作るのがいいとは言えないがね」

「なるほど……」

生産でもレベルが上がるから〈調合〉などをメインにするのもあり。その方が安定して暮らせそう。でも、素材採取も自分でやるなら、貴重な素材を手に入れるために冒険者もしなくてはならない。このバランスをきちんと考えておかないと両立が難しそう。

「スキルとかアビリティはたくさん覚えておくといいぞ。ステータスも上がりやすくなる。まあ、いろんなことを何度も繰り返していれば、色々覚えるからな。ソロの方が自然と多く覚えられる」

「え？　じゃあ、特化しないで色々覚えたほうがいいってことです？」

「いや、そうとも言えないのが難しいとこだな。実際、必要なとこを特化させて極めればボーナスもある。色々覚えればその分、熟練度の割り振りが減るとも言われているからな。まずは必要なことだけを特化させるのも冒険者ならよくやる」

色々と覚えると熟練度が分配されてしまい、メインで上げたいスキルが上がりにくくなることもあるとのこと。自分が上げたいものが上がるとは限らないってことかな。特化させて極めれば、ボーナスがあるというのはステータス上のことなのか？　それ以外の何かがあるのかもしれないが、二人とも説明する気はないらしい。

「ひょっひょっ。自分の好きなようにするのがええ。試行錯誤を経て、自分で成長させる。それが若いもんの特権。最初から楽しようとせず、自分で工夫してみるのが一番だよ」

「なるほど……まあ、ソロでやっていくので、特化させずに、満遍なくやってみます」

「ああ。お前は色々覚えておくのがいいだろ。〈採取〉や〈観察〉のアビリティは必須だぞ。今日だけで覚えろよ？」

「え!?」

〈採取〉や〈観察〉って、今日だけで覚えられるものなの？　簡単に言ってるけど、どうやって覚えるものだか説明してほしい。

「大丈夫さ。そこのレオ坊でも覚えられたからのう。お前さんはやる気もあるし、百回も草を摘んでいれば覚えるさね」

「百回？」

「ああ。アビリティ取得の目安は熟練度が百回と言われてる。まあ、二百回、三百回で覚えることもあるし、人によるけどな。ただ、雑に扱わず、目的意識を持って作業すると覚えやすい」

「はい。やってみます」

魔法はMP、スキルはSPを使うが、アビリティには技や呪文のように唱える必要はなく、MPやSPもかからないものがたくさんある。普段ちゃんとアビリティを使っているか、判断できないことも多いからこそ、きちんと使っているという意識を持つことが大切。

魔物を狩ったり、植物を採取するときによく見ることが、〈観察〉を覚えるコツらしい。〈採取〉は草を摘むとかでいいが、素材を使えるようにすることを心掛ければすぐに覚えるらしい。

なるほど。レオニスさんも覚えたのなら、私も今日中に覚えておきたい。頑張ろう！


「ふぅ、ようやく着いたのう」

「ここに何かあるんですか？」

「この丘はばあさんが必要とする素材が比較的採取しやすいんだ。といっても、ばあさんが必要なだけで、ギルドでは必要としてないものも多いがな」

「詳しいですね」

二時間くらい歩いて、ようやく、目的地に着いた。

西の丘は、町の近くよりは強い魔物が出るが、敵は複数で出ることは少なく、初心者でも安心。〈調合〉で使う素材も手に入りやすい場所だが、冒険者には不評。不評な理由は稼げないから。魔物は単体で倒しやすいのはいいが、希少でもないから価値はなく、調合素材は扱いが難しく、〈採取〉が下手だと納品できない。

専門家が採取するための護衛任務を出すなら、それなりに金になるが、そうでない限り冒険者はここに来ることは少ないらしい。そもそも迷宮ダンジョンが同じくらいの距離にあるため、そちらで稼ぐほうが経験値も良く、稼ぎがおいしいから、同じ時間をかけるならそっちに行くそうだ。

「あいかわらず、人はいねぇな」

「ひょひょっ、決まったレシピばかり作っておるなら、ここの素材は必要ないからのう。最近の薬師ギルドは向上心が足りんもんばかりさね」

楽しそうに話しながら、慣れた様子で奥へと向かっていく。

「そういえば、お二人はどういう関係なんですか？」

「こやつは若いときに無茶をしてのう。作ってやった薬で九死に一生を得たんだよ。それからたまに素材採取を頼んでいるのさ」

「そうなんですね……」

レオニスさん、引退したとはいえS級になれるA級冒険者だったと聞いた。

その人をパシリにするって、すごいのでは？　命の恩人だから、かな。レオニスさんは結構義理堅い人だ。しかし、ここらへんの敵は強くないから私でも大丈夫そうだけど。A級の人が来る場所じゃないよね。もっと危険なとこに出向いて、強い魔物を倒しているイメージだ。

「ひよっこ。さっそくじゃが、〈採取〉をするがええ。この苦葛《にがかずら》は、蔓性《つるせい》の茎も実も乾燥させて使う。乾燥させるのが難しいのが難点さね。無理やり引っこ抜かずに、丁寧に剥がしていかないと傷がついて乾燥に失敗するので気をつけんといかん」

なるほど。茎ばかりで実が見つからないと思ったら、高いところに生《な》っていた。木に巻き付いているのを引きちぎらないように、茎を剥がしていき、適当な長さで切り、魔法を発動する。

「乾燥させる…………乾燥〈ドライ〉。こんな感じですか？」

「何をしたんだい？　乾燥しておる。品質もよい」

乾燥させた茎を渡すと、パメラ様がじっくりと手に取って確認をしている。その顔は驚きつつも、真剣な表情で、異常を見逃さないように全体を見ている。全体的に水分を飛ばした状態になったと思うけど、ダメだったのか？

「えっと、複合魔法で、水を抜きながら光を当てるというか……干した感じです……多分」

乾燥させると聞いたから、そのまま〈複合魔法〉を使ったけど、もしかして、〈複合魔法〉もばれちゃいけないものだったりするのか。

実は、魔法自体がその理屈をよくわかってなかったりする。水を出す、水〈ウォーター〉も、出す量や出し方によって消費するＭＰが変わる。他に覚えている魔法も使ってみないとまだ効果はわからない。そもそも、効果についても説明がないことにも困っていたりする。これは、今後試しながら使いこなしていくつもりではあるけど。

乾燥〈ドライ〉については、〈聖魔法〉と〈光魔法〉と〈水魔法〉を合わせた魔法ということしか、わかってない。というか、〈複合魔法〉は、これしか覚えてないとも言える。昨日、浄化〈プリフィケーション〉とか、水〈ウォーター〉を使って実験していたら、いつの間にか、〈複合魔法〉に追加されていた。わかることは、魔法の横に何と何の魔法を組み合わせているという表示だけ。調べたくても、光と水と聖を組み合わせて、なにか魔法を使おうにも思いつかないから、試しようがない。もっと、火とか風とかの魔法を覚えたら試してみたい。火と水の魔法の組み合わせでお湯を出すとかできるならやりたいよね。

「あの、魔法で乾燥できるかなと思って、試しただけなので……使えないなら」

でも、普通に乾燥をさせるのは、大変だ。魔法で品質が安定するなら、まあ、悪いことじゃない。

「使えるさね！　魔法でそんなことができるのを知らずに驚いただけだよ。ひよっこ、ここらの苦魔法系の人ならきっとできるだろう。戦士のレオニスさんができなかっただけだ。

葛をすべて、乾燥できるかい？」

「え？　全部はＭＰ切れ起こすと思います」

今、適当に一本だけに魔法を使っただけだから余裕があるけど。周りの木も含めて、結構な量がある。よく見たら、レオニスさんも同じように採取している。さすがに、量が多すぎると全部は厳しい。

「うむ。ならばできるだけでええ。すぐに取りかかるんじゃ」

「は、はい」

パメラ様のテンションがすごく上がった。乾燥させるのは、手作業ではすごく苦労していたのか。魚を干してるところとか見たことあるけど。急な雨とかどうするのかって考えると、簡単に乾燥したものが手に入る方法があるなら、欲しいのはわかる。乾燥が難しいって言ってたし、できる限り手に入れたいのだろう。

「ばあさん、無茶言うな。それ以外にも教える必要があるだろ。MPポーションなんぞ持ってきてないからMP切れになったら帰るしかないぞ」

レオニスさんが、師匠の近くまで寄ってきて止めてくれた。そうだよね、MP切れになるのはマズいよね。まあ、ここまで全く使わなくても問題はなかったけど。

「うむむ。では、できる限り乾燥させるのじゃ。これは熟練の者でも乾燥させるのに苦労するさね。特にこの季節は乾燥させても半分はダメになってしまうから、品が不足しておる」

「はぁ……。クレイン。MPの残りをきちんと把握して気をつける必要もあるからな。今のMPはいくつだ？」

レオニスさんは大きくため息をついた後、少し考えてから私にMPの確認を取った。

「えっと……今、MP49です。ここに来るまででレベルが二つ上がったので、最大値は60です。道中にもＭＰは回復してたみたいで、今の魔法は、４ＭＰでした」

「お前、ここまで魔法は使ってなかったよな」

「はい。基本的には剣だけで倒せたので……ＳＰも残ってます」

「まあ、ここまで魔物に苦戦はしていなかったからな。だいたい半分、六回使う分には問題ないだろ。ただし、一人の時はＭＰはできる限り残せ。半分も使ったら撤退もしくは休憩し、回復を考えろ」

「わかりました。じゃあ、六回に分けて……これくらいかな。……乾燥〈ドライ〉」

今日は、引率者がいるから、許可するってことかな。長いこと冒険者やってるからこそ、引き際を決めているってことだよね。ＭＰ管理は大事。無理は禁物。

ただし、恩人の願いには弱いあたり、良い人だ。私も恩知らずと言われないようにきちんと返そう。許可を得たから苦葛を乾燥させてしまおう。そして、昨日の実験のおかげで一回の使用ＭＰ量がわかるから、レオニスさんが集めた苦葛と合わせて、一回の量を集めて魔法を唱える。

「あの量が六回分なら当分困らんのう。まさかの拾い物じゃな」

「ばあさん……金はきっちり払ってやれよ？　ばあさんの額を基準に、今後ギルドに卸す可能性があるからな」

「わかっとるわ。きちんと教えてやらねばなるまい。あの魔法も軽々しく使っていいもんではないからのう。しかし、レベルが低く、魔導士でもないのに随分とＭＰがあるのう。何者じゃ？」

「さてな。ばあさんはそっちは関わるなよ」

「坊。あまり無理するでないぞ。今は妻もおるのじゃからな」

「わかってる。だが、あれは気になるんだよ。危ういところもあるしな」

うん？　なんだか、深刻そうな顔をして二人が話しているけど、何かあったのだろうか。六回に分けて乾燥させたものを確認してもらうが、よくできていると言われた。

他にも乾燥させておくといい植物を教えてもらった。メモしながら、周辺を探索して〈採取〉を行っていく。帰りまでにMP回復をしたら、乾燥させよう。魔法鞄って、重さもだいぶ軽減してくれるけど、軽いほうがいい。水分の分だけでも軽くしよう。

西の丘は、岩が多くて、歩きにくい場所が多い。乾燥に強い植物が岩肌に生えているので、珍しい素材が採りやすい。ただし、取り扱い注意の素材が多いとのこと。敵は全く苦労せずに倒せた。ここは、群れで暮らすような魔物はいないらしく、街道よりも楽に倒せる。しばらくはここに通うのもいいかもしれない。


そんなことを考えていたら、ヤバい奴に遭遇した。

「くっ……重っ……」

「油断するな。そいつは素早くない。よく見て、対処しろ」

敵は一体、大丈夫だと油断していた。突進してきた大きな赤いトカゲのような魔物。突進してくる直線上にパメラ様がいるため、盾を構えて防御すると、重い衝撃を受ける。HPが五分の一ほど削られていた。これは、多分、推奨レベルが高い魔物なのか？

「回復〈ヒール〉……レオニスさん、パメラ様と少し離れていてください」

「おう。大丈夫だな？」

「やってみます」

攻撃力が高いけど、素早さが低いなら避《よ》けながら、隙《すき》をついて攻撃をしていけばいい。攻撃してくるタイミングを見計らい、カウンターを仕掛けて剣で斬りつける。

「硬い……それなら……」

鱗《うろこ》にわずかに傷がつくが、あまり効いていない。鱗で覆われていない部分を攻撃したほうがいいか。足と首の下部分かな。避けながら、鱗がない柔らかい部分を攻撃していく。それでも硬いからなかなか倒せないが、攻撃を受けなければ負けることはない。何度も突進を躱《かわ》しながら、鱗を避《さ》けて攻撃を繰り返し、数十分かかってしまったが、なんとか倒せた。

「お疲れさん」

「お待たせ、しました……鱗が硬くて、なかなか攻撃が入らず……」

「見ていたからわかる。剣での戦い方は悪くないが、お前の場合、魔法で攻撃したほうがいいぞ？さっきのトカゲみたいに防御力が高い奴は、逆に魔法系が弱点なことは多いからな」

「……なるほど？」

「初見で戦う相手はきちんと見極める。あと、長期戦を避けることも生き残る秘訣《ひけつ》だ。まあ、どちらにしろ、お前のレベルで倒すには厳しい相手だが」

確かに。戦いながら、硬いところを避けて攻撃するのに一生懸命で、魔法を使うなんて発想はなかった。……魔法攻撃か。次の機会に試そう。

レオニスさんがにやにやと笑っているということは、わかっていてアドバイスはしなかったということだ。まあ、苦労はするが倒せると思ったんだろう。今後のために、もう少し戦闘には工夫が必要。戦闘において、自分ができることを最大限に生かして戦わないと駄目だ。〈水魔法〉を実戦で使えるように練習しよう。

「そろそろ帰るか、日が暮れちまう」

「うぬぬ……美香草《びこうそう》と丹苔《にごけ》が見つかっておらん」

「ばあさん、諦めろ。夜営の用意してねぇんだ。帰るぞ」

「仕方ないのう。ひよっこ。明日、うちで現物を見せるからきちんとメモを持ってくるんじゃや。次に見つけたら採ってこれるようにな」

「わかりました。伺います」

パメラ様は手に入れたい素材がどうしても見つからなかったらしい。レオニスさんが探していないところを見ると、多分、見つかったら運がいいような素材なのだろう。

とりあえず、素材採取については、今後任せてもらえるようで顧客ゲット。冒険者は、ギルドを通さずに依頼を受けることも可能。ただし、お互いに信頼関係がないと、不払いなども生じる。そして、ギルドは無関係のため、助けてもらえない。怪我しても補償もない。

ギルド発行の依頼も並行して受けておくと、もし数日たっても帰らないなどの場合、行方不明としてギルドが探してくれ、多少の補償金が入る。ギルドで魔物退治を受けたついでに採取できたから、それをギルドやパメラ様に個別に売るという体裁を取っておくことを勧められた。

……それでいいのか、ギルドの現役職員。

「定期的に採りに来ることになるだろうからな。ちゃんと覚えたか？」

今日だけで三十種類以上の素材を教えてもらっている。メモは取ってあるが、後でもう少しわかりやすくまとめておこう。安定した生活への第一歩が順調。あとは、〈調合〉と〈錬金〉をできるようになれば、予定通り生きていける。

「レオ坊、帰るかの。今日は十分素材が手に入ったさね、しばらくは材料に困らん」

「ばあさん……こいつに〈調合〉を教えるのも頼んでるって、覚えてるよな？」

「わかっておるわ！　明日からきっちり教えてやるさね」

「ありがとうございます、パメラ様」

「様ではなく師匠と呼ぶがええ。ひよっこじゃが、意外と根性もあるようじゃしな。素材を採ってくるなら、弟子にしてやってもええ」

「えっと……じゃあ、師匠。未熟者ですがご指導、ご鞭撻《べんたつ》をよろしくお願いいたします」

顧客ではなく、師匠になった。これで、薬師にもなれるだろうから、年取って冒険者として働けなくなっても安心。素材採取と引き換えなんて、すごくこちらにメリットがある。

「かたっ苦しいのう。まあええ。きっちりしごいてやろう。そうさねぇ……しばらくは、奇数の日は、昼の鐘が鳴る時間から教えることにしようかのう。他の時間はお前さんの好きにすればええ。まあ、勉強に使う素材採取も頼むことになるでな。毎回〈調合〉することにはならないから安心せい。まずは明日の午後からじゃな」

「はい。よろしくお願いします」

薬師としての道が始まった。金銭面を考えると冒険者としては素材採取専門で、薬師で稼ぐほうがよさそうだ。レオニスさんもそのつもりで紹介してくれたっぽい。師匠の方は、レオニスさんに頼まれたのかな、きっと。乾燥機にするために弟子にしたわけじゃないと信じたい。いや、二人とも期待していると言ってくれたから、信じよう。

3. 生活の安定に向けて

西の丘からの帰り道でも魔物を退治していたら、自分のレベルが4になり、〈採取〉を覚えた。〈聖魔法〉も上がったけど、部屋掃除に浄化〈プリフィケーション〉と、複合魔法の乾燥〈ドライ〉を使った結果かな。他の魔法は使ってないから伸びない。実はレベル3になったときに〈観察〉は覚えていたから、とりあえずの目標は達成している。

レオニスさんからは、今日一日の行動に対するアドバイスをもらった。魔物の討伐については、問題なく処理ができていたとお墨付きをもらえた。ただし、今後の課題として魔法の使い方、複数・遠距離の戦闘については今のままならソロでは危険とも言われた。戦闘については、ソロでやるなら……と言っているので、ソロとパーティーで考えることも違うようだ。レオニスさんの「生き残りたいなら」という言葉が重い。

何人も知り合いを失って、Aランクまで上り詰めたんだろうか。おそらく、タンクであるレオニスさんにとって、守れなかったことで辛《つら》い思いをしたのだろう。命の大切さについては、よくよく言い聞かされる。

ただ、申し訳ないが、私には、仲間を失っても冒険者を続けるなんてメンタルがなさそう。そもそも仲間とうまくやっていく自信がないわけだが……。

「クレイン。ほら。今日狩った獲物をギルドに持っていって、〈解体〉を依頼してこい。あと、やる気があるなら、そのうち〈解体〉の講習を受けることを勧める。まあ、金に余裕ができてからでいいが、お前なら覚えられるはずだ」

「わかりました。あとでラビットのお肉、お届けしますね」

「いや、お前が狩ったんだろ」

「食べ切れません……昨日ご馳走《ちそう》になった分だと思ってください」

「わかったわかった。これで講習も終わりだ、きっちり冒険者として稼げよ？」

「はい！　頑張ります」

町の入り口で、師匠とレオニスさんとは別れた。レオニスさんはギルドに戻る必要があるのではと思ったけど、今日は講師をする届出を出しているから顔を出す必要はないらしい。とりあえず、ギルドに行って〈解体〉をしてもらおう。「兎《うさぎ》の肉は美味《おい》しい」と師匠も言っていたから、師匠の分とレオニスさんの分に分けて、お裾分けに持っていこう。

「すみません。〈解体〉をお願いしたいんですけど……」

「あ？　なんだ、お前？」

ギルドの裏にある解体の作業場に行くと、ちょっと強面《こわもて》な髭面《ひげづら》のおじいちゃんがいた。背も成人男性にしては低いし、耳がちょっととがっている。ファンタジーでよくいる、ドワーフなのかな。作業服がよく似合っている。

「えっと、新人の冒険者です。今日狩った魔物の〈解体〉をお願いしたいので……えっと、ホーンラビットが六体とヤコッコが二体です。お肉が欲しいのでお願いします。あと、おっきなトカゲ

「……」

「こいつの〈解体〉か。一時間ほどかかるから、適当に待ってろ」

袋から今日狩った魔物を取り出す。それをじっくりと確認してから、受け取り時間を指定された。

食べられる魔物の肉は、〈解体〉をお願いする。できれば、次から自分でできるように見せてもらいたい。う〜ん。お金に余裕ができたらと言っていたけど、〈解体〉はすぐに欲しい。これからも〈採取〉に行くことは、それなりの頻度であるから、早いほうがいい。

「見ていてもいいですか？」

「あん？　邪魔になるだろうが」

「えっと……邪魔しません。〈解体〉の仕方覚えたいんです。あ、きちんと講習代をお支払いします」

「ちっ、まあいい。おら、講習してやるから見ていけ。今日の〈解体〉分以外にも、三時間まで見学してかまわねぇ」

最初は嫌そうな顔をしていたが、お金もきちんと払うと伝え、頭を下げると仕方なさそうに了承してくれた。見られてると気が散るという気持ちもわかるんだけどね。

「ありがとうございます」

素早くナイフで皮を剝《は》いで、〈解体〉をしていくが、見やすいように角度を調整して、説明をしながら器用に捌《さば》いていく。一人相手でもこんなに丁寧に説明してくれるなら、すごくわかりやすくて助かる。す〜っとナイフが入って、骨と肉が分かれていく。皮や肉へと分けていき、最後に魔石を取り出す。〈解体〉のアビリティがないと、素材が消えたり、取り出せても品質が落ちるらしい。

「こんなとこだ、わかったか？」

「あ、えっと、正直早くてわからなかったので……その、次、ラビット一体を横でマネしながらとかでもいいですか？」

「おう。俺は手を止めないが、やってみればいい。あと、今後も解体素材を自分で持ってくるなら横で練習してもかまわない。講習代はかかるがな」

「それはもちろん、お支払いします」

自分の持っていた素材はすぐ終わってしまったけど、他の冒険者からの魔物の〈解体〉を見せてもらい、色々と教えてもらった。魔物についても説明をしながら〈解体〉してくれたので、勉強になった。

ホーンラビットの角を折っていたことを聞かれたから、師匠のパメラ様に納品すると説明をしたら、まじまじとこちらを確認され、知り合いかと聞かれた。レオニスさんの紹介と伝えると……はっとしたように私を見て、その後、ぐっと何か言いたそうにしてから、息を吐き出す。そして、匠《たくみ》に納品するならという理由で、他の素材についても、取っておくといい部位を教えてくれた。理由はわからないけど、何か事情があるのだろう。冒険者ギルドでは、依頼の時に必要だと言わないと廃棄してしまう。ただし、必要な部位分だけ金額も割り増しになる。今回みたいに先に取っておこう。素材は大事。無駄にしない。

「コツというわけではないが、お前さんの場合はもう少し力がないと厳しい。鍛えてこい」

講習の最後のアドバイス……はい。力を入れずに、すぅ～っとナイフが入っていた気がするが、一定の力は必要らしい。うん。難しいね、要練習。とはいえ、ホーンラビットとか、ヤコッコなら、町を出ると結構いるから困らない。

「ふん。まだ、腕は粗いからな。たまに顔を出すようにしろ」

「はい、ありがとうございました」

最後の方は、結構捌けるようになっていたと思ったが、まだまだらしい。週に一回くらい顔を出して、練習するようにしよう。魔物も色々と種類を用意しておいたほうが覚えるのにちょうどいいかな。

講習代と解体代で百二十Gだった。解体代、安いなと思ったけど、そもそも素材を傷めないためにギルドでやっているから、高くすると依頼せずに、自分たちでやろうとして素材を傷める。そんなことがないようにするのが目的とのこと。まあ、希少な魔物ならそうなるのかもしれない。


その後、肉をお届けに行くのが遅くなり、レオニスさんには、「遅かったな」と言われたから、講習を受けたことを説明した。「無理するなよ」と、あきれられたが、「持っていけ」とドライフルーツをくれた。頑張っているご褒美らしい。後ろで、ディアナさんがため息をついているけど、大丈夫だろうか？　すごく嬉《うれ》しいけどね。

今日は頑張ったし、家に帰って、ゆっくり休もうと思っていたが…………。

「××××！　×××××××！」

「×！　××××××××！　×××××××××！」

家に近づくと、大声で怒鳴りあっている声が聞こえた。すでに、日が暮れてから数時間はたっている。深夜とは言えないがだいぶ遅い時間だろう。この時間になると正面の倉庫は閉まっていて、人の気配もなく静かだった。隣の工房の方は、いつもよりは控えめだが、トントンと音が聞こえているから、まだ作業をしている。

それにしても、怒鳴り声は男女のようで、どんどん近くなってきている。近所で喧嘩《けんか》してるのかな～と思いながら、自分の家の前まで来ると見知らぬ男女が家の前で怒鳴りあっていた。

「えっ？　なんで？」

思わず口から出た言葉に気づいた男女が、こちらを見てくる。

一人は初老に入るくらいの美魔女系。昔は色っぽいお姉さんとしてモテただろう。着ている服も、この町では高級だとわかる光沢のある布で作られたワンピース？　ドレス？　がオシャレ。ピシッと立っていてスタイルもいい。

もう一人は背の高い白髪で髭をたくさん生やしているお爺《じい》ちゃん。背中に大きなハンマーを背負っていて、頭には大きなゴーグル。服は防火服のような厚手の生地の作業着。おしゃれとは無縁な職人のようだ。

どう見ても、お互いに関わり合いがなさそうな二人が、なぜか、家の前で、怒鳴りあっていました。そして、こちらに気づいて睨《にら》まれてます……。どうしてこうなった？

「……あ、あの……うちになにか？」

「お前がこの家を借りたっていう変わりもんか」

「ようやっと帰ってきやんした。お待ちしましたわぁ」

「え？　……あの？」

お待ちしましたわと言われても、知り合いじゃない。美魔女さんはにっこり笑って私の腕を引っ張って家の中に入っていく。その後ろから背の高いおじいちゃんも入ってきた。あれ？　鍵閉めてあるのに、なんで入れるの？　え？　私、なんかしたっけ？

家に入って、埃《ほこり》だらけの部屋に顔をしかめるお爺ちゃん。少しずつでも掃除はしているけど、まだまだで申し訳ないとは思う。私も人が来るのがわかっていたら、もっと掃除をしていた。ただ、時間がなかったし、上の部屋だけは、なんとか……許してほしい。

「すんませんなぁ。うちはこの家の持ち主やねん。あんたが家を借りると聞いたんで、話しに来たんよ」

「え……すみません。出かけてしまっていて……お待たせしました……その、掃除もできておらず……上の部屋でいいでしょうか？」

「あらまあ、冒険者と聞いてたんでどんな荒くれかと思いんしたが、随分と行儀がええんやね」

「まだ、登録したばかりの新人なので」

女性の方は、大家さんだったらしい。それで鍵を持っているのも納得した。でも、勝手に入るのもまずいと、家の前で待っていたらしい。

とりあえず、綺麗《きれい》にした三階に案内をして、三人分のお茶を用意する。

「すげぇな。何年も放置されてたのに、この部屋は見違えるほど綺麗になってやがる」

「随分と綺麗にしたんやね。この部屋だけみたいやけど」

「あ、はい。……まずは寝るところと食事作るところからと……下の部屋も少しずつですが、きちんと掃除します」

寝る場所と、トイレとキッチン以外もちょっとずつ綺麗にしている。三階は掃除が終わり、綺麗な状態になっている。あとはお風呂も使えるようにしたい。まだ、一階と二階は掃除ができていないけど、レベル上がってMPも増えたから、大部屋でもいける気がする。寝る前にやってみようかな。MPはもう回復しているから、なんとかなりそう。

「真面目やねぇ。まあ、あんさんに話したいことなんやけど。この家は、薬師か錬金術師に貸すよう伝えていたんよ。でも、手違いで、冒険者のあんさんに貸すことになったと聞いたんよ」

「あ、冒険者ですけど……〈調合〉できる家を希望しました。冒険者として、素材採取しながら、自分で〈調合〉をしたものを納品して生計を立てる予定です。宿で調合するのは、においがついてしまう可能性があるからよくないと教えてもらい、部屋を探し、この部屋を紹介されました」

貸し出す条件で、冒険者はダメ。つまり、契約取り消しのために来たのか。違約金とか、この世界ってどうなるのか。すでに、今月分は払ってるから、その間だけでも居させてくれるといいんだけど。とりあえず、こちらの希望を伝えるだけ伝えよう。駄目なら、レオニスさんに相談しよう。

「冒険者兼薬師か。聞いたことないが、できんのか？」

ゆっくりと噛《か》み締めるように、兼業であることを確かめてから、確認された。そこには、できるはずがないという意味が含まれているのがわかる。

「〈調合〉、薬を作るってのは、生命《いのち》に関わる仕事なんよ。冒険者しながら納品するなんて随分と簡単に言いはるけど、何も知らないお人が適当に物を作って納品してええと思う？　不良品だったら、最悪、人が死ぬことだってあるんよ」

さらに続く、大家さんの言葉にも重みを感じる。まあ、薬っていうのは、そういうものだとわかっている。必要以上に摂取すれば、毒になる。半端な覚悟で手を出すな……ってことは、わかるけど。こちらも生きていくためには、必要なことだと思っている。手に職を持っておくというのは大きい。

「知識はこれから覚えることになりますが、他の人に迷惑をかけないようにします。幸いにもパメラ様を師匠として紹介していただき、弟子になることができました。この家で作った薬で人が死んだとならないこと、お約束します」

「パメラって、あのパメラ様かい！　今まで弟子なんて取ったことないのに、どんな心変わりしたんよ!?」

「おいおい、まじかよ。あのパメラ様が!?」

うん？　パメラ様は有名人なのかな。弟子取ったことないの？　特に理由もなく、素材採取するなら、弟子にしてくれるって言ってたけど？

身を乗り出して、嘘《うそ》なら許さないと睨んでくるあたり、この人たちは師匠のこと尊敬してるっぽい。それなら、レオニスさんのことも知っているのか？　そもそも、レオニスさんのことも師匠のことも、名前と職業くらいしか知らなかった。もう少し基本情報を教えてもらっておくべきだった。

「えっと……今まで素材を採りに行っていたレオニスさんの紹介です。素材の一部を直接卸すのであれば、弟子にして〈調合〉を教えると約束してくれました。卸した素材もきちんと適正に買い取ってくれることになっています」

「ほんまかいな」

「まあ、あいつの紹介ならありえるか？　だが、なあ」

二人ともレオニスさんのことも知っているらしい。レオニスさんともう一人、仲間の人がずっとパメラ様に納品をしていたのは有名らしい。それでも、戸惑っていることが感じ取れる。

「はい。今日、〈採取〉を教わりました。これ、えっと……メモですけど」

教わったことを書いてあるメモを渡す。基本的に植物の名前、見た目、採取の仕方、保存の仕方くらいだ。いや、これ見ても、パメラ様に教えてもらった証拠にはならないのはわかっている。勉強していることを示すだけだ。ただ、メモを見ながらも頷《うなず》いたりするのはかまわないけど、メモにさらに追加で処理の仕方を書き加え始めたから、さすがに止めた。

「あの……師匠に言われた処理の仕方なので、他の処理で納品を希望する場合、新しい紙に書いてもらえますか？」

「ん〜そうやね〜。ついでに、今日採ってきた素材はあるん？　見せてもらえへん？」

「あ、はい……その、メモに書いてあるものの一部は冒険者ギルドに納品してしまったので、全部あるわけじゃないですけど」

一通り、素材を並べていく。すでに解体処理されたものもあるし、〈調合〉用の素材はあるけど、〈錬金〉用についてはほとんど換金したんだよね。お金が目減りしているから。……また採りに行けば大丈夫と聞いていた素材はほぼお金にした。まあ、初心者でも危なくない場所で採れる素材だからたいしたお金にはならないんだけど。

「そのようやね。〈調合〉に使わない素材については、売ったんは残念やわ。明細見る限り、買い叩《たた》かれてるやないの」

「そう、なんですか？」

「知らないで納品したん？」

あきれた顔で聞かれ、答えに窮してしまう。いや、だって「ギルドでの買い取り額は○○Gです」って言われたら、そのまま売るでしょ。念のため一緒に渡してしまった納品の明細も確認されたが、ダメダメっぽい。

これは、錬金ギルドならいくらで売れる、大家さんに直《じか》ならいくらでと、教えてもらった額をメモしていく。まあ、中間マージン取るためにも冒険者ギルドで安いのは仕方ないと思うけど。結構、最低額での買い取りだったようだ。処理の仕方がいいから、もう少し高くなるという。次からは……いや、交渉は難しい。言われた額で納品するほうが、心情的に楽だと思う。

「……まずは生活資金を少し用意する必要がありまして……お金にしておきたくて」

この家借りたお金も、自分で出せてません。なんて、言えない。やっぱり貸せないとか言われたら、借金だけ増えてしまう。

「まあ、新人なんて金がねぇもんだしな。気にすんな。なあ、そんなことより、こいつはどうなってんだ？」

「ええ、このすでに乾燥している茎や実、どういうことだか教えてもらいましょか？」

「えっと、乾燥させて使うものは、先に魔法で乾燥させました。水分がなくなれば少しだけど軽くなるので、持ち運びが楽になります」

「簡単に言いはるわ～」

冒険者なら魔法を使うことにも納得したらしく、今後はいくつかの素材はギルドに納品しないで、大家さんが買い取りする要望が出た。毎週、一度は顔を出すとのこと。素材については、悪くならないものについては、納品を控える……と、お金が手に入らないけど……。必須な素材は納品せずに溜《た》めて、大家さんとも良好な関係を築いておこう。

「なあ、俺の方で用意した木材とかをこんな風に乾燥させることはできるか？」

「え？　あ、はい……まあ、素材加工の作業代金をいただけるならやりますけど？」

「お、いいねぇ」

乾燥させるのはかまわない。加工代金とか、相場がわからないけれど。稼げるなら稼ぎたい。

でも、そんなことより……。気になっているのが、この人誰？　大家さんと共に家に入ってきて、会話に参加しているけど。

「あの……ちなみに、大家さんの旦那さんとかですか？」

この人がなんでいるのか、わからなかったから聞いてみた。

「あぁ？」

「はぁ!?」

「すみません！　えっと、関係がわからなかったので」

違った。二人に睨まれて、頭を下げて謝罪する。でも、大家さんと怒鳴りあってたし、一緒に家に入ってきたし、会話に入ってきてるから、大家さんの関係者だと認識していた。男女で怒鳴りあうわりには仲がいいので、夫婦かなって思ったのは短絡的だった。申し訳ない。

「俺は、隣の工房のもんだ。クラナッハという。多分、音がうるさいとか迷惑かけることになるんで、挨拶に来ただけだ」

「あ、そうだったんですね。えっと……大家さんとは知り合いで？」

「おう。俺らは同年に生まれて、この町で生まれ育ったんだが、お互いに生産職になったからな。ついでに、昔はこいつがここに住んでたんでな。前の隣人で顔見知りってだけだ」

「ただの腐れ縁やわ。二度と間違わんといて。うちは、アストリッドいいます。よろしゅう」

同い年……。まじで、美魔女だ。アストリッドさん、レオニスさんよりちょっと上かなって思ったんだけどな。このお爺ちゃん……クラナッハさんと同じ年齢なのか、すごい。アンチエイジングってやつだよね……錬金術師って、そんな感じなのか。

「えっと……すみませんでした。その、家の方は……」

「まあ、あの人が教えるなら、〈調合〉もできるようになるんやろうし、ええでしょ、この家は貸しましょ」

少し考えたようだけど、ＯＫをもらえた。師匠のことを知っているからというのが大きいのか、部屋を貸してもらえることになった。ついでに、師匠によろしく伝えてほしいとのこと。うん？　なるほど、生産職にとって、師匠って尊敬される人物なのか。お隣さんは流行《はや》り病《やまい》で助けてもらったと。大家さんは、憧れてると。へぇ……世間は狭い。

なんだか、こっちに来てからすごく人との出会いに恵まれている。前の世界では……。ふと、人間関係を思い出そうとした途端に頭痛が起き、頭に手を添える。

「っ…………」

「あんさん、どうしたん!!」

「あっ……ちょっと、頭痛持ちで…………もう大丈夫です…………」

前の世界でのことを考えるのをやめると頭痛が引いていく。何が引き金なのか……今は考えるのをやめておこう。心配そうにこちらを見ている大家さんに大丈夫だと笑いかけ、飲み終えたコップを持って、立ち上がる。

「無理せんでええよ。少し休んどき」

「いえ、大丈夫です。ちょっと、お茶淹《い》れなおしてきますね」

キッチンで竈門《かまど》に火をつけて、お茶を淹れなおす。電子ケトルみたいなものがあればいいけど、魔道具は庶民にはあまり普及していないから、お高いらしい。〈火魔法〉覚えたいな。着火がすごく楽になる。火打石《ひうちいし》は持ってる。レオニスさんにきちんと持つように教わったが、結構使いやすいけど……お値段がね……。ダンジョンで取ってこられるようになるらしいけど。

お湯を沸かしている間に、だいぶ落ち着いてきた。

「大丈夫なん？」

「はい、ありがとうございます。ところで……あの、二階の部屋にある器具って使っていいんですか？」

「あれは〈錬金〉に使うもんやけど。まあ、一部は〈調合〉でも使える器具もあるし、好きにしてかまへんよ」

「ありがとうございます。では、使わせていただきます」

これで、作業部屋も問題がない。ただ、錬金のレシピを入手する場合、どうするかは今後考えよう。大家さんにお願いして買ってもらうというのも、気が引ける。そこまで甘えるわけにはいかないし、元手になるお金もない。お金が貯《た》まったら考えよう。

「あ、あと……すぐではないんですけど、家を改築してもいいですか？」

「う〜ん。改築はしてほしくないんやけど。なんでなん？　それに、あんさんが出ていった後、また家を貸すかもしれないとき、戻してくれはりますん？」

「えっと、戻すようにします。最初は店を開くつもりはなかったので、入り口の部屋をお店仕様から変えたかったんですけど……今日、具体的な素材の話を聞いて……そのまま保管するよりも、部屋を分けて保管したほうがいいかなと……その、常温の保存と、温度を低めにした保存と、湿度を下げた状態での保存とか……あと、本が傷むので、本は単独で、一つの部屋に保管したほうがいいと思ってます」

現状では、大部屋に素材棚も本棚も関係なく置かれている。大部屋より、いくつかの部屋に分けてしまったほうが、保存もしやすいと思うんだよね。埃かぶってるから、綺麗にするついでに分けていきたい。

「ん～そういうことならしゃあないわ～。確かに薬師であれば、保存に気を使う必要もあるのはわかりますわ。具体的に改築する案ができたら聞きますわ～」

「はい。その時にまたご相談します」

改築の許可はあっさり出た。なんだかんだで、素材の置き場を工夫する分にはかまわないらしい。錬金素材も置くとなるとそれなりに工夫が必要になりそうだ。

「んじゃ、俺も帰るか。加工の件だが、そのうち入荷したら寄らせてもらうからな」

「あ、はい。お待ちしています」

「あと、これもよろしくな」

冒険者として素材採取に行くのなら、ついででかまわないから、いくつかの魔物素材と木の伐採や鉱石なども頼むとお隣さんからメモを預かった。品質が良ければ、色をつけてくれるとのこと。急いで欲しいものではないが、手に入ったら持ってきてほしいと。まあ、かまわないけど。

お隣さんがギルドに依頼をかけないと納品クエストが出ないなら、私が直で売ってもいいはず。多分。一応、レオニスさんに確認取っておこう。

次の日の午前中は生活に必要な道具や食料などの買い物の後、部屋の掃除をした。この家には、大家さんが集めた本がたくさんある。〈錬金〉に関する専門書、植物や鉱物図鑑など、整理しながら読みたい本をまとめていると、結構な冊数を自室に運んでいた。

読むのは時間がかかると思うが、錬金術師の専門書が多いのは助かる。〈調合〉は教わることができても、〈錬金〉は独学でするしかない。最悪何もできないかもと思ったけど、本を読むことでなんとかなりそう。レシピは購入しないとだけど、基礎的なことは十分に身につきそうだ。

午後は師匠となるパメラ様の家に向かう。聞いていた家に着くと「早かったね」と笑って、招き入れてくれた。少し準備をするからと、お茶を出されたから、大人しく飲んで待つ。

「さてと。まずは、師弟の契りを結んでおこうかねぇ」

「師弟の契り、ですか？」

「たいしたことをするわけじゃないよ。契約魔法のスクロールを使って、お互いが師弟であることを証明できるようにしておくさね。それによって、レシピを無償で渡すことができるんだよ」

「レシピ、高いって聞いてますけど……いいんですか？」

「ああ。薬師はレシピがないと作れないものがほとんどさね。そのレシピも王国では管理が厳しいからね。師弟になっておいたほうがいいんだよ」

レシピは無料で渡せないのか。ぼったくられるって言ってたけど、そもそも管理が厳しいせいで、高額になっているのか。必要なことなんだろうけど。〈調合〉と〈錬金〉、どっちも一人でやろうとしたら、お金がヤバい。

「えっと、デメリットとかあります？」

「まず、師弟関係は、お互いが同意しないと解消ができないねぇ。まあ、片方が死ねば解消されるが、解消したとしても、記録としては誰の弟子だったかは残っている。あとは、お前さんの場合は薬師ギルドからは印象が悪くなって、依頼を受けられないさね」

「なんでですか？」

印象が悪くなって、依頼が受けられない？　待ってほしい。私は一応冒険者ギルド所属だから、依頼を受けるとしたら基本は冒険者ギルドになる。それに、受けられないってあるの？

「昔、色々あったせいで薬師ギルドには目の敵《かたき》にされているんだよ。わたしの弟子になれば、お前さんもそうなる可能性がある。薬師ギルドから依頼を受けることはできなくなるさね」

「なるほど？　でも、たしかギルドって一つしか登録できないんですよね？　私は冒険者ギルド所属なので、そもそも依頼を受けられるんですか？」

「わかってるじゃないか。そういうことだよ。お前さんにとって、ギルドを変えるならデメリットになるが、そのままの所属なら大差ないよ。ついでに言うなら、実力さえ上がれば薬師ギルドでなくとも王侯貴族の依頼は入ってくるよ」

「え？　それもちょっと……関わりたくないです」

師匠は薬師ギルドとは敵対。ただし、腕がいいから貴族からの依頼がある。なるほど？　まあ、薬師ギルドからすれば、目の上の瘤《こぶ》みたいなものか。で、私も同じになる。冒険者ギルドに所属していれば、問題なさそう。レシピ代も浮くし、私にはメリットしかない。

「……まあ、お前さんはそれでいいよ。いいかい、薬師は薬で人を救う仕事さね。高い材料で必要以上に効果の高い薬を作って売って利益を得るのも、逆に安価な薬で、普段薬を使わない者から利益を得るのも……ひよっこ、お前さん次第さね。お前さんがどんな道を選ぶにしても、薬は薬さね。作り手の意思で値段も効果も変わる」

「師匠……えっと、私、そんな高尚なこと考えてなかったんですけど……弟子にしていいんですか？」

「わたしが死んだら、弟子がいないってことで、薬師ギルドにすべてのレシピが引き継がれる。今まで、足を引っ張り、嫌がらせをしてきた奴らにわたしのレシピを渡すのも業腹だろう。とはいえ、薬師が薬師ギルドに所属できないのはデメリットだからね。弟子になりたがる奴もいなかった。でも、そこにお前さんが現れた」

「え？」

「冒険者兼薬師。いいじゃないか。お前さんにとって、わたしの弟子になってもデメリットはなく、レシピが手に入る。わたしは薬師ギルドに自分の財産を渡さなくていい。お互いに損がないさね。それにわたしも若い頃は自分で採りに行っていたよ。この町は、近場でもそれなりに素材に困らない、いい土地だよ」

「……私だけ得してる気がするんですけど」

「細かいことはいいさ。ほら、契りを結ぶよ」

巻物を使い、よくわからないまま、『師弟の契り』というのを結んだ。

師匠が私を弟子にすると宣言した瞬間に、巻物が光り輝き、文字が刻まれただけで、特段何かが変わることもなかった。

いや、ステータスに称号がついた。〈天才薬師の弟子〉。つまり、師匠は天才薬師ってことか。うん。よくわからないけど、そういうことらしい。この称号って、何か効果があるものなのか。とりあえず、他言はしないでおこう。

「えっと、これだけですか？」

「あとは、このスクロールを領主に提出すればいいさね。わたしの方でやっとくよ」

領主様？　なんだか、面倒なことになったりしないのか。でも、薬師になるための試験を受けるとかよりはいいのかもしれない。そして、そのまま普通に〈調合〉の授業が始まった。

〈調合〉の基本

・作成するもののレシピを持っていること

・レシピ通りの素材があること（素材は、固定で必要なものとその種類であればいい場合がある）

・〈調合〉の成功の可否は不明。一定の〈調合〉レベルだと失敗はしない。ただし、＋の加工をしていれば、失敗もありえる。〈調合〉レベルが足りないと失敗する確率が高い。ただし、ステータスによっては作れることもあるため、個々に成功率は違っている。

なお、〈調合〉レベルが上がってくると、＋素材を入れることで、さらに品質を上げたり、量を増やすことが可能。ただし、失敗する確率は上がるらしい。

レシピを受け渡した時点で、師匠の作り方、効果を上げるために試したことのある組み合わせは、わかるようになっている。このレシピ一つでも、薬師ギルドで売ってるレシピの価格より桁が一、二個増えるらしい。

つまり？　師匠が今まで研究したり応用したりして効果を上げていた薬の作り方とか、組み合わせに適した素材も判別可能？　これって、ギルドよりも国が欲しがってるのでは？

初めてのレシピは、「傷薬」「シロップ」を師匠からもらった。レシピは師匠が持っているレシピの複製で、特殊な魔法紙に記載されている。新しく試した素材や効果など、多岐に枝分かれした薬も追加で記載されていく優れもの。

傷薬のレシピは、すごくたくさんの追加素材や効果がみっちり記載されている。ただ、レシピを複製するのは大変らしい。しばらくは一日一個のレシピを渡すと言われた。わざわざ昨日のうちに一つ作り、今日もすでに作ってくれていたらしい。

なお、弟子と師は、共用でレシピを使うことも可能とのこと。

「なら、複製しなくてもいいのでは？」

「お前さんに渡したらわたしが作れなくなる。逆も同じさ。貴重な薬ならともかく、簡単なレシピは自分でも持ってないと困るだろう。慣れてきたら、お前さんが自分で複製をしてほしいがね」

う～ん。色々と考えが足りていない。師匠を面倒事に巻き込まないように気をつけないとだ。

その後も、師匠は一つ一つ丁寧に説明をしながら、〈調合〉のやり方を教えてくれた。作業は難しいことではないけれど、慣れてない作業が多い。師匠は、私が間違いそうになると止め、何がダメかを説明してくれ、うまくできると褒めてくれるから、やる気が出る。今まで弟子がいなかったのが勿体《もったい》ないくらいに教え方がうまい。

〈調合〉を何回か繰り返していたら、自分のレベルが5に上がり、アビリティで〈解体〉を覚えた。ついでに〈調合〉、〈観察〉もレベルが上がっている。ステータスの上昇値も上がった。師匠に聞いたところ、戦闘だけでなく、物を作ることでもレベルは上がる。今日教わったレシピは、簡単に手に入る素材で作れるから、どんどん作って、レベルとアビリティを上げたほうがいいらしい。

傷薬だけでなく、シロップも、何通りもの作り方がある。それぞれ試しておくことで、理解が深まる。季節によって、入手できる素材も変わるから、一つの素材に固執しないで、色々と試した結果が、このレシピ。何通りもの作り方と効果の増やし方が記載されている。師匠は本当にすごい薬師なんだと実感する。

〈観察〉は、いろんなものをよく見ることで覚えるが、これがレベル5になって、〈鑑定〉が覚えられれば、作ったものを鑑定することができる。鑑定しないと店の商品として売れないから、さっさと覚えるようにと言われた。

ちなみに〈鑑定〉を覚えるまでは師匠が代わりにするが、その分は労働してもらうとのこと。まあ、レシピ代も含め、きっちり働くつもりだ。むしろ、お金で請求しないでくれているから、すごく助かっている。「素材採取は任せてください」とは、まだまだ弱いから言えないけれど。いくつか素材採取を頼まれた。頑張って採ってこよう。

今日教わったレシピはよく使うから、持っている材料を使い切るまで作成をしていたら、レベルが6まで上がった。〈SP不足〉を覚えた。これも、おそらくSPの回復を早めるアビリティだろう。実際、〈調合〉をやり続けるとSPがない状態が続く。師匠に確認したところ、冒険者では持ってる人が少ないだけで、職人は結構持ってるんじゃないかという話だった。師匠の〈SP不足〉のレベルは7だそうだ。そこまで上がると通常の倍以上回復が早いという。確かに……SPがなくなったら作れないから、生産職は生命力を削るなどの危険もなく覚えられるという優良アビリティでは？　これはいいことを知ったね。今日はSPが切れたら、教わったことをメモにまとめて、回復したら〈調合〉してをずっと繰り返していた。

〈調合〉はSPを使うから、〈SP不足〉についてはかなり取得しやすそう。MPは今のとこ、部屋を綺麗にするのとお風呂とかキッチンの水を出すくらいしか使ってない。ただ、魔法での消費は使いすぎると危険を伴うから〈錬金〉でお試ししてみたい。レシピの調達が悩みどころ。

あとは、色々と知識を蓄えないと、この世界のこと知らなすぎるのはまずい。この家には、錬金のための素材とか効果を上げるための素材とかがまとめてある本があるからすごく助かるけど、一般的な情報についてはどうしようか。

まだやることはたくさんある。だけど生きていける算段はついてきた。

閑話　パメラ視点

まったく、新しい弟子はあきれたひよっこだ。当初は冒険者として実力のないひよっこだと思っていたが、冒険者としての能力よりも、知識がひよっこだった。基礎知識が欠如し、何もわからないまま、色々とやらかしている自覚がないから目が離せない。

悪い子ではないと認識すると、放っておくのが不安になってしまった。擦《す》れていない言動、幼げな見た目。昔のあの子を思い出してしまう。


レオ坊を助けてやったのは、もう三十年も前のことになる。冒険者として焦って結果を出そうとして無理をした末に、死にかける。そんな冒険者が数多くいることは知っていた。そして、偶然にも、倒れたレオ坊をあの子がここに連れてきた。

「助けてくれたら、一生恩にきる！　頼む!!」

土下座して頼み込むあの子に免じて、助けてやった。そもそもが、冒険者たちからはそれなりに評判が良い薬師だ。大方、あの子らも先輩冒険者から聞いてきたのだと思った。たいしたことをしたわけではない。調合してあった薬をあげただけだ。それで助かったのは、レオ坊が頑張ったからに他ならない。

だが、助かった二人は『恩を返す』と、顔を出すたびに〈調合〉に使える素材を置いていく。レオ坊とあの子は、お互いを相棒と言いながら、別々で素材を置いていく。助けた冒険者は多かったが、これほどに義理堅い者はいなかった。若いうちだけだろう、今だけだろうと思いながら、いらないと言っても素材を置いていく二人に、無料でもらうわけにはいかないと、こっちも調合した薬を渡すことを繰り返していた。そして、気づいたら三十年が経過していた。

あの子たちのパーティーメンバーは少しずつ変わっていったが、レオ坊とあの子はずっと一緒にいた。これから先も一緒にいるものだと勝手に思い込んでいた。

しかし、十か月前にあの子が亡くなった。

冒険者だ。いつ、何があってもおかしくはない。あの子が亡くなったことをレオ坊は目をはらしながら、私に告げた。その後も静かに泣いているレオ坊に、何があったかを聞くことはしなかった。

結局、レオ坊はパーティーを解散し、仲間の一人と結婚した。冒険者としては引退したが、ギルドには世話になったからと職員になり、勤め始めた。職員をしながらも、たまに素材を持ってくるのは変わっていない。ただ、一人分だ。今までと違う納品量は、言葉にせずとも悲しみが募った。どうにも前のように調合してやろうという気持ちが湧かなくなってしまった。以前のように危険を伴うことはなくなったため、心配をする必要もないということもある。だが、張り合いがなくなってしまったのだろう。

ふと、自分にとってレオ坊とあの子は、自分の子ども同然だったのだと、漠然と認識した。子どもたちのために、今まで調合をしていたが、子は落ち着いた生活をするという。それならば薬を用意してやる必要もない。薬師となって六十年を超えるが、薬を〈調合〉できなくなった。気が乗らない、いつものように机に向かっても作業ができない、なんとか作っても出来が前より悪い気がする。こんなことは、初めてのことだった。

わたしも年だと、引退することをレオ坊に話をしたのは、つい先日のこと。レオ坊は辞めるなと言い、しかし、代案もないのか、悲しそうに背中を丸めて帰っていった。あの子もわたしが薬を新しく作っていないのはなんとなく察していただろう。

それから顔を出さなかったレオ坊が、一昨日の昼間に、いきなり弟子を取る気はないかと言い出した。あまり気乗りはしなかった。昔、弟子を取ったときに、薬師ギルドとのいざこざで懲りた。それ以降、弟子なんぞ作る気もなかったし、希望する者もいなかった。

紹介したいのは、冒険者の新人だという。素材採取などの仕事に興味を持ち、〈調合〉を持っているが、師はいない。その言葉に少し興味を持った。薬師ギルドに所属をしない薬師なんぞ、自分だけだと思っていたが、変わり者はどこにでもいるらしい。

レオ坊からの説得もあり、冒険者兼薬師を目指すという新人冒険者と会ってみることにした。性格も悪くない。真面目な子だと思う一方、どうも世間認識がおかしい。魔法で植物を乾燥させるなど、普通のことではないと知らないのだ。講師を受け持っているレオ坊も、心配で仕方ないのが見て取れた。

冒険者は、一人の時に何かが起きないように、パーティーを組むのが常識だ。性格に難があり、パーティーを組めない者がソロで活動しているのだが、他の人とやっていく自信がないとソロが希望だという。性格に問題はないが、自分のミスで仲間を危険に晒《さら》すということが怖いらしい。慎重すぎるとも思ったが、何か事情があるようで、レオ坊もひよっこからは見えないように、こっそりと首を横に振っていた。

少々厄介な魔物が出てきて、必死に戦う姿。なかなか致命傷を与えられないようだ。そういえば、あの子もよく愚痴をこぼしていた。攻撃力が足りない、レオニスにまた倒す早さで負けた。そんなことを言いながら、工夫して自分の方が早く倒せるとニコニコ笑って報告に来る。負けず嫌いで、頭を働かせてなんとか食いついていく子だった。

「似ているさね」

「ああ。随分と素直だがな」

レオ坊は同意した後、少し懐かしむようにひよっこを見つめ、それでもひよっこの方が素直だと口にした。確かにあの子は、相棒であるレオ坊に対し、あんな風に素直には接しなかっただろうが、わたしに対しては、結構あんな感じだったことを思い出す。

親子だと言われれば、納得するだろう年頃で、顔もどことなくあの子に似ている。まあ、そんな甲斐性《かいしょう》がある子ではなかったが。魔物と戦う姿を見ながら、ぼそりと呟《つぶや》いた言葉に同意を得て、苦笑してしまった。

もう一人の息子によく似た、薬師見習い。重ねてしまえば、放っておくことはできなかった。まったく。もう、いつお迎えが来てもおかしくないばばぁだが、この子を薬師ギルドには渡せない。

レオ坊も肩入れをしているなら、わたしが弟子にして見守ったほうがいいだろう。弟子なんぞ、もう取ることはないと思っていたが、人生の最後に、自分の今までの成果を預けることができる弟子を育ててもいいだろう。

器用に傷薬を作っていく幼い弟子。簡単なレシピとはいえ、すぐに作れるようになるなら十分に見込みがある。まあ、調合するために必要な水を井戸に汲《く》みに行かず、魔法で出すのは普通ではないが、それを口にはしない。好きにやればいいさね。

薬師は、自分で調べ、研究し、納得してやっていくしかない。疑問があれば、一つ一つ確認を取り、自分で考えて、技術を身につけるための努力ができる。常識にとらわれずに、成果を上げられる。この子は才能があるだろう。磨いてやれば、いつかはわたしを超えるだろう。わたしを超えるときを見ることはできないかもしれないが、楽しみだ。

「そういえば、〈錬金〉も同じようにレシピがないと作れないんですか？　あと、〈付与〉とかはどうでしょうか？」

「ああ。〈錬金〉はレシピと魔石が必須なものが多いね。素材は〈調合〉で使うものもあれば使わないものもあるが、お前さんが〈錬金〉を覚えるならレシピを買ってこようかね」

「えっと……」

「〈調合〉では、〈錬金〉で作る中和剤はよく使うからね。わたしはもう年だから、自分で覚えるよりも買ったほうが楽だったが、お前さんはまだこれからだ。自分で作れるようになったほうがええ」

たいしたことじゃないように伝えれば、ほっとしたような顔をする。まあ、〈錬金〉と〈調合〉

はどちらもできるならば、できたほうが便利ではある。ただ、便利ではあっても、どちらも上級に伸ばすのは難しい。さらに知識は全く別物であるから、覚える知識量は膨大になる。

結局、どちらもではなく、専門の方に絞る頃には覚える余裕がないのが大半である。わたしも、過去にやろうとしたが、結局〈錬金〉は初級でやめてしまった。冒険者に薬師に錬金術師。二足どころか、三足のわらじを履くのは困難ではあるが、やりたいと本人が考えているなら背中を押してやろう。実際、〈採取〉は自分でできたほうが便利だ。わたしも、四十くらいまでは自分で採りに行っていた。

「ギルドは重複できないし、所属してないとぼったくられるって聞きましたけど……」

「なに、この町で長く薬師をやってるさね。錬金ギルドにも顔が通ってるから、そうそうレシピでぼったくられたりしないよ。レシピの料金は、こいつでいいよ」

乾燥した苦葛《にがかずら》を手に取って、軽く振ってみせる。昨日、採取してきたそれを使って〈調合〉を試したが、自分が丁寧に乾かしたものよりも格段に扱いやすかった。〈採取〉についても、今後も期待ができる。いや。普通の乾燥素材と魔法での乾燥素材の違いについて、研究したいと考えてしまった。まだ、薬師として、やり残したことがあると思ってしまったのだ。

「えっと……苦葛って、あんなに採りやすいのに？」

「昨日たくさん採れたのは、運が良かっただけさね。こいつの実は一定の時期しか採れないのに、半分以上は乾燥に失敗するからね。あの量があればわたしゃ数年は困らないよ。まあ、お前さんの分を考えると多少増やしたほうがいいがね。あと、〈付与〉なんてもんはわたしゃわからないね。

魔道具やら武器防具に〈付与〉する付与師なんてもんは希少だからね。エルフやドワーフならわかるんだろうが」

「なるほど」

「まあ、レシピを持ってないと作れないのは〈調合〉と〈錬金〉だけさね。これは、人体に影響が出る可能性があるから規制されている。飲んだり、体に塗ったりするから当然だよ。そういうもんを大量に作成するからこそ、レシピにより品質も安定させることが安全につながる。他は自分の創意工夫で作るもんだから、レシピはないさね。例えば、物作りをする〈クラフト〉なんかは、作り方を書いている紙はあっても、レシピとは違って、その通りに作らなくてもいいんだよ」

ふむふむと頷《うなず》いているが、関係ないことは聞かないだろうからね。〈付与〉も持ってるなら、もう一度、ステータスがバレないようにしろと教えないと駄目だね。

まったく、明日は錬金ギルドにレシピを買いに行かんとね。物覚えもいいが、興味を持てば色々とやってみようとする。アビリティだけに頼らず、知識と作業を吸収していくのも早い。このひよっこが一人前になるのは、そう時間はかからないだろう。

そのうち、レオ坊に頼んで、あの子の墓参りに行くかねぇ。ずっと避けていたが、ひよっこを紹介がてら、説教してやらんとね。さっさと死んじまったせいで、こんな可愛《かわい》い弟子を見られないで残念だったと煽《あお》ってやろう。

まったく、しばらくは忙しくなりそうだね。

4. 事件と契約

昨日は〈調合〉を教わり、目新しいことばかりで楽しい反面、だいぶ頭を使ったから疲れてしまった。体も動かしてないから、今日は冒険者ギルドでクエストを受けて、体を動かそう。ついでに、色々と素材を採りに行こう。図鑑のようなものが少ないから、師匠が見本として持たせてくれたいくつかの素材をメインに探す予定だ。

冒険者ギルドに行き、金髪の綺麗《きれい》なお姉さん、マリィさんに声をかける。

「おはようございます、マリィさん。今日は近場で討伐に行きたいのですが、いいクエストありますか？」

「あら、クレインさん。お早いですね。そうですね～。レオニスさんの研修報告を見る限り、近場の魔物なら討伐できそうですから……」

マリィさんは手元の資料を確認しながら、いくつかのクエストを確認している。

「あ、マリィさんにも報告がいくんですね」

「いえいえ。私が確認しておいたんですよ。クレインさん、決まった受付に声をかけるタイプだと思いまして。嫌でしたか？」

冒険者はそれなりにいるのに、担当する冒険者の情報を逐一まとめているなんて、すごいなと思ったら……なるほど。マリィさんが真面目な人だった。冒険者の個々の性格を見て、対応してくれているようだ。確かに私は知っている人の方が話しかけやすい。

「今後もマリィさんにお願いしたいです。よろしくお願いします」

「かまいませんよ。クレインさんは、セージの葉はわかりますか？」

「あ、はい。この葉っぱですよね？」

見本として持っていたセージの葉を取り出して、見せる。場所をとらないし、日持ちするし、加工しやすいから重宝する。あれば採ってくるように師匠から言われている。葉っぱの形が似ている、別の木もある。また、この葉自体もちょっとした見極めが必要となるため、〈鑑定〉を覚えるまでは、見本を持っておくように言われた。

「ええ。その葉っぱです。東の森でよく採れるのですが、今、足りていないんです。できれば、百枚ほど納品してほしいのです。森の魔物が少し興奮状態になっているという報告もあって、〈採取〉のついでに調査をお願いできますか？　調査の際に倒した魔物の数は報告してください。納品と調査を合わせて、四百G出します。F級としては破格ですよ」

「わかりました。セージの葉を百枚ですね。確か、五枚で十Gだから、通常より割がいいんですね。残りは自分のものにしてもいいですか？」

「ありがとうございます。う〜ん、できればあるだけ納品してほしいところですね。セージの葉を納品しないと、傷薬が補充されないので」

傷薬が補充されない……。あれ？　冒険者って、傷薬使うことが多いって聞いたけど。ポーションは結構お高いし、回復量は大きいけど、魔石が原料だから大量に飲むと中毒になるから短時間で大量に摂取できない。傷薬は固定量回復後、自然治癒のペースを上げてくれる。みんなギルドで購入していくと聞いた。レオニスさんは師匠のところで直接購入していたらしいけど。

「えっと……傷薬がないんですか？」

「ええ。まあ、在庫がほとんどない状態ですね」

マリィさんが歯切れが悪そうに答え、理由も教えてくれた。

なんでないのかと思ったら…………。はい、異邦人の人たちですね。結局、ギルドの方が対策して、希望者は冒険者登録させせたらしい。

ついでに、怪我《けが》されても困るから、一人に対し三個だけサービスでプレゼントしたため、在庫が一時的に品薄。なるほど……まあ、百個近く渡してしまったら品不足にもなる。

「えっと……少しですけど、傷薬を納品しましょうか？」

「ダメですよ。クレインさんが怪我したときに使ってくださいね」

「レオニスさんから近場なら傷薬は二、三個あれば大丈夫だと聞いてるので……えっと、今、四十個持ってます」

「え？　そんなにあるんですか？」

ぽかんとした表情のマリィさんに頷《うなず》いて、魔法袋に入っている傷薬を取り出す。頑張って作ったのをそのまま持ってきた。最初に作ったのは、品質がちょっと悪かったけれど、それ以降は普通に作れました。師匠は何種類かの薬草は、少し工程が変わると手本を見せてくれたから、理解が深まった。もう失敗しない。

「はい。昨日、師匠から作り方を教わったので、材料あるだけ作っちゃいました」

「なるほど、なるほど」

マリィさんは、話を聞きながらも手を動かし、一つ一つ手に取って、かざすようにして傷薬を確認している。師匠も昨日、同じようなことをしていたから、あれが〈鑑定〉なのかな？　私も早く覚えたい。

「えっと、マリィさん？　どうしました？」

「クレインさんは〈調合〉ができるんですね？」

他の人には聞こえないように、小さな声で、確認をされる。やっぱり、〈調合〉を持ってることを他の人に知られないようにしてくれるってことは、隠したほうがいいのかもしれない。でも、〈調合〉については師匠に大家さん、お隣さんと結構話しちゃってるけど。

「レオニスさん、そこは報告してないいんですね。レオニスさんにご紹介いただいて、昨日から師匠に教わってます。その……私はまだ〈鑑定〉ができないため、師匠がしているので、製作者と鑑定者が違うんですけど……」

「そのようですね。これで全部ですか？」

「はい……あの、最初の方に作ったのは品質があまり良くないので……」

「そうですね。こちらの傷薬〈普通〉ですが、ギルドに納品してもらえますか？」

「はい。えっと、〈普通〉品質は三十四個ですけど、いいですか？」

「ええ。助かります。ギルド買い取り価格が一つ二十五Gですが、今は在庫が少ないことから三十

Gで買い取りしています。千二十Gですね。こちら、受領証になります。納品した代金ですが、これから出かけるのであれば、ギルドの銀行に入れておきますか？」

「あ、はい。お願いします」

銀行あるんだ。この冒険者証を見せれば他の支部でも貯金を下ろすことが可能。ただし、手数料がかかると。うん。普通に銀行ですね。わかります。手数料がちょっとお高いけど。この世界では為替取引はないから、この町からお金を下ろした町にお金を輸送するのであれば、仕方ない。

運送関係については、ものすごく面倒らしい。なぜなら、大金を運ぶ人が持ち逃げするとか……信用問題がね。結局、高価なものなどは、冒険者を雇って運ぶことにはならないらしい。護衛に付くことはあるようだけど。逆に、罪を犯した奴隷とか、逃げ出せない人を使うこともあるとか。

「クレインさんが、〈調合〉ができるなら、セージの葉は百枚で大丈夫です。それ以上に手に入った場合はご自身で使ってください。ギルドとしては薬を納品してくれると助かります」

そのつもりです。調合して納品するほうが高くなると聞いてるから。まあ、在庫を抱えすぎない程度に作って、稼いで、生活の地盤を作っておきたい。

「えっと。まだ始めたばかりで……とりあえず、傷薬を練習中だからたくさん作ります……どれくらい必要ですか？」

「そうですね。ギルドとしては常備に二百は欲しいですね。毎週百くらい納品してもらえればすごく助かります。品質は普通以上で、高品質とかなら割り増しになりますから」

「わかりました。定期的に引き受けるようにします」

クエストが出てないのに納品してると、クエスト独占と思われて、いらない嫉妬を買うこともあるとか？　できるクエストを受注しているといっても、低ランクで高額を稼ぐのは気をつけるようにレオニスさんから聞いた。銀行があるなら、基本的にはそっちに入れておいたほうが安全かな。

「では、傷薬については、今後納品していただけるとギルド長に伝えておきますので」

「じゃあ、行ってきますね」

「はい、お気をつけて」

東の森に着いた。町から東の方に歩いていくと東の森がある。初心者が手始めとして通いやすい森で、町から歩いて一時間弱くらいかな。当たり前だけど、電車や車がない世界だから、基本は歩き。長距離移動は馬車。他の町やダンジョン行きの馬車があるらしい。詳しくは知らないけど。あとは、馬に乗れると便利だから、機会があれば練習したい。自分で飼うのは大変だけど、移動に便利らしい。

「う〜ん。スライムや大芋虫が多いけど……特に、異常が起きてるようにも見えない」

集団で現れたスライムやオオネズミ、ホーンラビットの攻撃を盾で防ぎながら、一体ずつ倒していく。

魔物の集団には、盾で対処することにした。レオニスさんがタンク寄りのアタッカーらしく、防御の仕方も教わりました。ただ、私は防御力が低いから、後ろに回り込まれないようにする必要がある。回避が重要。

東の森は西の丘よりもさらに初心者向けだけど、奥の方まで行くと強い魔物も出る。

ダンジョンに行ける冒険者ランクになるまではここでレベル上げが基本だと聞いた。採取しやすいし、魔物素材や採取素材を納品すればお金になる。入り口周辺を探りながら、敵を倒していくが特に異常は見当たらない。セージの木を見つけては採取をしながら、奥へと進んでいく。木の葉や草とかを採取する場合は、全部は採っていかない。まあ、木の場合はなくならないだろうけど。山菜採りは、次にまた生えるように、少し残しておくのがマナーと聞いたことがある。他の人も採りに来るだろうし、急いで百枚集める必要もないから、少しずつ集めていく。

ついでに、地図を作って、どの辺りにセージの木があったかを記録しておく。材料がなくなったら採りに来ることになるからね。次回から探す時間を短縮できるのは大事。

奥の方まで行くと、魔物の種類が変わってきた。少し強くなったけど、まだまだ余裕で倒せる。まあ、何があるかわからないから慎重にいこう。

出現する魔物を倒していると、レベルが上がり、〈盾術〉を覚えた。ついでに〈剣術〉も上がった。

「あれ？　そっか、盾で防御してると覚えるのかな……う〜ん。ほんと、手探りで進んでいく感じ……ステータスが上がりやすいのは本当だから、レベルが低いうちに色々覚えたいけど。熟練度っていうのがわからないんだよね……目安が百回って言ってたけど、戦闘三十回もやってない……」

盾での防御を心掛けたとはいえ、そんなに使った覚えはないのに〈盾術〉を覚えたのはなぜか。まあ、ラッキーだと覚えるって言ってたから、そういうものなのかな。〈盾術〉で特技、ガードを覚えたから使ってみる。盾を前に出すため、攻撃ができないから、戦闘では使いにくい。強い敵とかの時に防御する必要があるときだけ使えばいい特技だ。

さらに、〈剣術〉レベル2となり覚えたブレイブガードは防御系だった。発動中も動くことはできる代わりに、正面しか効果がない。〈盾術〉のガードよりもさらに使いにくそう。う〜ん。いまいち。

まあ、焦らずゆっくり東の森を周《まわ》っていこう。

セージの葉を採取しつつ、魔物を倒して奥へと進んでいると、少し大きめのワイルドボアが出てきた。レベルが高い個体の可能性があると思い、木が密集している西の方に逃げ、突進攻撃ができないように、狭い場所に追い込んで倒した。しかし……。

「ちょっと…………なにがあった……」

ふと周りを見たら、周囲がだいぶ荒らされている。

「う〜ん。セージの木から落ちた葉……無理やり取ったか、落とされた若葉が多いかな。これじゃ、使えないいんだよね……ここらへんは冒険者の足跡いっぱいだし、木の枝とか無理やり折って、この道を進んだのかな」

目の前にあるのはセージの木。この木から落ちるセージの葉は、調合材料であり、今日の目的物である。しかし、木の周りには不自然に大量の葉。しかも、手に取って裏側を確認すると、若葉であることがわかる。

足跡を見ると、何種類かの靴の跡があるから、パーティーであることは間違いなさそうだけど。森林破壊を気にしないで突き進んでいるようだ。

「使えるセージの葉を探すほうが大変……。若葉だと必要な要素が足りないんだっけ……。とりあえず、使えない若葉は根元にまとめておくくらいしかないかな……」

一枚一枚の確認をしてないけど、ぱっと見て、使えないことは間違いない。ここら辺の魔物も少し怒っているように見える。誰だって、自分の縄張りを荒らされたら嫌だよね。仕掛けてこない限り、こちらから倒すのはやめておこう。

辺りを調べながら、被害が広がっている場所を地図に書き込んでいく。

「さて、ここらへんが最奥かな。崖でこの先は行けないし……魔物は特にいない。このまま反対側も調べてみないと。何もないといいけど」

暗くなるまで調査をしてみたが、一部が荒らされている以外には異常はなさそう。まあ、中心部から奥にかけて荒らしているのが不思議だけど。入り口付近はそのままに、途中から突然、荒らし始めたみたいだ。

最初は剣とか刃物での傷が多かったが、一部は魔法も加わったようだった。というか、森では、〈火魔法〉は使わないほうがいい。木々が焼け焦げていたところがあったけど、山火事とかになる可能性もあるよね。周囲に水たまりが出来ていたから、一応、消火はしたようだけど。

魔物は思っていたより少ない。というか、魔物も倒されてるから減ったのか。現在は荒らしてる人がいないから、わからないけど、報告して判断は任せるしかない。

なんだか、面倒なことになっている。これ、報告しても大丈夫かな。巻き込まれるとか、疑われるとか。巻き込まれたとしても死ぬことはない……かな。多分だけど。


「マリィさん。戻りました」

「おかえりなさい、クレインさん。どうでした？〈採取〉できました？」

「えっと、報告したいので……ちょっと人がいないところを希望します」

「わかりました」

ギルドに戻って、マリィさんに声をかける。ついでに報告のために、人がいないところを希望したら、あっさり頷いて、奥の部屋に通された。

マリィさんだけだと、ちょっとほっとする。冒険者の人たちって、基本的に厳《いか》つくてちょっと怖い。気さくに挨拶してくれる人もいるから、返しているけど。ギルド内には何人か冒険者がいたけど、この報告内容……。他の人たちに聞かせないほうがいい気がする。

「それで、わざわざ人がいないとこを希望するのは、〈採取〉できなかったとかです？　クレインさんが出かけたあとに、大量に納品があったので、そういうこともあるのかと……」

「えっと……そう、ですね。納品……やっぱり、無理に採ったのかな……」

「クレインさん？」

「えっと、まず、東の森の状態から報告していいですか？」

「ええ、お願いします」

真剣な表情を作り、相手の目を見ながら、ゆっくりと聞き取りやすいように心掛けて。疑われるような言動はしない。よし、言うぞ。

「東の森の魔物は、スライム、大芋虫、オオネズミあたりが多かったです。ゴブリンもいましたが、少数でした。特に集落などはなさそうでしたが、深追いはしてません。ワイルドボアは少し大きいくらいのを倒しました。東の森を一通り周ったつもりです。魔物は、気が立っているのが多かったですが、生息しないはずの魔物がいるとか、数が多いということはなかったです。初めて行くので普通がわからないですが、西の丘よりも魔物は少ない印象です」

マリィさんは話を聞きながら、メモを取っている。まあ、上司に報告するのだから、当然だよね。私も一応書いてきたんだけど、どうしよう。渡しそびれてしまった。まあ、最後に渡しておこう。自分の控えはいらないよね。

「う〜ん。魔物が少ないのは気になりますが。なぜ、気が立っていたんでしょう？　全部の地域で、その状態でした？」

「入り口の方は異常なしです。入り口から西側の中心部から奥の方、やや木が密集している辺りに人の足跡がたくさんありました。すでに人はいませんでしたが、木を傷つけたり、根っこを切断したりと、争った跡もあり、荒らされてるように見受けられました。森林が破壊されていて、その辺りの魔物も好戦的で怒ってるように感じました」

「んん？　なるほど？」

「荒らされてると判断した理由ですけど、無理やり道を作ろうとしたのか、剣とかの刃物で木や葉、根っこが折られたりしていて、それが平行に二本作られていました。予想ですが、二人が競って作ったものではないかと……それと周辺のセージの木は、無理やり葉を採ろうとしたのか、若葉が大量に落ちていました」

「ええ!?」

セージの木はやっぱり、おかしいよね。若葉は使えないことは、普通なら知ってる。実際、若葉だけがかなりの量残ったままって、使えるセージの葉だけは持っていったとしても、やってることがおかしい。

「手が届く範囲の葉はなくなっていて、上の方だけ、葉がついてましたけど……とりあえず、若葉は集めて木の根元に置いておきました」

「えっと、若葉というと」

恐る恐るといった様子でマリィさんが聞いてくる。若葉は若葉だと思うのだけど？

「一応、何枚か持ってきましたけど…………これです。まだ、葉が柔らかく、必要な成分が抽出できないので〈調合〉では使えないです」

「確かに、セージの若葉ですね。クレインさんはまだ〈鑑定〉ができないと聞きましたが、よく見分けられましたね？」

じっくりと渡された葉を確認してから、重々しく口を開いた。確かに〈鑑定〉はできないけれど、そのためにちゃんと見本を預かり、説明を受けているから問題はない。使えない素材を持ってくるほうが後で困るからね。

「ああ。セージの葉は、裏側を見ればすぐにわかりますよ？　裏側の縁の部分、色が薄いので。この縁の部分がなくなって、二日経過すると自然に落ちるそうです。縁の部分が残っているセージの葉は、普通に調合すると品質が下がるため、〈調合〉でひと手間必要になるので、購入するときは縁の部分を確認するように教わったばかりです」

セージの葉は、〈調合〉の基本材料の一つ。しかも、長期保存に優れているから扱いやすい。ただ、木から離れた時点で品質が固定されてしまうから、早いうちに採ると、熟すことがないから品質が悪いままになってしまう。品質が悪いものを〈調合〉に使うと手間だけかかる。

「ま、待ってください。セージの葉であっても、縁の部分が残ってることってあるんです？」

「はい。縁がこれくらいあると若葉で、これ以下はセージの葉になると教えてもらいました。昨日、師匠がわざと交ぜておいて、縁が残った状態のものを〈調合〉して、品質悪くしちゃったので間違いないです」

マリィさんにわかるように、セージの葉の縁の5ミリくらいの部分に線を引いて、若葉かを判断する方法を教える。まあ、これは薬師での基本なのかもしれないから、知らなくても仕方ない。

「クレインさん。少し、席外しますが待っていていただけますか？」

マリィさんは私の説明に沈黙。そして、重々しい雰囲気で口を開き、こう聞かれた。内容の報告とか納品されたものの確認に行くのかな？　私の方は時間があるからいいけどね。

「はい。いいですよ」

慌てた様子で線を引いたセージの葉を持って、部屋を出ていったマリィさんを見送り、セージの葉のメモを取り出す。師匠から扱い方を聞いてメモしたもので、今、マリィさんに伝えたことも書いてある。間違ってないことを確認して、冒険者ギルドで必要な情報のみをメモに書いていく。マリィさんにはこのメモを渡しておけば、問題ないよね。

しばらくして、マリィさんがセージの葉を持って戻ってきた。

「クレインさん。こちらのセージの葉なんですけど、〈調合〉に使えますか？」

「縁の部分がまだ薄いので、そのままだと、たぶん品質が下がります。師匠に教わった方法を使えば品質を下げずに、〈調合〉ができますけど……倍以上の時間がかかるので、これで作るのは勧めません」

「他の薬師さんの場合はどうですかね？」

「えっと……私は師匠、パメラ様のやり方しか知らないのでなんとも。薬師ギルドに確認を取ったほうがいいと思います」

「ですね。そうします。ちなみに、セージの葉ですけど、しばらく、採れないとか、あります？」

マリィさんが、戸惑うように、聞きたくないようなそぶりで私に確認をしてきたわけだけど……。

うん。私だって、師匠から教えてもらったのは、〈調合〉の仕方、ひいては若葉が使えないって話だけで、セージの葉の生え変わる時期まで聞いてるわけではない。ただ、普通に考えて……ゲームじゃないんだから、一日たてば元通りに葉が生えますってわけにはいかないはず。

「えっと、多分そうなりますね。西側の中心部から奥にかけて、七割方の木が葉を落とされていたので、そこ一帯はそうなると思います。ただ、東側とか入り口付近は大丈夫だったので、百枚持って帰ってくることはできたので……一部だけ、ですかね」

私の回答に深いため息をついてから、ぐっと何かを堪《こら》えるようにして言葉を続けた。

「まずいですね。ちょっと本格的に調査したほうがいいかもしれません」

「すみません。一応……調査した内容です。大雑把《おおざっぱ》な地図ですが、描いてみたので……裏には倒した魔物と数、〈採取〉ができたセージの木を記載してます。他の素材採取したものも記載していますけど、被害はほぼセージの木だけです。あと、これがその魔石になります。あ、ワイルドボアだけ〈解体〉を依頼する予定です。お肉と皮が欲しいので」

「お預かりしますね。魔石はこちらで確認後に返却します。他の素材についてはどうしますか？」

マリィさんの顔色が悪い。まあ、これを上司に報告ってしたくないのはわかる。私だって、マリィさんだからいいけど、他の人には怖くてできない。私の担当というだけで、こんなことを上司に報告しなくてはいけなくなったマリィさんにはちょっとだけ同情する。

「師匠に渡して、要らないものはあとで売却しに来ます」

「わかりました。明日はこちらに来られますか？」

「えっと、必要なら午前中に顔出します。午後は師匠のところに行くので難しいです」

「では、午前中に来ていただいてもいいですか？」

「わかりました」

明日、何を聞かれるんだろう。怖いけど……。第一発見者として事情聴取を受けるのは仕方ない。私がやったんじゃないということだけは主張するけど。誰もいなかったから、証明とかは難しい。ただ、私だって言い分はある。使えなくするなんて勿体《もったい》ないし、そもそもなんとか百枚は採取したけど、自分用には確保するのを諦めたから、得してない。

実際、傷薬はセージの葉でなく、百々草《ももくさ》で作れるから、私はそこまで困らないけど………。これから、どうなるのか。あんまりいい予想が浮かばない……。何事もなければいいけど。


「クレイン、いるか～」

「は～い。レオニスさん、どうしたんですか？」

「ちょっとな、話があるんだがいいか？」

マリィさんに報告後、家で食事を済ませて本を読んでいると、玄関の方から大きい声で呼ばれた。近所迷惑では？　と思ったけど、そもそも周囲の方がうるさいんだった。防音効果が高いから、店舗用の玄関に入ってから呼ばれるくらいは問題ないか。知らない人が入らないように呼び鈴は欲しい。それと、家の構造上、店の部分については、鍵がなくて自由に出入りできてしまうのも考えないとまずいか。

「はい。どうぞ〜」

家の方のドアを開けると、レオニスさんと二人。杖《つえ》を持つ老人男性と若くて軽薄そうな男の人がいた。

その瞬間に、電流が体を駆け巡り、視界が歪《ゆが》む。いや、それだけではなく、体中から嫌な汗が出て、動悸《どうき》がしてくる。〈直感〉が警戒しろと告げている。今までで一番の命の危険を感じる。ヤバいのだろうか。それなら、ドアを開ける前に知らせてほしい。

「おい、クレイン。どうした？　顔色が悪いぞ」

「………むり、かも……」

レオニスさんががたがたと震えだしてしまった私を心配そうに覗《のぞ》き込んでいる。大丈夫と答えたくても、それができないくらいに怖い。

「ほう……」

呟《つぶや》いたのは、威厳がありそうな長い白い髭《ひげ》を蓄えた老人。一言だけなのに、その言葉がよく響き、じわっと嫌な汗が滲《にじ》んだ。厳つい表情をしているわけではない。どちらかといえば、温和な好々爺《こうこうや》に見えるはずの外見なのに、私を見る瞳が無機質でとても恐ろしさを感じる。

「あはははは〜まあ、上がらせてもらうよ」

楽しそうに笑っている声の青年は、二十代後半くらいで青い髪に、青い瞳をしている。服装は質

素だけど、似合っていない。着慣れていないように感じられる。こちらも笑っているのは、声と口元だけ。瞳は青に緑を帯び、吸い込まれそうな色。その先は深海のように何も見えず、考えを読み取らせない。

心配そうなレオニスさんには悪いが、この二人。かなりヤバい気がする。気がするというより、確定でヤバい。特に若い方。唇の端は上がっていて、笑ってるように見えるけど、笑っていないのがわかる。……この人は、私を殺すつもりだ。

「クレイン？」

「……死にたく……ない」

レオニスさんが私を支えてくれて、なんとかその場にしゃがみこむのを防いでいるけど、立っているのも辛《つら》い。この人たちは、その権限がある人なのだと、〈直感〉が伝えている。対処を間違えれば、終わりだ。

「うん？　なんで、そう思った？」

「レオニス。そうだね、君の話によってはね～。君も含めて、異邦人を殺すことを決断することもあるかな～」

レオニスさんを止めるように、手を出した青年は、少し間延びしたような口調で、明るく聞こえるような声音で、あっさりと殺すと口に出した。普通に聞いたら、冗談だと流せそうなほどに明るい声なのに、瞳が事実だと、冗談で口にしてはいないことを物語っている。

「おいっ」

異邦人を処断する可能性がある。咄嗟《とっさ》に浮かんだのは数時間前のマリィさんへの報告。関係あったりするのか。めちゃくちゃ不穏。だけど、あの荒らし方って、半端な知識しかない異邦人の仕業だとは思ってた。怒るのも仕方ない。それで、なんで私のところに来たのかわからないけど。

「異邦人は危険だ。力をつける前に消してしまったほうがいいと考えても仕方がない。わかるかい？」

子どもを諭すような、ゆっくりと明るい声音で青年が続ける。思わず頷いてしまいたくなるのは、なぜだろう。事実かどうかではなく……何か、惹《ひ》きつけられているような？　だけど、その言葉に頷けば、言葉通りに消されてしまう。

「………」

「おい。ラズ。脅しすぎるなよ。クレイン、こいつは悪い奴じゃないんだが」

「レオニス。じゃが、異邦人の言動は危険じゃ。それを理解してもらわねばならんぞ。そのためにも脅す必要があったが、わかっておるようじゃな」

レオニスさんの言葉を遮るように続けたのは老人。この人の言葉は重く響くように聞こえる。二人の視線には、私は映ってない……。いや、映っているけれど、それは温かみのない、むしろ敵対している者に向ける蔑《さげす》むような視線。

危険な存在である。わかってはいる。この世界のことを何も知らない、でも、強い……。違う、強くなる。この世界だとレベルアップ時のステータス上昇は、ゲームとかの世界よりも高い。私のステータスだって、すでに、初期値の三倍から四倍になっている。

レベルが上がればさらに危険になるなら、今のうちに始末をつけるというのもわかる。私たちも、いや、私は好きでこの世界に来たわけじゃないと言いたい。わかるけども、処断されたくない。死にたくない。体が震える。

「そうそう。ねえ、君たちの目的が知りたいんだよ。君のお仲間から話を聞いてもよくわからなくてね。有益な情報は手に入らなかった。でも、君が話してくれるなら、変わるかもしれないよ」

私が話すこと……。ちらりとレオニスさんを見る。この人は私を心配していることがわかる。師匠の件もだけど、何かと目をかけてくれている。いい人だと思う。多分、話を聞きたいから案内するように言われ、ここに軽い気持ちで連れてきた。この人たちが本気で私を殺そうとしているなんて、考えてもいない状態で案内したのだろう。

私が話せることは、そんなに多くはない。それでも、異邦人のことをすべて話したとき。情報を知っている人は少ないほうがいい。レオニスさんを巻き込むべきではないと思うのは、お世話になっているから。師匠にも迷惑をかけたくない。二人は無関係で通るだろうか。

「クレイン。ラズは俺とパーティー組んでたこともある。この町では偉い奴だと思ってくれ。こっちのじいさんは冒険者ギルドのギルド長。お前のことは守る、殺したりすることはないと約束する」

「…………わかりました」

違う。……とは言えない。レオニスさんと二人の意思は逆だ。守ろうとしてはいけないことにレオニスさんだけが気づいてない。駄目なのだ。

「…………条件をつけていいですか？」

「ふむ。なんだね？」

「……レオニスさんは関係ありません。…………巻き込みたくないので退席させてください」

レオニスさんが話を聞いてしまえば、今後、何かあったときに彼自身が動きにくくなる可能性がある。レオニスさんにこれ以上迷惑をかけるわけにはいかない。それに、もし……私が殺されたときに、彼らに歯向かうことがあってはいけない。震えながらも、青年と目を合わせて告げる。じっと……何秒か、見つめ合った後、「いいよ」と言って目を逸《そ》らされた。

「クレイン？　おい、どういうことだ」

「話す内容によっては口封じ、することも……あると思う。知らないほうがいい……気がする」

無理に笑ってみせるが、レオニスさんの怒気が増した。でも、私だってレオニスさんには感謝しているから、巻き込まない。レオニスさんから離れて、背を向けて、青年の方を見つめる。

「レオニスは僕の仲間だったんだよ？　僕でも手が出しにくい。いいの？　守ってもらわなくて？」

「……巻き込んで、一緒に口封じをさせたくない」

レオニスさんには聞こえないように、小さい声で伝える。実力のある人を口封じするとは思わないけれど。本当に話せることだけ話すだけでは足りない気がする。知っていること、想像していること、すべて話すと考えれば、知らないほうがいいこともあると思う。レオニスさんには「クレイン！」と大きな声で呼ばれるが、背を向ける。

「レオニスがいたほうが安心と思ったが、本人の意思でもある。外してくれるか？　なに、協力する意思があるのであれば悪いようにはせん」

「そうだね～」

「クレイン、無理はするな」

「大丈夫、です。今、協力するならって、言ってくれましたよ？　心配ないです。ちゃんとできます、子どもじゃないんですよ」

背を向けたままだけど、頑張って、明るい声を出して、心配させないようにする。多分、様子がおかしいのはバレちゃってるし、すぐに顔に出てしまうから……レオニスさんの方を向いて話すことはできないけれど。レオニスさんは、しばらく沈黙していたが、「そうだな」と頷いて、とりあえず納得してくれたらしい。

「ラズ」

「はいはい。僕だって、昔の考えなしじゃないんだから。レオは帰っていいよ」

レオニスさんが、扉を閉めて家から出ていった音が聞こえ、その場に座り込む。ポロッと涙が一筋流れるが……本番はこれから。ぐっと服の袖で涙拭《ぬぐ》ってから立ち上がり、奥へと二人を案内する。

物置となっている部屋に無理やりスペースを作って、床に座ってもらう。わざわざ自分の居住スペースに案内はしない。失礼かもしれないけど、お客として扱うのは心理的に難しい。

「ふむ。すまんが、このアーティファクトに手を置いていてくれるか」

取り出されたのは、発言の真偽を確認するためのアーティファクト。こくりと頷いてに手を置く。

「……それで、何を話せばいいんですか？」

「そうじゃのう」

ちらっと青年を見ると、青年が頷いた。どうやら、こちらが質問するらしい。

「ねえ、どうして異邦人が現れたのか、わかるかい？」

「……わからない。……突然、真っ白い空間に集められて、この世界に転移させるって言われた」

アーティファクトは私の回答に青い光を出している。それを確認して、頷くのはギルド長。楽しそうに笑っている青年は何を考えているかわからない。ただ、こっちの青年の方が危険人物であり、地位が高い人だとなんとなく感じられる。正直に話しておくほうが安全だ。

最初に白い世界で聞いた謎の声を含め、集められた人たちの様子や状況を説明した。アーティファクトが青く光るが、二人は私を怪訝《けげん》な表情で見ている。

「それで、自分たちは選ばれた勇者だと思った？」

「……私は自分がそういうタイプじゃないので、考えもしなかった。ただ、近くにいた若い男の子は喜んで、『勇者になる！』と宣言していた。……それを否定する人はいなかった。周りもはしゃいでいた人が多かったのを見ている。どちらかといえば、肯定的な人が多かった印象がある」

異世界に召喚された勇者。そういう小説とかもある。でも、学生がクラス単位での召喚とか、そんな規模じゃないのはわかっている。あそこにいた人たちの何人が選ばれた勇者になるのか……？ありえないだろう。

少しでも信頼を得ないと殺される。……怖い！　こちらの言動を一つも漏らさないように観察している目の前の二人に、私自身が何を考え、どのように行動したのかを説明していく。

「ふぅん？」

「では、お嬢ちゃんは他の異邦人の情報は全く知らぬか？」

「……多少は聞き耳をたてて、様子をうかがっていたけれど。それだけでわかるわけじゃない。みんな自分のことで精一杯だった。集まって話をしているとしても十人くらいで、もっと大きな集団で話し合っているのは見かけなかった」

「こっちの世界に来ても、話をしなかった？」

「こちらに来てすぐに、同じような人たちが町の外でかたまって、演説してるのは気づいたけど、近寄らなかった」

「ふむ。なぜ、仲間に近寄らなかったんじゃ？」

「……嫌な感じがした」

いや、〈直感〉だと思うけど……。嫌な感じとしか言いようがない。体に電流が走るとか、視界が歪むとか、何かの病気持ちですか？　と思うよ。相手だって、何言ってるかわからないだろう。

実際、今でも、ピリピリと肌に電流が流れてる感覚がしている。まだ警戒が必要であると告げている。

「嘘《うそ》はないが、隠していることはありそうじゃな」

「……近づかないほうがいいって思った。それは〈直感〉という……ユニークスキルのせいだと思うけど、勝手に嫌な感じがしてるだけで、使いこなせてるわけではないから確信はない。それと、隠すつもりはない。聞かれたことにはきちんと答えるつもりでいる」

「ふむ。もう少し、わかりやすく説明してもらえるかの？」

重々しく、ゆっくりした口調で言われたのは、説明不足だということ。わかりやすく？　ユニークスキルのこと？　いや、私よりもそっちの方が、この世界の仕組みをよく知っていると思うけど。

「……こちらの世界に来る前に、自分の能力を自分で決めた。その使い方とか、どんな能力かは説明がなかったので、能力の名前で予測して取った。魔法やスキルとか、ユニークスキルを選ぶとき、私は〈直感〉を選んだ。でも、〈直感〉がどのように発動するか、きちんと理解していない。ただ、危険なときに、嫌な感じがする……気がする」

「へぇ？　危険なときって魔物に襲われたり？」

「こちらの世界に来て、魔物と戦ったときには感じてない。こっちの世界に来て、異邦人の集団に近づこうとしたとき、次に、下の大部屋に対して魔法をかけようとしたとき、さっきあなたたちと顔を合わせたとき、嫌な感じがした。これを〈直感〉が危険だと知らせてくれていると考えてる」

今のところ、「この魔物は危険！」と感じて、逃げたことはない。一人で戦うため、無理をするつもりはなく、囲まれたりしないようきちんと気をつけているから、大きな怪我もしていない。

今まで、〈直感〉を感じたのは三回だけ。レオニスさんの話だと、そもそもの戦闘の動きにパッシブ効果が乗っているという話だけど。『死』に関して、〈直感〉が発動しているというのも私の憶《おく》測《そく》にすぎない。

「僕らに危険を感じたの？」

「……危険だと思ったから、レオニスさんに席を外してもらったし、できる限り知ってることを話してる」

老人の方が、大きく息を吐いて、こちらを見てくるから、視線を合わせる。危険人物だと認識していることは嘘ではない。じっとこちらを見てくる瞳に、自分の拙《つたな》い考えを見透かされているように感じる。

「お嬢ちゃんにとって、わしは危険人物かの？」

「私の生殺与奪を握っているという点では」

私だけでなく、この町にいる異邦人の命はこの二人が……。まあ、おそらく若い方が握っていると思う。そして、その気になれば、この場ですぐに私を殺せる実力が、二人ともにある。

剣とか、武器は持っていない。レオニスさんのように筋肉があるように見えないけど、二人ともかなり高レベルの実力者だと確信している。

「お嬢ちゃん。すまんが、細かく聞かせてもらうぞ。能力を自分で決めるとはどういうことじゃ？」

能力についての説明を求められたから知っていることを話したが、ユニークスキルの説明で空気が変わった。

すごく、背筋がぞわぞわする。頑張って虚勢を張ってたのに、汗が止まらない。〈直感〉とも違うが、肌で感じる。殺気ではないけど、似たような感覚。ヤバいことを言ってしまったらしい。

「あの……何が問題なんですか？」

「うむ。アビリティというのは、星の数とまではいかんが、かなりの数があるんじゃ。取りやすいものから取りにくいものまで、人によって違うが……取りやすいものも多い」

「はい。そう聞いてます。熟練度のようなものがあると」

「うむ。〈○○の嗜《たしな》み〉・〈○○の道〉というアビリティが存在することも間違いはないんじゃがな。それらは取りにくいアビリティじゃ。一生かかっても〈○○の嗜み〉すら取れない者もいるんじゃ。ユニークスキルという言葉は初めて聞くのう。まあ、レベル表記がないアビリティのことを言ってるんじゃろうな」

「え？」

〈剣の嗜み〉って、一番少ないポイントで取れたのに？　一生かかるの？

……待って、つまり二段目、三段目を取れる人なんて……。それこそ…………普通の人じゃないよね。勇者ってそういうこと？　バランスがおかしいってことでいいよね？

「確か、君は〈剣術〉を持ってるんだよね？　その〈剣術〉のレベルが10になったら、〈剣の嗜み〉を覚えるんだよ。ちなみに、持ってるだけで、剣での攻撃にすごいバフがかかる」

「…………」

こくりと頷く。それは、レオニスさんに講習で教えてもらっている。あれはやっぱり盾のユニークスキルだったんだろう。

「三十年間冒険者をやっていたレオニスは〈盾術〉9が最高ということになっておる。優秀な冒険者であっても10にすることは難しい。ユニークスキルとやらで、それが取れるなら破格じゃろうな。〈嗜み〉を複数持っておれば、人間兵器が作れるじゃろう」

〈嗜み〉を複数持てれば人間兵器。つまり、〈道〉とか〈極み〉はかなり貴重……。ポイントの割り振りも……間違いなく、バランスが壊れてる。

「………ユニークスキルは一つしか取れなかった……」

とりあえず、これだけでも伝えよう。複数持つ者がいないという情報だけでも、少しは警戒が下がる……わけないよね。その、髭に手をやって考えるのやめてほしい。圧を感じる。マジで怖いよ。誰でもいいから、この寒い空間をほんわか空間に変えてほしい。死にたくない。

「間違いないかのう？」

「気になったのが二つあって……でも、一つ選ぶと、他の表示が灰色になって選べなくなったから、間違いない……です」

「一つしか持てないならいいんだけどね～。まあ、〈極み〉を持ってるならそれでも怖いけど」

「……どうやったら〈極み〉とか、〈道〉が取れるかはわからないんですか？」

ユニークスキルが破格なものだということはわかった。おそらく、〈極み〉を持っていれば、それだけで危険人物ということになる。だからこそ、取得の方法とかは確認されていないのだろうか。

「解明されてないよ。取得した人がいたとしても、そのことを話さないからね」

「どうしてですか？」

「危険だからじゃよ。突出した才能は恨みを買う。貴族の飼い殺しになるか、殺されるかしかないからのう」

つまり……。何かをレベル10にして、〈嗜み〉を取った時点で、その人の人生が歪むということかな。貴族に仕えることになるか、断って口封じにあうか……。

……違う。「〈盾術〉９が最高ということになっている」と言った。つまり、それ以上になったら、申請しないようにしている人もいる。レオニスさんは『〈嗜み〉』か、それ以上のものを持っているのは間違いない。〈剣術〉と〈盾術〉で、スキル効果が全然違ったのは、ユニークスキルになっているからだと思う。そして、一部の者だけが把握している。それくらいに、貴重だが厄介なモノ。

レオニスさんは、Ｓ級になれたのにならなかったと聞いてる。Ｓ級になる条件の一つにユニークスキルを持っているとか条件がある感じ？　それで、世間的にはＳになってないから、〈盾術〉９ってことになってない？　でも、貴族の紐《ひも》ついてるよね。この青年との関係的に……。

「私が、あの場所で選ぶとき、アビリティとユニークスキルは別に表示されてました……。だから、違うものだと認識して……ただ、ユニークスキルの方が強いものだと思って、そちらを先に選びました」

ユニークスキルの説明の後、アビリティについて、自分が持っていたポイントと割り振りについてを説明した。

そして、それに対する問い……。

「君の説明通りなら、ポイントを全部足しても、２７０にしかならない。30足りないよね？」

「え？　あれ……でも、３００ポイント使い切ったはず……？」

余らせるようなことは絶対にしない。お金と違って、後から振れない可能性があると困るから、絶対に振った。でも、覚えていない。何かに振ったのに、それを忘れている。それと、〈祝福〉を何で取ったのかも、思い出せないんだった。

「うむ。実はのぅ、レオニスから異邦人がこれ以上増えないと報告を受けてな。昨日の正午に、町の外にいる者たちにステータスやスキル、魔法、アビリティをすべて報告することを条件に、冒険者登録を無料で行ってのう。〈鑑定〉も受けさせ、確認させてもらった。じゃが、何人かが他の者にはない特殊な魔法やスキルを持っておるんじゃ」

「えっと？　全員同じ条件じゃなかった……？」

「お嬢ちゃんらがわからないのに、わしらがわかるわけないじゃろう。じゃが、お嬢ちゃんが嘘をつこうとしているわけでもないようじゃ」

「そう、ですね……」

嘘はない。こんなことで、嘘をついて、警戒されるのは困る。だけど、自分の記憶が信用できない。一部のポイントを覚えていないこともだけど……。

「何か、気になることがあるかのう？」

「いえ……自分でもよくわからなくなって……この世界で生きようって思ったことすら、なんでかなと……いい年した大人だったんで、生活が変わるのとか面倒なはずで……なんか、すごく自分がおかしいのが気持ち悪くなってきたというか……」

自分のことがわからない。何を信じればいいのか……見失ってしまっていることに気づいた。そもそも、なんでこの世界に行くことを、許容していたのか。

ズキズキと頭が痛みだすのを堪えながら、考えて、考えて………答えは出ない。気持ち悪いし、吐き気もしてきた。〈直感〉のピリピリとした感覚と頭痛で、本当に辛い。

「お嬢ちゃんは、この世界で生きていくのかの？」

「そう、ですね。私は生きていくために、能力を選びました。…………真っ白い世界で、本能的に元の世界に戻れないと…………でも、死にたくなかった……」

そう。生きていたいという思いがあった。なぜか…………覚えていなくてもわかる。前の世界では死んだのだ。死んだ理由はわからないけれど。頭に手をやりながら……前の世界より、こちらで生きないといけないと考え直す。

少し……痛みが引いた気がする。

「ふ〜ん。君にも考えがあるのはわかったよ。まあ、僕から見て、君が一番変なんだよね」

「え？」

「そうじゃのう」

二人が頷いて、こちらを見ている。変と言われるようなことをした覚えはないけど、他の異邦人と何か違うのか。なぜ、そんなことを言われないといけないのか、わからない。

「そう構える必要はない。お嬢ちゃんはまともじゃ。自分で考え、自分の行動に責任を持とうとしておる。この世界で生きていく覚悟がある」

「……大人として、迷惑をかけ続けるわけにはいかないので。自分のできることをして、お金を稼ぎ、生きていくのは普通のことだと」

「そうじゃの。じゃが、そうでない者もおる。こちらが手を差し伸べたことに『遅い』と不満を持ち、自分たちが優遇されて当たり前だと思っておる」

「……」

つまり……。異邦人たちを冒険者として受け入れたが、相手は感謝するどころか、怒っていた。厄介事の自覚がないから、対応に困ってるとか？　ついでに、初日から問題行動を起こした人がいるかもしれない。処分に踏み切るとか？　私のこともバレてるから、自分の目で見極めに来たのか。

二人が視線を合わせ、頷いた。何か、事前のやり取りがあったのか、二枚の書類を取り出した。

「お嬢ちゃん。こちらも異邦人情報が欲しい。お嬢ちゃんは信用できそうじゃ。取引をせんか？」

「条件を教えてください」

それでも、ここで乗らないということはできなかった。なぜなら、取引という言葉に戸惑った瞬間に電流が強くなり、視界がぐにゃりと回り、歪んでいる。〈直感〉が強くなるなら、答えはイエスしかない。

取引とは……一体何をするつもりだろうか？　少しだけ、寒気から解放されたのを感じ取り、笑顔を浮かべている青年をじっと見つめるが、にっこり笑うだけだった。

「うむ。わしの条件は、四つじゃな。一つ、わしらに嘘をつかない。まあ、言えないことは言えないと言ってくれればいい。今後はアーティファクトを使うことはしないが、嘘の情報は困るのでな。二つ、お嬢ちゃんは異邦人であることを自分からは名乗らない。これは、お嬢ちゃんを守るためでもある。異邦人としての特権を使えないことにもなるが」

「かまいません」

「うむ。三つ、冒険者ギルドから他のギルドに移らない。お嬢ちゃんは薬師ギルドに行かれては困るのでな。四つ、マーレスタット町の冒険者ギルド長ヨーゼフと、こちらのラズの協力者となることじゃ」

「………協力者って具体的には何を？」

「契約したら教えてあげるよ。ああ、協力者の対価として、こちらの世界の戸籍を用意するのはどうかな？　異邦人ではない証明にもなるしね」

協力者。ギルド長とラズさん……いや、ラズ様にしておこう。なんか背筋がゾクゾクする。別々の契約ということだよね。嘘をつかない。報告に嘘が混じってたら困るのはわかるし、まあ、言えないことは言えないでいいっていうなら、許容できる。嘘ばかりついていたら、信用にかかわる。円滑に進めるための嘘もあるだろうが、どちらかといえば、関係は上司と部下に近いから、嘘の報告とかしたら成り立たなくなるよね。

異邦人と名乗らない。これはかまわない。むしろ、名乗ることは、現況では良いことにはならない。別に、異邦人＝仲間であるとも思ってないから、かまわない。私は自分の身が大事。だが、一部にバレてる可能性はあるわけで。身の上の設定とか、少し考えないとか。

冒険者ギルドから移らない。これもかまわない。冒険者ギルドの所属に不満はない。今日、一人で戦闘をしたけど、普通に戦うことはできた。魔物が多くても、きちんと対応できたし、無茶をしなければ大丈夫だと感じた。〈調合〉も面白いが、その素材の値段とか聞いたら、自分で調達しに行くほうが楽だと思う。冒険者に採ってきてもらって、その素材が使えないとか、胃に穴が開きそう。自分で〈採取〉して、〈調合〉するという自給自足の方が胃に優しい。

協力者となる。これによって、私に何をさせるのか。……契約しないと教えないっていうのが怖い。けれど、逆に考えれば、協力者になればこちらも守ってもらえる可能性はある。

拒否することはできない。私は〈直感〉を信じる。命の危険という……この知らせを。


「…………わかりました。契約します。ただし、人を殺せとか、人道に背くことに対し、協力を求められても、協力しないことはあります。その場合はどうなりますか？」

「うむ。奴隷ではないから、無理やり従わせることはできないから心配しなくて大丈夫じゃ。互いに協力する。敵対しないことが目的じゃな。あと、人道に背くようなことは頼まんよ。まあ、情報提供と、逆に情報発信を頼むこともあるのじゃが、きちんと説明し、納得した上での協力要請じゃな。都度、報酬も払おう」

「僕の方は、今のところは何か頼むことはない、かな。今後、状況により変わるけど、嫌がる子に協力させても効率が悪いからね。〈調合〉については、パメラ婆《ばあ》様の弟子として腕を磨いてほしいな～」

調合、ね。なんとなく、これは本心だと思う。弟子がいなかったことは聞いてるから、レシピとか含めて継いでほしいということだ。私の方も目的と合致するから嫌ではないけれど。師匠の弟子、ここが大きいようだ。師匠、やっぱりすごい人だ。

「わかりました」

「じゃ、この紙にサインして血を垂らしてくれる?」

「…………できました」

契約書は普段ならきっちり読んでからするけど、ここでは、相手の条件に従うしかないから、さらっと見て、説明通りだったから、サインした。

二枚あって、ヨーゼフさんとの契約とラズ様の契約は別々のものだってこと、あと、四つの条件以外にもう一つ、王国の所属となることが書かれていた。

契約は、双方の合意がないと破棄できないというのが怖いけど。それでも、こちらの世界での身の安全を考えれば、破格の取引だろう。お互いの利害は一致……してないよね。今のところ、私にかなり有利。話を持ちかけてきたほうが不利というのはおかしい気がするから、私が気づいてない何か、あちら側のメリットがあるはず。わからないものは仕方ない。契約をした以上、信用を害することのないように気をつけよう。

……契約をした途端に、ピリピリした感覚が消えて、視界が戻ったことを考えると、当面の命の危険は去ったようだ。それだけでも、ほっとする。

「すまんの。では、異邦人たち話に戻すが、異邦人のうち、だいだい七割くらいが〈天運〉または〈天命〉というアビリティを持っていることを〈鑑定〉で確認している。口頭でも確認したんじゃが、本人たちは自覚がない」

「〈天運〉……〈天命〉…………ユニークスキルですよね」

〈幸運〉の上にあったんだよね、たしか。運だから気になったけど……〈天命〉って運命とか、そんな意味だから全然興味なかった。でも、七割の人が取る？　あり得ないよね？

私としては、運が良くなりますようにって考えだったけど。謎のユニークスキルをわざわざ取るとか、考えられない。

「〈天運〉を持っていない者はお嬢ちゃん以外にもおる。共通しているのは、ユニークスキルの認識があるんじゃや。〈天運〉と〈天命〉を持つ者は、何かを割り振ったことは覚えているんじゃが、具体的なポイントを使って割り振ったことを覚えとらんのじゃ」

「……記憶がないってことですか？」

「うむ。本当に記憶にないようじゃ」

「……私が30ポイント分を覚えていないのと同じですか？」

「そうじゃの。指摘するまで違和感はなく、指摘しても覚えとらん」

一番重要なのは、ユニークスキルか。さらに、〈天運〉〈天命〉という謎のスキルを持つ異邦人。〈天運〉と〈天命〉というユニークスキルは、効果が謎で、その効果だけでも調べたいということだった。

「……えっと。ユニークスキルが、重要ということですか？　スキルや魔法は？」

「そうじゃのう。まず、前提として、牢《ろう》に入っている異邦人たちの能力は調べておる。そこで、初期レベルではありえん、アビリティやスキル・魔法を持っている者もいることは確認しておる。初期レベルで高いスキルや魔法も脅威じゃが、お嬢ちゃんの言うユニークスキルの方が上じゃな。そして、先に鑑定していることを悟らせるわけにはいかないからのう。事前にこっそりとな。もちろん、〈鑑定〉を受けることに同意した者は、さらに詳しくスキルや魔法も確認しておるのじゃが……お嬢ちゃんの話では、好きにユニークスキルを選べたのじゃろう？　なぜ、皆同じなのかも不可解じゃ」

確かに、ばれずに全員のステータスを〈鑑定〉なんてできないか。断られることも考えて、ユニークスキルだけでもというのはわかる。そして、そこで発覚した〈天命〉〈天運〉という謎のユニークスキルを大多数が持っている。その効果が何なのか、気になるのは当然だ。

「そこで、その効果を調べようとしたけど……不明なんですか？」

「そうじゃのう……何でもいいので、心当たりはないかのう？」

七割もの人が自分からそれを取るとは思えない。攻略情報みたいに、何か情報があるなら別かもしれないけど。あの空間で、そんな言動はなかった。なら、ステータスを選ぶときに、何か仕組みがあって〈天運〉〈天命〉を選ぶようにできているということか。

「……すみません。特に心当たりとかはないです」

「そうか。では、何か思いついたら言ってくれるかの。こちらで把握したステータスを調べたが、持っておるポイントは１００から３００ポイントとばらばらじゃな。全員が同じポイントを持っていたとは思えん」

う〜ん。相談しながら決めてる人もいたから、全員が同じ条件であることは確実。でも、私も何かに振ったことを忘れてる。もやっとするが、何にポイントを使ったか覚えてない。何か見落としていることとかないか。

「じゃあ、話を変えよう。『魔王』って何かな？　一部の冒険者がそれを倒しに行くと言ってるんだけど、何か知ってる～？」

「魔王……人間と対立する悪の種族の総称を魔族と言い、その王を魔王と言います。そういうファンタジーの小説とかであるので……ん？」

ファンタジー世界…………。魔王を勇者が倒すっていうのは定番。じゃあ、他にファンタジー世界で定番といえば？

「あれ……？」

「どうかした？」

「あ、いえ……今、考えをまとめるので、ちょっと待ってください……」

ファンタジーの世界なら……人ではない種族とかがいてもおかしくない。いや、ギルドの解体師をドワーフかなって思ったし、子どものような背丈の冒険者やエルフのような長い耳の人もいたから、間違いなく人以外の種族がある。

種族は一つじゃない？　その種族にポイント使うとしたら……私なら選ぶかもしれない。

「何を思いついたの？」

「えっと……変なこと聞いてたらすみません……異邦人って、人という種族だけですか？」

何を聞いているんだという顔が返ってくる。まあ、私も何を言ってるのかとは思うけど。私を含めた異邦人は、人だけだろうか？　この世界に人ではない種族がいるなら、人以外にもなれるのでは？

「……ふむ。種族か…………」

「種族に対する差別は色々と問題になるからね。王国内では、種族について、各ギルドでは把握しない。種族はわからないとしか言えない。ただ、異邦人でもエルフや獣人の血を引いている容姿の人はいたね」

「私のいた世界は、エルフや獣人はいません。白い世界にいたときは、普通の人でした。肌の色は違う方もいましたけど。もともとは異なる……種族はいなかったんです。それで……そこにポイントを振ることができそうだと、ふと思いつきました」

ファンタジーの世界に行くなら……。

エルフとか猫耳の獣人とか、結構、好きな人はいると思う。そして、ゲーム世界の設定では、エルフなら魔法が得意とか、獣人はフィジカルが強いとか、特徴がある。覚える魔法とかにポイントを使うなら、強い種族にもポイントを使うのはおかしいことではない。

「う〜ん。調べてみたいけど、難しいかな〜。種族については、色々と政治的問題があるからね。まあいいや、少なくとも、君はそれだと思うんだよね？」

「……はい。でも、覚えてないので……」

う〜ん。なんかすっきりしない。種族が選べたなら、なぜ、それを忘れてしまったのか。そこが謎なんだよね。そして、同じく覚えてない〈祝福〉のアビリティ。

例えば……。種族とセットで自動的に覚えるとかがあったとして〈祝福〉を覚えた。〈天運〉〈天命〉もそれだったりしないか。

「あの……種族の選択にポイントを振ったかもしれないけど、覚えてないのと合わせて………その、もしかしたら、ですけど……」

「うん、なにかな？」

「アビリティの中で、唯一、〈祝福〉を選んだ記憶がなくてですね………その、もしかしてですけど……種族選んだときに自動的に選ばれるとか……ないかなって？」

「まあ、あるかもしれないけど。それは君たちの方がわかるでしょ？」

「えっと、本当に覚えてないんですよ。だから、自信がないんですけど……もし、種族を選んだら自動的に〈天運〉が付いてくるとか、ないかなって……ちょっと、考えたんです。普通、七割が同じものを選ぶってことは考えられないけど……自動的に付いてくるなら……七割が持つのも不思議じゃない」

「ふむ。選んだ自覚がないのは、自分で選んでいないからということかの？」

一度、息を吐いて、落ち着いてから考える。記憶がないのがなぜかはわからない。他の異邦人より覚えているだけで、覚えていないことがあるのは確かだ。

では、それはなぜか？　自分たちで選ばせて、なんらかの使命を持たせる。全員ではなくても、一定の割合で使命を持たせられれば十分だとしたら……異邦人に何かをさせたい？　そのために、選別することが目的だったとか。

「…………例えば、ですよ。まず、条件としてユニークスキルは一つしか取れない。これは、確認してます。そして、私は最初にユニークスキルを選びました。そうすると、もうユニークスキルを取ることはできなくなります」

「そうなるじゃろうな」

「でも、ユニークスキルって、一番下にあったんです。その前に他の魔法とかスキルとか選んで、その時点で〈天運〉が付いちゃったら……どうですかね？」

「う～む。仮定であるが、おもしろいのう」

その後、私の方でもいくつか質問をさせてもらった。特に魔法について……そこで知ってしまったのは上位魔法という存在。特に扱いに気をつけないといけないのが、〈光魔法〉の上位魔法である〈聖魔法〉。上位魔法は、覚える人は結構限られるらしい。基本魔法をレベル5以上にして、何らかの条件を満たすと上位魔法を覚えるという仕組みらしい。満たす条件は不明……ここは、才能に左右されるらしい。〈聖魔法〉ついては、通常の冒険者では覚えてない可能性が高いので、扱いに気をつけないといけないレア魔法だった。


「あとは、〈調合〉の方も見極めたいところじゃな」

「師匠の弟子になったからです？」

「それもあるけどね。異邦人は〈付与〉〈錬金〉〈調合〉〈仕立て〉〈鍛冶《かじ》〉〈クラフト〉などの生産系のアビリティは持ってないんだよ～。君以外、戦うための魔法・スキル、あとは補助するアビリティしかなかったんだよね」

「…………え……？」

強さよりも希少価値。安定した生活のために、手に職を持つことを考えた。器用貧乏って言われることがあっても、色々できれば危険は減らせる。私でなくても、一定数は生産職を選びたがると思うけど。誰もいない？

「まあ、これから他の町とかの情報も集めるから、君だけではないかもしれないけどね。君たちが欲しいと思う能力を選べるとして、欲しいと認識しなかったら、そのアビリティは表示されない。それなら、君たち異邦人が戦う能力に特化しているのも納得できる」

「うむ、恐ろしいことじゃな」

欲しいと思う能力。異邦人ってみんな戦闘民族ってこと？　ファンタジー世界に夢見て、冒険したいなら、強くなりたいか？　いや、私はこの世界でも死ぬことになるのは嫌だけど。

荒事は嫌な人は絶対にいるはず。戦いを選ぶように意識を誘導していたんだろう。私も異世界に行くこと、戦うことになるのに、拒否感はなかった。あの世界での自分の意識は普通ではなかったと思う。

「……これから、どうなりますか？」

「まずは、他の町にも異邦人がいるのか、情報を集める。もう少し、情報が集まらないと異邦人をどうするかも決まらんが、正直良い印象がないのう」

戦闘能力に特化した、無法者。うわ、最悪。それこそ、捨て石にして、数を減らしたい……。うん？　えっと？　常識を知らない、扱いやすい……戦力。全部を取り込むには危険な可能性があるわけで……。

「あの……この国って、他の国と戦争とかって、してますか？」

「ふふっ、君ってなかなか鋭いよね～」

「うむ。今は、どこの国も戦争はしていない。じゃが、停戦状態であり、いつ起こってもおかしくない国もあるのう」

「まあ、王国は一番交流している国が多いけど、その分戦争を起こさない中立地帯でもあるから、安全なほうだと思うけどね～。帝国なんて、外部だけじゃなく、内戦の可能性もあるよ。政治が不安定だからね。ちなみに、南東側にある山脈地帯を越えたら帝国だから、距離だけならすごく近いよ」

見せかけの平和……。魔物の脅威があるから、各国が必ず手を結ぶことはない。国同士、自国が優先。それは、戦力の増強ができるなら利用するということになりそうだ。

「………人間兵器として異邦人を使う国は？」

「あははは。もちろん、いくつかの国ではそうなると思うよ。だって、都合のいい説明して、戦場に送り出せるからね」

つまり、この町でもすでに異邦人の使い道として、他国への牽制《けんせい》・肉壁要員という利用を考えているということ。怖い。

しかも、それを私に対して隠さないということは……。そこも織り込んだ上で、協力者として自覚を持てと言いたいのか？　私は腹芸は苦手だと思う。すぐ表情に出るから……。

「……私は、協力者として何をするんですか？」

「うむ。お嬢ちゃんは異邦人じゃが、異邦人としての特別待遇をしていない。冒険者ギルドの登録料も自分で支払っておるし、〈鑑定〉もしていない。国に報告義務がないんじゃよ。まずはそれでよい。とりあえず、好きに過ごしていてかまわぬよ。〈調合〉を磨くのも、冒険者としてレベルを上げるでも、何をしてもいい。犯罪でなければ。協力が欲しいときにはこちらから連絡するが、しばらくはないじゃろう。こちらも無駄に探られたくはないのでな」

「……あの、あんまり戦闘能力を伸ばす予定ないんですけど」

「かまわんよ。もう一度言うが好きに過ごしてよいんじゃ。お嬢ちゃんがどのように成長するかによって、使い道が変わるだけじゃ」

好きに過ごしていいって、最初に比べると随分と対応が優しくなった。うん。なにか、裏がある可能性も……。考えても、わからないか。わからないなら、疑ってかかるよりは成り行きに任せよう。

「あ、あと……セージの葉については……」

「うむ。明日から、〈採取〉に慣れている冒険者にさらに詳しく調査をさせるつもりじゃ。セージの葉を大量に納品した異邦人のパーティーもおる。ただ、森を荒らしたのが異邦人の場合、おそらく、国境送りになるじゃろう」

国境送り……。危険地帯って認識でいいのか。初犯だからって許すわけにはいかないけど、死刑じゃないだけマシなのか。そもそも死刑制度とか、どうなってるんだろ。調べようと思っていても、結局後回しになってる。

あと、何か気になること……聞いておきたいこと。

装備！　みんなお揃《そろ》いだった。銅と鉄の差はあれど、胸当てのデザインが同じだと、異邦人とばれてしまう可能性がある。

「……………あと……装備品について、お願いが……お揃いなんで……」

「うむ。同じ装備品を身につけていれば異邦人とわかってしまうからのう。明日、マリィから新しい装備を渡すようにしようかの。今、装備していたものは引き取り、新しいものは無料というわけにはいかんが、足りない分はギルドへの借金として、すぐにではないが返済してもらうかのう。銀行でわかるようにしておくのでよいか？」

「はい。お値段はお手柔らかにお願いします」

「新人に渡す装備じゃ。そんなに高いものにはせんよ。一応、修理で預かっていたことにしようかのう」

「はい、お願いします」

装備品を渡して、代わりの装備をお願いした。今後についてはマリィさんを通して知らせる。また は、レオニスさんを通すこともある。直接関わりがわかるようなことはしないことになった。これから先……どうなっていくのか。不安しかない。

閑話　レオニス視点

夕方にクレインからの森の調査報告があり、突如慌ただしくなったギルドで、ギルド長に呼ばれた。急ぎの用だと聞いて向かった部屋にいたのは、ラズ。

数年前からこの町の領主代行をしていて、約十年前までは、俺と相棒であるフィンと一緒に冒険者をやっていた後輩でもある。お互いに知った仲であり、数日前にも別件で会っている。

二人は落ち着いた表情で、俺に告げた。クレインと話をしたいから取り次いでほしいということだった。実際に、現在調査を進めている東の森の件で、マリィが聞いた内容だけでは足りない部分もあって、本人から聞きたいのだろうと、安易な考えで、二人を案内した。

それが間違いだった。クレインは、二人を見た瞬間に顔色を悪くした。目も虚《うつ》ろで、どう見ても普通の状態ではない。あんな状態のあいつを見たことがなかったが、ラズもギルド長も気にせずに、さらに追い込むようなことを言う。危険だと、殺すこともあると口にした。

俺が守る。そう口にした瞬間に、あいつの瞳は揺れた。だが、答えは俺に背を向けることだった。俺に守ってもらうことはしない、はっきりとした意思表示だった。本人の意思と、協力するなら悪いようにしないという言葉もあって、仕方ないと割り切り、その場を辞した。

あいつの家から出て、ギルドに戻り、仕事をこなす。だが、業務時間が終わっても、帰る気にはならなかった。ギルド長とラズに話を聞くまで、あいつの安否を確認するまでは、ここに居座る。

そのつもりで、ギルド長の部屋の前で、二人の帰りを待った。

「ラズ。クレインはどうなった⁉」

「はいはい。説明するから、落ち着きなよ。ギルド長、部屋借りていいかな」

「もちろんじゃ」

二人が戻って、すぐに問い詰めようとしたが、ラズは飄々《ひょうひょう》として、ギルド長の部屋でお茶を用意し始めている。長い話になると言っているが、落ち着いていられる心境ではなかった。だが、二人とも落ち着いた雰囲気で、席に座ることを促され、座るしかなかった。

「ふむ。それで、ラズ様。あれでよろしかったのですかな？」

「うん？　いいんじゃないかな、こっちとしてはある程度知りたいことは知れたしね〜。あの子なら囲っておいてもまずいことにはならないでしょ」

そう言って、あいつに何をしたのかを説明する。

使われたのは、王家が管理する特殊な紙で、互いの血を媒体として結ばせる契約。下位の使役契約であるが効果は高く、奴隷ほどではないが、契約を破れば心身に影響を及ぼす。あいつがこの世界の仕組みをよくわかっていないのを承知の上で、ラズとギルド長は契約を結ばせた。

怒りに、頭がおかしくなりそうだった。なぜ、何も悪いことをしていないあいつが、どうして、そんな目にあわなくてはいけない。ギルド長とラズに殺気を送るが、その程度で怯《ひる》む二人ではなかった。

「それで、ギルド長。クレインは？」

「こちらの条件を飲んで、契約を行ったぞ。わしがギルド長である間は、冒険者ギルドにある程度制限・拘束されることになる」

「本当に必要だったのか？」

重苦しい雰囲気が流れる。異邦人が危険であるということは、俺も全く理解できないわけじゃない。クレインだけではなく、他の奴らも直で見ている。捕らえたときも、俺が抑えたのだから、その力も十分に理解している。

だが、悪い奴だけではないだろう。クレインは、どこにでもいる少女だ。向き、不向きで言うなら、冒険者に向いた性格ではないが、いい子だ。他の異邦人だって、突然にこの世界に来ても、自身の道を模索しているようだった。

決して、話がわからない奴らだけではない。こちらに情報を渡すことを断った二人も、こちらの指示に従い、町周辺をうろつくのはやめた。その際には、「迷惑をかけてすまなかった」と謝罪して離れたと聞いている。他にも、何人かは、冒険者になって頑張ろうと、俺に質問をしてきた者もいる。すべての異邦人が間違った行動をしているわけではない。

「レオニス。冷静になって考えてよ。あの子を重ねてるようだけど、フィンと関わり合いはない。危険な能力を持ってる、秩序を乱す存在だよ」

「そんなことはわかってる！」

「わかってないよ。僕は、この町を守る義務がある。だから、手っ取り早く異邦人を処分しようと考えていた。でも、君は言ったよね？　まだ早くないか、様子を見てもいいだろうと。君があの少女の講習をして、彼らを殺す処分をやめるように求めた」

「ああ、そうだ」

「そして、冒険者ギルドで受け入れた。その時、彼らは何て言ったかな？　その後、彼らは何をしたかな？」

ギルドが、彼らに能力の提示を条件に、契約を結ぶことにしたとき。お礼を言う者はいなかった。こちらの動きが遅いと悪態をついた者もいた。してもらって当然、そこに感謝もなく、ただ、現状に不満を募らせる。そして、すでに何人もの異邦人が問題を起こしている。だが、問題を起こしている奴のせいで、他もすべて悪いと一緒くたにするのは間違っている。

「だが、あいつは関係ない！」

「あの子だけが違うとなんで言えるの？　何かあってからでは遅いんだ」

「二人とも落ち着くんじゃや。ラズ様、そうは言いますが、結局あなたは、殺しはしなかった。『契約で縛る』に留《とど》めましたな？」

「まぁね～。僕だって、情報吐かせたら殺すつもりだったよ。自分のことしか考えられない、無秩序に好き放題する輩《やから》なんて、放置できない。レオには悪いけど、殺すためにあそこに行った」

「なっ!!」

最初から、殺すつもりだった。それに頷《うなず》いているギルド長にも、ラズにも、怒りがこみ上げる。俺だけが知らなかった。知らされていなかった。数日前に殺すという処分を撤回し、冒険者として受け入れたのだから、もう大丈夫だと考えていた。そして、あいつを危険な場所に置いて、帰ってしまった。

「それでも、あの子はレオを自分の判断で帰した。自分を守ってもらうことより、レオを守ることを優先することができた。契約も受け入れた。多分、どんな契約か理解した上でね～」

「あいつが、あの契約書の意味を知っているわけがない。わかっていれば、結ばない可能性だってあった」

「だが、その契約を結ぶことを躊躇《ためら》わず、結んだのも事実じゃ。自身の能力が理解できていないと言いながら、あの場で間違えば死ぬことを理解し、それを回避する能力をまざまざと見せつけられた」

「そう。あの子の言動からは、生きたいという気持ちだけは伝わった。目も虚ろで、こちらをうかがいながら、言葉を選んで、他に生きる道がないと理解しているようだった。だから、こちらも譲歩した。自分より他人を優先できる気持ちが少しでもあるならいい。今は環境の変化のせいで、自分のことしか考えられなくても、少し落ち着いてからであれば、人を思いやることができるのだと、あの子の示した道を信じることにした。生き延びるためであれば、理不尽な要求だろうと飲み込む覚悟もあるようだしね。だから、ちゃんとこちらも対価を渡すよ。これ以上、レオとパメラ婆《ばあ》様に嫌われたくないしね～」

ラズは貴族として、この地を守る者として、大多数の安全を考えて、少数の犠牲はやむを得ないと考えていた。だが、踏みとどまったということだろう。ちらりとギルド長を見るとお茶をすすっている。実際、ラズが引いたから、この形になったということだろう。ギルド長としては、どちらに転んでもかまわなかったということだ。

「あいつは、この世界で生きることを許してほしいと言っていた。それだけだ、悪いことをしようなんて微塵《みじん》も考えてない。むしろ、危険から遠ざかることを願ってる」

「悪い子じゃないのはわかったよ。契約を結んだ後からは、目に生気も戻ったし。きちんと考え、考察もしていた。頭は悪くない。最初はフィンに似た見た目を利用して、レオとパメラ婆様が騙《だま》されてるんじゃないかとか、〈魅了〉されてるんじゃないかと疑ったけどね」

〈魅了〉か。それをアビリティで持つ奴もいるだろうが、クレインにはない。だが、ある意味ではそうかもしれない。クレインの講習を受け持ち、手合わせをしたとき……。あいつは、実力差を理解しながらも諦めることなく必死に喰《く》らいついてきた。そんなところが、実力が足りないから辞めたらどうだ、そう言われながら喰らいついていたあいつと重なった。あいつも諦めは悪かった。実力が足りないことを承知しながら、工夫だけで冒険者を続けていたような奴だった。

ばあさんを巻き込んだのは俺だ。ばあさんを元気づける、少しでも気がまぎれるかと思って紹介した。あいつが死んで、張り合いがなくなって引退すると言いだしたから。

俺自身、クレインが薬師になるなら、ばあさんに任せたいと思うくらいに、気に入っている。言う必要はないが。

「あ？　俺がそんなのに騙されたり、〈魅了〉を受けるわけないだろ。だいたい、あいつ、CUL《魅力》の値低いだろ」

「そうじゃな。異邦人は、その値の高さを利用している者もおるから警戒はしたんじゃが、あのお嬢ちゃんは低いじゃろうな」

ＣＵＬの値が高そうな異邦人は何人かいたが、クレインはおそらく標準以下だろう。カリスマ性は感じられない。やることをきちんとこなして、信頼されていく。そういう意味でも、職人が合っているだろう。だが、あいつのように冒険者になってほしい気持ちもある。

だからこそばあさんが気に入ったとも言える。若干、あの乾燥魔法が目当てにも見える。ばあさんが気に入ったという点が、逆にクレインへの警戒度が上がったか。

ラズも、ばあさんには冒険者時代に世話になっている。ギルド長とは、過去に何かあったようだが、ばあさんへの配慮は普段から見て取れている。ばあさんの安全を考慮したら、早いうちに引き離しておきたかったのかもしれない。もしくは、ばあさんの技術を継承する人間を確保する意味もあるだろうが。

「あいつの今後はどうなる？　他の異邦人も」

「レオニス。最終的にあの子を手元に置くことを決めたのは僕だけどね。他の異邦人と同じ、十把《じっぱ》一絡《ひとから》げに扱うか、こちらの協力者になるかの二択しかない。そして、異邦人を歓迎する方針を現国王が出すことはない」

「そうじゃのう。この町だけの問題ではないのが、あの少女からも言質が取れた。他国の動きを考えれば、異邦人は国が管理することになるじゃろう」

「心配しなくても、あの子は手元に残すし、他の異邦人は回収されるだろうけど、殺しはしないんじゃないかな」

国が管理する。この町に置き続けることはないということか。異邦人の今後は心配であるが、政治がわからない俺がとやかく言うことはできないだろう。少なくとも、クレインの言動によって、異邦人を皆殺しにするという選択肢は今度こそ消えたようだ。クレインが、契約で縛られるという枷《かせ》を付けられたのが気になるがどうもしてやれない。

「好きにさせてやるわけにはいかないのか？」

「好きにしている異邦人が何をしたか、君もわかってるでしょう？　他の異邦人の仕出かしたことを考えれば、騙し討ちではあるけど、身の安全のためにも最善だと思うよ～」

「いや、そうだな。すまん」

契約したからには殺さない。クレインの身は保証された。すでに、問題を起こした異邦人については、冒険者ギルドの手を離れている。目下、問題となっている東の森でのセージの木については、調査を進めるしかない。俺ができることは何もない。

「僕としては、あの子には冒険者よりも薬師になってほしいんだけどね。レオニスの方でもきちんと見ておいてね」

「あいつについては、俺が責任を持つ。ギルド長、例の件だが」

「うむ。戸籍じゃろう？　契約にて用意する話もしておる。まだ具体的な話にはなってないが、問題ないじゃろう」

「え？　戸籍ならこっちで用意するよ～？」

「俺が後見としてつく理由になるから、あいつの子にする。お前が用意するとなると貴族の血筋になるだろ」

「う〜ん。その方が、横やりが入らないからね。パメラ婆様の弟子となれば、貴族の後見は必要だからね〜」

クレインにはまだ話していなかったが、正式に相棒の子どもとして、戸籍を用意するつもりだった。俺がクレインに構っているところを見た奴らから、相棒の子どもだという認識が広まっている。むしろ、同じパーティーだったディアナすら「フィンに子どもがいたなら紹介してくれればよかったのに」と言ってきた。

ばあさんは、似ているとは思ってるが、あいつの子どもだとは思っていないらしい。ただ、弟子として可愛《かわい》がり、再び、薬師としての気力が戻った。あいつの墓に行きたいとも言っていたから、前向きになった。悪い方向にばかり進んでいるとは俺は思わない。

「貴族の後見？」

「当たり前でしょ。パメラ婆様の財産を含め、カモがネギ背負《しょ》ってる状態だよ。きちんとした後ろ盾用意しないと、命は助かっても、尊厳的に死ぬよ。無理やり夫でも宛《あ》てがわれるとかね」

「ふむ。そこら辺は、ラズ様がすればよいのでは？　戸籍は、パメラに責任をとらせて、養子にさせればよいじゃろ。なんだかんだと、子爵持ちじゃ。何もないところから戸籍を作るよりは、フィンの子であやつの養子とする分には、そこまで難しくもないじゃろう？」

「功績がないのに、僕が後見するのは少しね〜」

「功績か。ばあさんが、クレインを弟子にしたから、引退撤回したのは、クレインの功績にならないか？」

「は？　何それ、聞いてないよ！　引退するって、どこの情報？」

　どこの情報も何も、本人が言っていたんだが。どうやら、ギルド長も初耳だったらしい。目を見開いている。ばあさんも高名な薬師だからこそ、その進退については政治に関わるからな。

「ばあさんから引退するって聞いて、クレインを引き合わせたんだ。それで、ばあさんも気に入ったから弟子にすることにして、引退は延びた」

「聞いてないよ！　突然弟子って聞いて、それも操られてるとか色々勘繰ったわけだけど、その前にそういう経緯があったなら報告してよ！　急いで連絡取らないと」

　連絡ということは、やはり一人で動いたわけではないようだ。それでも、事情が報告されれば、少しはクレインの安全が保証されただろう。

「落ち着きなされ。弟子にしたのも、本人が引退をするつもりで引き継ぐという目的であったなら、疑いは晴れるじゃろ。戸籍については、フィンの子として、うまく潜り込ませられるんじゃな？」

「まあ、フィンの子を妊娠して、村追い出されたってことは事実なんで、なんとかなると思うが。年齢が合わないんだよな」

「え？　恋人とかいたの？」

「昔な」

　ラズと出会ったときには、あいつの恋人は亡くなっていたから知らなかったか。妊娠したことはあったが、子が生まれることはなかった。それに、時期がずれているから調べられると弱い気もする。

「パメラにはわしが伝えておこう。ラズ様もそれでよろしいか？」

「あ～、うん。そうだね、お願いするよ」

それでも、クレインの身が安全となるなら、あいつらの墓の前で頭を下げよう。多分、生きていればあいつの方が自分の娘として可愛がった。だから、勝手に娘を名乗らせることを許してほしい。

5. 新たな出会い

冒険者ギルドは八時に開く。この時間は空《す》いていると聞いていたが、八時ちょっと過ぎにギルドに行ったのに意外と人が多く、賑《にぎ》わっている。異邦人も多い。一目でわかるくらい……変に目立っている。

通常の冒険者と合わせて四十人くらいいる。そして、異邦人と通常の冒険者がパーティーを組もうとしている。勧誘合戦のようなことになってる。おそらく、下位の冒険者たちの間では、いい戦力と判断したようだ。

逆に元々実力がありそうな人たちは、異邦人のことを見ているだけで声をかけたりしていない。冷ややかな態度で様子を見ていることから、冒険者同士でも温度差が結構ある。

一直線に受付に行こうとしたが、その前に、レオニスさんが寄ってきた。どうかしたのかと見ると、がしがしっと力強く頭を撫《な》でられた。小さい声で「心配させやがって」と言われたから、昨日、帰らせたことでとても心配させてしまったらしい。「大丈夫でしたよ？」と笑うと、あちらもニカッと笑顔が返ってきた。お互い、少し無理して笑っている。でも、今は話をすることはできなさそう。レオニスさん……帰らせたこと怒ってなくてよかった。

そして、そのまま受付へと向かった。

「マリィさん、おはようございます」

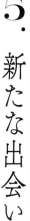

「はい、クレインさん。おはようございます。少し顔色が悪いですね？　大丈夫ですか？」

「あはは……ちょっと寝不足です」

受付は空いているので、人の集団はそのまま素通りして、マリィさんに声をかけるとにっこりと笑って挨拶が返ってきたので、私も笑い返す。顔色が悪いと言われてしまったが、誤魔化す。実際に、あまり眠れなかった。あの人たちが帰ってから、怖くて、この世界から逃げ出したくて、どうしていいかわからないまま、不安な夜を過ごした。

でも、ここに来て、ほっとした。レオニスさんがいて、マリィさんが笑いかけてくれて安心する。にこにこと笑って対応してくれるので好きです。一人ではないことがわかる。まだ頑張れる。

「さっそくですが、お預かりしていた魔石をお返しいたしますね」

袋から、魔石を取り出し、一つ一つ確認をしていく。適当に袋に入れて渡したのに、すごく丁寧な対応だった。メモと照らし合わせ、数に間違いがないかを確認され、サインをして受け取った。

「あ、はい。それと………修理に出していた装備なんですが」

「はい。聞いてますよ。こちらになりますね」

「ありがとうございます」

防具と武器が渡されたので、ささっと身につけてみる。実は、防具も何も身につけていないせいで、ちょっと気まずかった。

胸当ては、サイズが大きすぎたから、最小サイズに調整。他の女性冒険者の人よりも小柄である。町の中では普通なんだけど、冒険者の人たちは体格が良くて、比較すると小さく見えてしまう。これから、成長したりするんだろうか。

籠手《こて》は、グローブに替わっていて、殴って倒せるように鉄が組み込まれている。元は革装備だったんだけど、鉄が含まれているので強くなってるのか？　手首が動かしやすいのでこれの方が使いやすそう。

マントはローブに替わっている。こちらも使い込まれているが、まだ使える感じ……フードが付いていて可愛《かわい》い。白は汚れるかも？　魔法で何とかなるかな。

ブーツについては、新品っぽい。……もしかして、足のサイズが合うのがないから買って用意したとかかもしれない。

小盾と小剣は使い込まれていて多少傷がついているが、斬れ味とか防御に問題はなさそうだった。

「お待たせしました」

「いえいえ。よくお似合いですよ。それでは、さっそくですが、昨日の続きです。お時間は大丈夫ですか？」

「はい」

「では、奥の部屋に行きましょうか」

マリィさんが立ち上がり、奥の部屋に案内される。さらに、冒険者の何人かが立ち上がり、後ろからついてきて、一緒の部屋に入る。

え？　なんで？　びくっと反応した私を見て、マリィさんが「大丈夫です、怖い人じゃないですよ」と声をかけてくれるがドキドキが止まらない。なんか後ろで舌打ちが聞こえたからね。絶対、怖い人だよ？　イラついてるって、わざわざ示している。

悪いことしたわけじゃないから、ビビる必要はないとわかっている！　それでも！　人相悪い人が多いんだよ、冒険者！　怖いよ！　むしろ、この世界が怖い!!

「まず、手描きの地図ですが、お借りしたままでいいですか？」

「あ、はい。大丈夫ですけど……」

部屋には机があり、マリィさんの隣に座った。一緒に部屋に入ってきた冒険者の人たちのうち、三人が対面に座り、二人は扉の入り口にスタンバイしている。物々しい雰囲気で萎縮《いしゅく》してしまうから、早くここから去りたい。

「なあ、この地図がもう二枚欲しいんだが、あんた用意できるか？」

「え？　あの……」

急に声をかけてきたのは、正面に座る三十代くらいの男性冒険者。こめかみあたりに指をおいて、「無理か？」とさらに尋ねてくるけど、どうすればいいかわからない。マリィさんの方を見ると、苦笑している。

「クレインさん。この方たちは、今回、東の森の調査に協力してくれるパーティーのリーダーの方たちです。三パーティーありますので、できれば地図が三枚欲しいのですが。こういう地図を描ける人がギルド内にも、冒険者にもいないんですね。どのパーティーが使うかで揉《も》めてまして」

確かに、効率を考えるなら地図は必要。地図を描くための紙は結構貴重だから、あまり地図を描いたりしないらしい。まあ、描くことはできるからかまわないけれど。そのために、呼ばれたのか。

「はい。用紙とお時間いただけるのであれば、描きます。えっと、一時間くらいかかりますけど、いいですか？」

「お願いします。では、こちらがギルドで保管している地図ですので、クレインさんの地図と合わせて参照してください」

「わ、わかりました。急いで描きます」

「ああ。悪いが、裏の倒した魔物について、ここらへんで倒したとかを書いてくれ」

地図用の大きな紙と筆記具を渡された。よかった……。紙は値が張るから、使いすぎ注意。大量にもらったのも、素材とかのメモでかなり消費してしまっている。余計な出費は避けたかった。

ギルドで保管している地図を出されたが、割と酷《ひど》い……。これは、私が描いた地図の方がわかりやすい。描き写しながらも、色々と質問が飛んできて、それにも答えていく。地図の裏にメモ書きしてしまったのを後悔する。どこで倒したとか、見かけたとか書いておけばわかりやすいと思ったけど、その分が手間になっている。仕方ないから書いていくけど。

「それで、おチビちゃん。セージの葉は本当にダメになってたのか？　俺らとしては、この仕事は割に合わないんで、おチビちゃんの気のせいだったとしたら困るんだが」

地図を描きながら、右側に座るリーダーさんの一人に声をかけられ、手を止める。いや、悪戯《いたずら》で報告なんてしない。初めて行った場所だから、普段の様子を知っているわけじゃないけれど。異常だと判断したから報告している。

「セージの木のみ、大半の葉が落とされていました。木に登った痕跡も残っていて、登っても手が届かない上の方だけ葉が残ってる状態が一帯に広がってました。さらに言えば、他の調合素材にできる草や根っこ、木の実はほぼ無事でした。みなさんだったらあの森で、セージの葉だけでなく、ラゴラの根や万寿草《まんじゅそう》などがあれば採ってくるのでは？」

「ああ。セージの葉よりよっぽど金になるからな。つまり、セージの葉しか知らない素人の仕業ということか」

「……セージの葉だけは、〈調合〉する前でも多少の回復効果があり、そのままでも品質変化は少なく、長持ちします。それを知って、乱獲した可能性もあります。あと、環境に配慮がない……無理やり道を作った痕跡、争った痕跡がありました。今後を考えるならわざわざ採取場を荒らす必要はないでしょう？　お疑いなら、アーティファクトに手をのせて証言しますけど？」

面倒になって、地図を描くのに集中しているように下を向く。私が新人で信用がないにしても、疑われる筋合いはない。冒険者ギルドでは嘘《うそ》ついてないことは、いくらでも証明できる。

怒った表情を作ってみるが、効果はないようだ。マリィさんが横で「可愛い」とか言ってる。私は怒っていると主張したいのに、可愛いってなに？　マリィさんの方をじ〜っと見るが、にっこりと笑顔を返された。ちがうでしょ！　ここは威厳を出すとこなのに！

「いや。疑って悪かったな、おチビ。そんなにむくれるな」

「むくれてません。それと、おチビはやめてください」

「おう。まあ、描きながらでいいから、色々と聞かせてくれ」

地図に描き込みをするたびに状況を聞かれ、細かく説明をしていく。当初は一時間くらいで終わると思ったけど、色々と説明したり、なんだかんだ二時間以上経過していた。

「描き終わりました。確認してください」

地図を手渡すと、各自が内容を確認する。

「ああ。問題ない、おチビ、ありがとうな。お前さんが困ったら手を貸してやるから」

「……はい。その時はお願いします」

「おう。あと、人手足りないときは指名してやろうか？　おチビなら多少実力不足でも使えそうだから、レイドとか足りないときには声かけることもできるぞ」

「え？　べつに、いいです」

いきなり何言ってるんだか、よくわからない。人手が足りないときってなに？　使えそうってことは評価してもらえてるってことで、嬉《うれ》しくはあるけど、ソロ希望なんですけど？　他の冒険者と一緒に行動したいとかはない。

「クレインさん。この方たちは優良冒険者なので、ギルドが発行する合同討伐＝レイドなどによく参加します。レイドはおいしい依頼が多いのですが、身内で固まりやすいため、お一人で参加する場合、紹介者がいたほうがいいんです」

「えっと……冊子ではDランク以上って書いてありましたけど。Fランク冒険者が参加できないですよね？」

「お前は大丈夫だ。すぐにDくらいにはなるだろ。やる気があるなら声かけろよ、おチビ。じゃあな」

色々と質問攻めにしてきた冒険者が頭を撫でて、去っていった。おチビと呼ぶのはやめてくれなかった。しかも、他二人も便乗しておチビと呼んでいる。そんなに小さくないからね？　平均身長はあるはずなんだけど。他の人たちも頷《うなず》いたり、手を振って部屋を出ていき、マリィさんと二人きりになった。

「ふぅ……」

「お疲れ様です。気に入られたようですし、ほっとしました」

「えっと？　嫌われるとまずいんです？」

「今回の調査は犯人捜しでもあるので、クレインさんが巻き込まれないとも言えず。でも、先ほどの様子だと、クレインさんへの疑念を報告することはなさそうですから、安心したんです」

「ああ……やっぱり、容疑者なんですね」

「ギルドでも死活問題ですから。数日以内にセージの葉を納品した方は容疑者になってますね。本命は泳がせていますが。ただ、クレインさんよりも怪しい方がいるので大丈夫だと思います」

数日以内ね……。異邦人は全員容疑者かな。他にもセージの葉を納品した人がいるなら、その人もか。妥当なのか……そもそも、調査してわかるものなのかな。ギルド内でも、納品物のチェックについて、きちんと把握してなかったわけで、〈鑑定〉頼りも良し悪しなのかもしれない。

「それと申し訳ありません。……これを渡しておきますね」

「これは？」

「今後、納品してほしいものについてまとめたリストです。必ず引き受ける必要はありませんが……渡しておくようにと指示がありました。それと、先ほどの地図作成についてはギルドからの依頼ですので、料金を支払います。口座に直接でかまいませんか？」

「はい……ありがとうございます」

うん。なんだか、すごく疲れてしまった。なんとなく会話の誘導があったのは感じていた。だから、私も容疑者なんだろうなとはわかっていた。第一発見者が犯人っていうこともあるんだろう。協力しないと疑われそうだから、協力するけど……腹の探り合いは、疲れるからやりたくない。報告しなければしないで問題になるだろうから、本当に面倒くさいことに巻き込まれた。

「東の森の調査については、先ほどの方たちが行うことになってます。その内容を確認してから、クレインさんの報告の判断を行うことになりました」

「えっと……まずかった、ですか？　その、報告書の出し方がおかしいとか……」

「いえいえ。通常は口頭だけですから、地図や魔物がわかるだけでも助かります。重大な報告と判断されれば、上乗せ支給がありますから」

「なるほど？」

確かに、情報の価値はすべて終わってからでないとわからない可能性はあるか。お金もらえるなら、私としては損がないから、ラッキーだけど。

「あと、調査の間、クレインさんは東の森は立ち入りしないでほしいんです。調査に支障をきたす可能性がありますので」

「あ、はい。わかりました。今日は午後用事がありますし、明日も近場で活動するようにします。

マリィさん、問題がなくなったら教えてもらえますか？」

「はい、承知しました。よろしくお願いします」


さて、百々草《ももくさ》を採りに行こう。東の森に行けない理由が出来たから、近場で採取してもおかしくない。よし、たくさん採って、〈調合〉をばんばんするぞ。午後まで少し時間があるから、百々草を採取して、ついでにスライム退治をする。

魔石については、納品しても額が少ない。しかし、品質が悪くなるものでもない上、錬金素材らしいからギルドには納品せずに溜《た》めている。スライムとかはたくさん出てくるから魔石集めがたぎる。一撃でザシュッと倒せるのは気分がいい。弱い者イジメかもしれないけど、ちょっとしたストレス発散になる。魔石以外の素材は、お肉だけ取っておく。町近くの魔物素材はあまりお金にならない。必要になれば取りに来ればいいから、ぽいぽいっとその場に放置しておく。

「ふぅ………これ、使いやすいかも」

新しいグローブは、意外と使える。握りこんでパンチをしやすい。試しに殴って倒すということをしてみたけど、簡単に倒せた。前に使ってた籠手よりも、しっかりと体にフィットして重心がズレないから、クリティカルも出しやすい気がする。

何度か試した後、剣も振るってみると、こちらもとても使いやすい。前の剣よりも身幅は細く、長さは若干長い。重さはちょっと軽くなり、攻撃範囲は広がった感じ。武器の攻撃力もちょっと上がり、こっちの方が断然使いやすい。ちなみに銅製ではなく、鉄製。銅製の方が、こっちでは貴重らしい。鉄の方が加工しやすいとか、硬いとか……うん。よくわからないけど、目立たないならそれでいい。

お金については、請求がなかった。交換でいいらしい。いいんだろうか？　絶対に、これは前のものより値段が高いはず。割といいものを用意してくれたことがわかるだけに、これからの相手の要求が怖くもある。

午前は百々草を採取しつつ、戦闘で時間を潰《つぶ》して、食事をしてから師匠の家に向かった。

「こんにちは～師匠」

「ひよっこ。お前さん、随分と百々草を持ってきたねぇ」

「あ、はい。午前中に採ってきました。ギルドで傷薬が不足しているので、ちょっと上乗せして買い取りしてもらえるんです。それと、今後セージの葉が不足する可能性があって、使わずに溜めておいたほうがいいので、代替品として師匠も使うかなと……」

師匠には、昨日の東の森での採取物をそのまま渡す。私はまだ使えるレシピを教わっていないから使わない。まあ、今後使うかもしれないけど、それはその時に採りに行けばいいと思う。

「ひひひっ。そうかい、セージの葉がねぇ。確かなのかい？」

「昨日、東の森に行ったんですけど、セージの木が酷いことになってました。若葉も含めて、ほぼ葉が落ちてしまったので、次に葉が生えるまではかなり厳しいと思います」

簡単にではあるが、冒険者ギルドでの報告内容をそのまま伝える。ついでに、調査の関係でしばらくは立ち入り禁止になってしまったことも伝えておく。師匠から頼まれても行けない可能性があるから、事前にきちんと報告。

「薬師ギルドでセージの葉を集める場合も東の森を使うからねぇ。冒険者ギルドは他の場所からも採ってこれるが、今まで通りにはならないかもしれないねぇ」

「何かあるんですか？」

「冒険者ギルドと薬師ギルドは仲が良くないんだよ。まあ、薬師ギルドが勿体《もったい》ぶって冒険者ギルドにあまり薬を卸さないのが悪いんだが。失敗の可能性があるからと、必要素材を倍以上納めさせて、薬を渡すときには居丈高になる。たいしたことはしてないんだがね」

仲が良くないか。それが、ギルド長が私を確保した理由の一つかな。何かあったときに対応できるお抱え薬師がいれば、リスク回避できる。しかし、仲悪いって、そんなことでいいのか。

「えっと……渡した素材でできた分を納品するわけではないってことですか？」

「倍の材料を要求して、半分は自分たちで使うために確保しちまうんだよ。まあ、今の薬師ギルド長の方針なんぞ、わたしには関係ないがね。ひよっこ、今日の分のレシピは百々草でも作れるが少し難しいレシピだ。難しいがその分経験値や熟練度も上がるから、成功しなくても根気よく作ってみるといい」

「はい…………その、今日のも、傷薬も、他の方は百々草で作れないんですか？」

「古くからのレシピを受け継いでいる薬師どもなら作れるさね。ただ、この町じゃ他にはいないだろうね。それから、しばらくは冒険者ギルドには採取してきたものを卸すんじゃないよ？　まだ、品質や状態がわからないんだから」

やはり、百々草は材料とは考えられていない。そんな気はしていたけど。マリィさんの話では、傷薬の素材がセージの葉一択だった。あの不良品のセージの葉で作るくらいなら、百々草で作ったほうが早いのに、作れるかを聞かれたから疑問に思っていたが、そういうことだった。

「昨日、依頼でセージの葉は卸しちゃいましたけど」

「調査した対象物の納品なら仕方ないさね。ただ、お前さんが採ってきた品についてはおいおい、値段を覚えてからにしときな。今回みたいなことがあると価格が変動して損するからねぇ。あと、〈採取〉に行くときも、どこに行くと言わず、魔物討伐に行くことにするんだね」

「わかりました」

「じゃあ、作り方教えるからよく見ておきな」

「能丸薬」「魔丸薬」のレシピをもらった。魔丸薬は、MPの小回復と回復を早める継続回復の効果があるらしい。能丸薬はSPで同じ仕様。薬は、ポーションと違って飲みすぎても、中毒などにはならないけど、回復効果が重複しないから、飲んでからすぐにもう一度飲んでもほぼ意味がない。一時間から二時間は時間を置くことになる。とりあえず、これを飲んで作業すれば、前よりSP不足が少しは改善されて、効率がよくなりそう！　ありがとうございます。

ポーションは〈錬金〉で、薬は〈調合〉で作る。回復量はポーションの方が大きい。さらに回復系の魔法もあるから薬はあんまり使用されないらしい。ただ、切り傷とかには塗り込んでおけば、傷跡の治りはよくなるから、全く使わないわけではない。あと、病気には、ポーションや回復魔法はほぼ効かない……一時的に良くなったように見えるだけ。病気は、薬で良くなる。薬で稼ぎたいなら、病気に対する薬を作ったほうがお金になるらしい。

師匠が見本で作ったあとは、ひたすら作ってみる。作業でダメなところがあれば、注意してくれるから、まずはやってみる。素材を潰しすぎとか、煮立たせすぎとか、結構、難しい部分もあるけど、師匠いわく慣れだという。量をこなしていれば、作り方も理解してくるというから、時間が許す限り作っていこう。

「SPが切れたら言いな。〈錬金〉を教えるよ」

「え？　師匠が〈錬金〉できるんですか？」

「わたしはほとんどできないよ。若い頃少しだけやって初級レシピをいくつかできるくらいだね。もうほとんど覚えちゃいないが、ひよっこ用に中和剤を四種類買ってきたからね。それを試すんだよ。本当は錬金窯《がま》があるほうがいいんだけどね」

「四種類？　そんなにですか？」

「中和剤は、赤・青・黄・緑の四種類があるさね。それぞれ、火・水・土・風の属性だからね。まずは中和剤の作成を覚えちまいな。〈調合〉でも素材の成分によっては、中和して使うからね。今後のためにも作れるようになると便利さね」

「なるほど……えっと、家に錬金窯ありますけど……」

「そうかい。じゃあ、お前さんの家でやろうかねぇ。それと、〈錬金〉のレシピについては、これ以上は私でも手に入らないと思っておきな。初級はできるから、弟子にもそこまでなら許可はでただけさ。今後必要な場合はお前さんが自分で買う必要がある。推薦状くらいは書いてやるがね」

いや、まさか師匠が買ってくれると思わなかったので、それだけでも助かるけど。まずは初歩の中和剤だけでも、便利！　魔物素材は、その魔物によって属性を持っている。属性を生かして、〈調合〉することもあるけど、逆に中和させて使うこともあるらしい。まだ、難しい〈調合〉はできないから、使わないけど。いずれ、使うという師匠。練習するのは、大事だよね。

ＳＰが切れるまで〈調合〉をやってみた。しかし、新しいレシピは難しい。傷薬に比べて、難易度が格段に上がっている。百々草以外の素材自体はそんなに入手が難しいものではないから、たくさん作って、失敗作という名のごみが増えてしまったけど。傷薬とか、他の素材にリサイクルする方法があるらしいから、大量のごみにならずにすんでよかった。リサイクルの仕方については、メモで渡され、後でやってみることになったが……師匠、こうなるとわかってたっぽいな。弟子がいなかったという割には準備万端だ。

「本当にいいんですか？」

「お前さんの家に作業場があるなら、そっちで使えるようにしたほうがいいさ。気にせず使いな。遠慮はいらないよ」

〈調合〉の器具一式、師匠からいただいてしまった。師匠の家にあるやつをそのまま運ぶと聞いて戸惑ったが、そもそも私用らしい。師匠が使う分はちゃんとあるとのこと。作業場がある部屋を借りてると思ってなかったから、部屋があると言ったら、「早く言いな」と怒られてしまった。

家の掃除がなんとか終わっててよかった。埃《ほこり》だらけのとこに師匠を案内できない。

私のステータスはＭＰが上がりやすいから、掃除は最初よりは楽になってた。いや、浄化〈プリフィケーション〉って便利。トイレと風呂掃除には毎日使っている。

「お前さん、運がいいさね」

「え？　なんでですか？」

「この家を借りたのなら錬金術も一流になるかもしれんよ」

「え？　錬金術も？」

師匠に家を案内したら、「ここを借りてるとはねぇ」と驚かれた。どうやら、師匠が知っている家だったらしい。しかし、一流……錬金術もってどういうこと？

大家さん、アストリッドさんが師匠のファンであることは、なんとなく認識していたけど、師匠の方もアストリッドさんのこと知ってるのかな。大家さんが師匠のファンだったたから、家を無事に借りられましたと伝えたけど、気にしてなかったが……名前をちゃんと言わなかったのがダメだったかもしれない。

「ひよっこ。薬師は当然、一流になってもらうよ。このパメラに師事したんだ、それくらいは当然だよ」

「あ、はい！　頑張ります……けど。この家、なんかあるんですか？」

「さて、どうだろうね。まあ、この家にある本は貴重だからきちんと読んでおくといいよ。〈錬金〉だけでなく、〈調合〉の勉強にもなるからね。他にも素材の知識やら、知っておいたほうがいい資料が多いはずさ」

「はい、そうします」

何冊か、師匠は本を取り出している。私のためではなさそうだから、師匠でも知らない貴重な本か……。この家、だいぶ埃をかぶっていて、手入れされてなかったけど。大家さんも結構、謎だ。どういう関係なんだろうか。二階にて、錬金窯などの設備を確認したあと、レシピを渡されたから、ためしに赤の中和剤をレシピ通り作ってみる。品質も普通だ。

「やっぱり、お前さんは器用さね。〈錬金〉も問題がなさそうだね」

よかった。〈調合〉は最初、ちょっと失敗したんだけど。〈錬金〉は最初から普通の品質で作れている。師匠からもOKをもらえた。師匠も〈錬金〉で初級くらいは作れるから、作業は見てくれた。〈錬金〉は錬金窯に材料入れて、MPを流してひたすら混ぜる。〈調合〉みたいに素材を潰したり、煮立たせるとかないからそんなに難しくなかった。混ぜるのが結構大変で腕が疲れるけど。

「じゃあ、続けますね」

「わたしは、あっちで本を読んでるから何かあれば呼ぶんだよ」

「はい。わかりました」

粒の魔石を師匠が材料として大量に持ってきてくれたから、MPがなくなるまでたくさん作っていくと途中でレベルが上がった。レベル9に上がり、〈火魔法〉を覚えた。はて……？

〈火魔法〉……。赤の中和剤の材料に、火の要素があるせいか。試しに、火〈ファイア〉と唱えてみると、指先から小さな火が出た。指先は熱くない。火傷《やけど》もしない感じかな。種火にちょうどよさそうだから、あとで試してみよう。

「……魔法を覚えたのは赤の中和剤を作ってたからかな？　…………出来た個数は……百個以上作ってるね……他の中和剤も作ったら魔法覚えるのかな」

「どうしたんだい？」

作業をやめて考え込んでいると、師匠がこちらに気づいて近くまでやってきた。心配そうにこちらを見ているから、大丈夫ですと笑って、何があったのかを伝える。

「えっと、今、レベルが上がったら、〈火魔法〉を覚えたので……」

「なるほど。ありえないことじゃないねぇ。まあ、お前さんは魔法の素養が高いようだし、赤の中和剤は火の要素を使っているから、その扱いから魔法を覚えたんだろう。他の中和剤も試してみるといい」

「はい」

夕方まで、MPが切れたら〈調合〉、SPが切れたら〈錬金〉を繰り返していた。

〈錬金〉は失敗しないけど、〈調合〉は結構失敗率が高い。なにか見落としでもあるのかと、師匠に聞いてみると初級と中級の壁があると教えてもらった。本来はまだ初級を作れるくらいのアビリティレベルらしい。魔丸薬や能丸薬は、SPや回復を早めるから、使用頻度が高い。冒険者としても生産者としても使うため、早く作れるようになったほうがいいという判断で、レシピを渡しているから失敗して当たり前とのこと。素材は入手しやすいものが多いから、練習にもなるということだった。

ただし、ポーションのように中毒などにはならないが、頼りすぎるのもダメだから、一日三粒までと制限されてしまったけど。ありがたく使わせてもらおう。

「さて、〈錬金〉も問題がないさね。〈調合〉は、中級のレシピだからもうしばらくてこずるかもしれんね。まだ、失敗が多いのは仕方ないさね。焦らず、頑張んな。わたしは帰るからね」

「あ、じゃあ、家まで送ります。本、何冊か持ち帰りますよね？」

「年寄りだからって気にするんじゃないよ」

「弟子になって、何もできてないので、それくらいはさせてください。まあ、本は私のものではないからきちんと返してもらわないと困るんですけど……あ、この家の合鍵もどうぞ。私がいないときにも来てください」

「そうかい。じゃあ、頼もうかね」

師匠を家まで送っていき、ついでに食事をご馳走《ちそう》になってしまった。いろんな薬草を使った薬膳料理。美味しかったです。あと、年寄りに大量の肉はいらんと言われてしまい、渡した肉は薬草とかハーブで漬け込んで返却されてしまった。調味料は少ないけど、香草は入手可能。薬師なら扱えて当然と、作り方をまとめた紙をもらった。

次からは果実とかも〈採取〉してこよう。少しでも恩返しできるように、料理の腕も磨いておこう。

翌日。今日は一日自由時間。

〈火魔法〉以外の魔法も覚えておきたい、今日は最低でも一つはレベルを上げて、他の魔法を覚えるかを試す。すでに中和剤を各百個ずつは作ったから、レベルが上がれば覚える可能性がある。

レベルが上がった後は、町で少し買い物をしてみるのもいい。ストレス発散には買い物！　スイーツ食べ放題とかしたいけど、この世界の甘いものって微妙っぽいからな。いや、レオニスさんからもらったドライフルーツとか美味しいけど、日本の果物に慣れてるせいか、甘みが足りない気がしてしまう。


「マリィさん、おはようございます」

「はい、おはようございます」

「あの、今日も傷薬の納品です。あと、ギルドに預けてるお金、一度持ち帰りたいんですけど」

「はい。それは大丈夫ですけど、何かありました？」

「いえ。とりあえず、借りた家の掃除もできたので、家具とか服を買って、住みやすくしようかなと考えてまして」

「なるほど。では、全額下ろしますか？」

「はい。お願いします」

行き先は、西の丘のある方向。途中にある林には、トレント系の魔物が出る。木材などの入手が容易なため、お隣さんへの納品もできる。そして、滅多に出ないらしいが、ホワイトトレントという希少種が出るらしい。このホワイトトレント、なんと、回復魔法を唱えるヒーラートレントであり、杖《つえ》の素材などに重宝されるという、高額買い取りが保証されている素材。しかも、調合素材としても、優秀。そしてここは近場の狙い目スポット（レオニスさん談）。

ただし、注意が必要な点もある。ここの魔物はそれなりに強いのもいる。そして、意外と魔法を使ってきたり、枝や葉を飛ばしたりと遠距離攻撃してくる魔物が多い。接近戦をしてくれない魔物に、慣れるまではてこずる可能性があるらしい。

警戒をしつつ、林の中に入って、魔物を倒していく。街道で出てくるスライムとかだと、相手にならなくなってきたから、ちょっと手応えがあって相手としてちょうどいい感じ。ここはいいかもしれない。ガンガンいこう！

「うわぁぁぁ!!」

うん？　後ろの方で、悲鳴？　レオニスさんからは穴場と聞いているから、他に人が来ると思わなかった。しかし、切羽詰まったような声…………。いや、そんなに強い魔物は出ないはずなんだけどな。でも……少し、気になる。様子を見に行ってみようか。

悲鳴の方向に向かってみる。さっきまで、全く姿がなかったたくさんのゴブリン。そう。ここって、ゴブリンも出るんだよね。しかも、普通の個体でないゴブリンも多い。案の定、襲っているゴブリンたちは、前の方には棍棒《こんぼう》とか剣を構えた奴らが並んでるけど、後ろに弓を構えたアーチャーゴブリンや魔法を使うための杖を構えているマージゴブリン。ここの適性上、遠距離系のゴブリンが結構いる。

そして、狙われている冒険者。すでに怪我《けが》をしていて……あの集中攻撃を受ければ、危険。死んでしまう可能性もある。……さすがに、ここで見なかったことにすることはできない。一応、冒険者同士は、危険な場合には助ける、または、救援を呼びに行くことがルールになっていて……救援を呼びに行っても間に合わないだろうことはわかる。それに……〈直感〉は発動していない。

「ガード！　…………全体聖回復〈エリアキュア〉」

近接系のゴブリンが引いた瞬間に、遠距離系ゴブリンが一斉射撃をする。その瞬間に、襲われている二人とゴブリンの間に滑り込み、盾でガードをする。近づいた状態で二人を見ると服が焼け焦げたりもしている。おそらく、先ほどのような遠距離攻撃によるダメージを負い、さらに足に怪我していたようだ。一斉射撃に対して、回避をしようとしていなかった。

一斉射撃は、私がガードをしていても、それなりにダメージが入ったから、自分と二人に対し、回復魔法を唱えて、傷を癒《いや》す。

「ふぅ……こっち。ここでは戦えないから！」

二人に声をかけて、走り出す。引いていた近接ゴブリンが再び囲む前に、斜め後ろの方向に走り出す。木が多くて、武器を振り回しづらい場所で戦ってたら、勝てるものも勝てない。まずは、戦いやすい地形へ移動する。

「すまん！　助かった！」

「……あっ」

「いいから、早く！　ゴブリンがさらに増える前に」

「いや、最初は二体だけだったんだが」

「ゴブリンはゴキブリと一緒！　一体いたら三十体いると思って、気づかれないうちに倒すか、その場を離れるの！　……水の矢〈ウォーターアロー〉！」

追い打ちに放たれる矢を魔法で撃ち落とし、大きな木の根元に向かう。他の木はないから、武器は振りやすい。木を背に戦えば、後ろを気にする必要もない。

「ここなら、他の木が邪魔にならないから戦える……一応聞くけど、戦えるよね？」

「おう！」

「……ああ」

追いかけてきたゴブリンたちは、当初よりも増えている……。五十体くらいはいるかもしれない。数が多いだけであれば、油断をしなければ、負けることはない、私は……。問題は、この二人だ。

一人は、二十歳前後の長髪白髪の青年。身長は高い。もう一人は赤髪の少年。おそらく中学生くらいだろう。二人とも、だいぶ服とか汚れていて、防具を一切身につけていない。正直、町中ならいいけど、こんな魔物がたくさんいる林の中でその格好はいかがなものか……正気を疑う。

そして……少年の持つ武器に見覚えがある。私が持っていたのはショートソードと言われる分類で、彼が持つのは大剣と言われる分類だけど……基本的な作りは同じ。異邦人が持つ装備だった。

いや、異邦人だからって、ここで「じゃあ、さようなら」ができるわけじゃない。すでにこの数のゴブリンから一人で逃げることはできない。生き残りたいなら、互いに協力するしかないのはわかっているけど……関わるつもりはなかったのにとも思ってしまう。

「遠距離攻撃が来るときは私が盾で庇《かば》うから、私の後ろに。それ以外は数を減らして」

「……わかった」

「ああ、任せろ」

ゴブリンたちの連携を崩しながら、数を減らす。近接系を倒してしまえば、遠距離のゴブリンたちは逃げるかと思ったけど、どうやらそうもいかないらしい。先ほどから、数は減っているはずなのに囲みが減らない。どんどん数が増えているようにも見える。

「後ろにいるゴブリンが指示を出してるな」

「だよね……近づくのは難しいけど、あれを倒さないと終わらない？」

「……なら、倒せばいい！」

「待て、ナーガ。お互いに連携を崩したいのは一緒だ。ここは我慢だ」

飛び出そうとする少年を止めながら、ゴブリンを倒していく。こちらが無理に動けば、相手の思うつぼだろう。

しかし……さっきから、この青年の攻撃、一撃でゴブリンを倒している気がするんだけど？　気のせい？　しかも、こちらに気を使った位置取りで戦ってくれている。少年がかなり大振りな大剣で、ゴブリンを吹き飛ばしたりするが、邪魔にならないように捌《さば》いてくれたりと、余裕がある戦いをしている。正直、もっと酷い状態で戦うことを懸念していた。ちょっと怪我したら「回復しろ」とか、「前線でタンクしてくれ」とか、勝手な命令をされるかなと警戒していたのに……こちらの動きに文句を言うことはなく、むしろ気を使ってもらっている。

ただ、少年の方は余裕がない。我武者羅《がむしゃら》に敵を倒している。少々、周りが見えていない。先ほどの発言も、すぐに青年が止めたからいいが、バランスが崩れることを考慮できていない。焦っているようだけど、ここで均衡を崩すのはよくない。ただ、周りは見えてないけど、言われれば指示に従う。「防御するから」と言えば、ゴブリンを横に薙《な》ぎ払ってから、ちゃんと後ろに来て、攻撃の後にはぼそりとお礼を言ってから、戦い始める。

今まで、異邦人にいいイメージはなかったけど。この人たちは、この危険な状態でも嫌な感じがしない。切羽詰まった状況は、人の本性が出そうなのに……悪い印象がない。

そのまま、膠着《こうちゃく》状態がしばらく続いた。だいぶ近接系を倒したが、補充されているようだから、きりがない。正直に言えば、互いに消耗戦になっている。まだ、ＭＰには余裕があるけど、ＭＰ切れになれば回復が間に合わず……全滅もあり得る。

「俺が先攻した場合、どうなると思う？」

このままでは、ジリ貧になることを理解した上での言葉。危険なのを承知での提案。だけど……さすがにそれは無理だろう。

「……防具なしで、突っ込んでも、ハチの巣になるだけだよね？　……やるなら、次の一斉射撃に合わせて私が前に出る。後ろからついてきて……あいつも一撃でいける？」

「やってみるが厳しいだろうな……ナーガ、後ろを頼めるかい？　俺の後に追撃してくれ」

「……わかった」

「最接近した瞬間に魔法を唱えて、壁になってるゴブリンを弾《はじ》き飛ばすから、そのまま突っ切ってボスのとこまで行って」

作戦を立てて、機会をうかがう。マージゴブリンが魔力を溜め終わった瞬間が勝負。そのタイミングに合わせて、こちらが攻撃する。

「行くよ……ブレイブガード！」

近接ゴブリンが引くタイミングに合わせて、走り出す。剣を盾のように前に突き出して走りながら、〈剣術〉で覚えた技を使う。これは、〈盾術〉のガードと違って、動きながらでも発動することが可能。ただし、剣の部分しか防御が上がっていないから、本当に前だけ。他の部分は捨てているような状態になってしまう。

「聖光線〈ホーリーレイ〉！」

ボスらしいゴブリンの前を固めているゴブリンたちに向かって魔法を放ち、道を作る。あとは、任せた。青年と少年が先へと走り、私は二人の後ろを守るために、剣を構える。敵陣ど真ん中……

踏ん張りどころだ。あとは、二人がボスを倒すまで雑魚を狩る。

「つっかれた～!!」

青年の心からの叫びに同意するように頷く。二人とも、倒したボスゴブリンの横で座り込んでいるから、そちらに向かう。敵陣突破して、ボスを撃破できなかったら、終わっていた。正直、あれで倒せなかったり、倒した後もゴブリンが引かなかったら危なかった。マリィさんから「ゴブリンは危険です！」と言われていた意味が本当に身に染みたよ。あんなに数が増えるとか、戦略的に動くとか知らなかった。

一人だったら、どうなっていたか……少なくとも、あの時に彼らと合流していなかったら、あの大群を相手にしていたかもしれない？　いや、でもそれなら〈直感〉が発動しそうな気もする。

「君のおかげで助かった。礼を言う。ありがとう」

「あ、うん……こっちも共闘してなかったら危なかったから」

手を差し出され、こちらも手を出して握手をする。一緒に戦ってみると、イメージが変わった。彼らがいたことで助かったというのもあるけど……こちらに気を使ってくれているのがわかるくらいには、連携も取れて戦いやすかった。悪い人ではないことがわかる。さっきまで余裕がなかったので、改めて相手の顔を確認する。

あれ？　近くでまじまじと見ると……この青年。柔らかそうな白い髪に、大きいぱっちりした目に、はちみつ色の瞳。男の人だけど、髪色とか髪質、瞳の色とか…………顔の作りも、なんか、すごく私に似てる？　他人の気がしない。私より美人だけど……まつ毛とかばさばさだし、すごく美人なのに声は低くて、ギャップがある。

「どうかしたかい？」

「いや、なんか似てるなと……つい、失礼しました」

「ああ、俺もそれは感じた。改めて、俺はグラノス。そっちのは、ナーガだ」

「クレインです。とりあえず、ゴブリンの討伐部位を剥《は》がして、魔石取り出してから……」

ぐ～～。

「あっ……す、すまん」

大きな腹の虫の音。ナーガと呼ばれた少年から聞こえた。どうやら、お腹を空《す》かせているらしい。顔を赤くして、俯《うつむ》いてしまった。挨拶するつもりが、腹の虫が鳴ってしまい、恥ずかしい気持ちはわかる。さらに、追撃で青年の方からも音が鳴った。ちらりと青年の方を見ると、すまんなと謝罪と一緒にまた二人のお腹の音……話よりも先に食事にしよう。

「ちょっと待ってて、今、食事用意するから」

魔法で火をおこし、この林に向かう途中で倒したヤコッコをその場で解体し、肉を串に刺して焼いていく。焼き鳥ってこんな感じでいいのか？　まあ、ダメだとしてもお腹空いてるなら、食べられれば何でもいいだろう。

塩は好みで振ってもらおう……。胡椒《こしょう》とか醤油《しょうゆ》とか調味料が欲しいけど、町では売っていなかったから、仕方ない。野菜は持ち歩いてないから、肉のみで諦めてもらおう。今日はレベルが上がったら引き上げて、買い物するつもりだったからお弁当持ってこなかった。果物は……。まあ、おやつ用に持ってきていたから、サービスでつけよう。

鶏肉が焼けてくると辺りにいい匂いがしてくる。本当なら、こんな場所でこんな匂いさせてると魔物を引き寄せてしまいそうだけど……。ゴブリンも追い払ったから、大丈夫だろう。……多分。

二人は、肉に目が釘付《くぎづ》けになっている。よっぽどお腹が空いているらしい。

「えっと……味付けは、塩しかないから。適当に振って食べて」

「ああ。いいのかい？」

「うん。飲み物は水筒のコップ一つしかないから、二人で順番に使って。……足りないようなら、もう少し肉を焼くけど」

「頼む！」

「わかった」

二人で二羽分の肉を食べ、食欲は落ち着いたらしい。水も水筒の分では足りないから、追加を魔法で出した。喉もカラカラだったようだ。とりあえず、食べ終わったから、ようやくゴブリンの死体処理ができる。

「落ち着いた？」

「ああ。助かった。いや、魔物の肉を食っていいのか判断つかなくてな。もう、三日も食事をしていなかった」

「生はやめたほうがいいけど……まあ、種類によるけど、魔物の肉も美味しいよ。特にオススメはホーンラビットの香草焼き」

「へぇー、旨《うま》そうだ」

「……助かった、ありがとう」

少年の方は深くお辞儀をしてくる。よっぽど、辛《つら》かったようだ。しかし、三日も食事していなかった……ねぇ。防具は一切つけていない、異邦人の大剣を持っているとなると、冒険者ギルドに情報を渡すことを拒否したたっていう人たちか。

二人が食事を終えてから、改めて、ゴブリンの討伐部位を剥ぎ取り、魔石を取り出す。倒したゴブリンは百を超えていた。逃げた奴も多かったのに、この数とは……。

戦利品になるようなものは……指揮していたゴブリンが持っていた宝石くらいか。まあ、私が倒したわけではないし、こういうときは、たしか先に戦っていた人の取り分になるから、私の方は何もないのが悲しいけれど。たくさん倒して、レベルも上がり、予定通りに〈風魔法〉と〈土魔法〉を覚えたから、良しとしておこう。

「それじゃ、私はこの辺で」

「なあ、君。申し訳ないんだが、これらを君に譲るから、俺らが町に入る金を用立ててくれないか？」

魔物の処理も終わったから、さくっとその場を去ろうと思ったが、しっかりと青年に肩をつかまれた状態で……逃げるのは失敗したようだ。

「異邦人とは距離を置きたいんだけどな」

「君の気持ちはわかる。問題児が多いということも承知しているんだが、ここで君の助けを得られないと俺らは野垂れ死ぬことになる。力を借りられないか？」

「……頼む」

ここで、はっきりと断れればいいのかもしれないけど……ノーが言えない。まあ、この討伐部位に、魔石と宝石を売れば、二人が町に入って、冒険者登録するだけでなく、当分の宿代とかのお金は手に入るだろう。魔石は欲しいし、悪い取引にはならないけども……。

「あの町、すでに異邦人のやらかしが発生してるから、肩身狭くなるよ？」

正直、私に対するあの契約といい、決していい未来があるようには思えないんだよね。ここで彼らのお金を立て替えてあげたとしても、いい結果になる気がしない。さっきの戦い方を見ると、割と強いから、このまま他の地へ逃げたほうがよさそうな気がする。

「何が起きてるんだ？」

「……私が知ってるのは、傷薬の素材を駄目にした、くらい。それでも、こちらの人からすると大《おお》事《ごと》だったんだと思う。お偉いさんから事情聴取をされるくらいには。君たちが、冒険者ギルドから提示された条件を拒否した異邦人であるなら、町に近づかないほうがいい」

「……だが、君も異邦人だろう？　君はうまくやったんじゃないのかい？　装備も変わっていて、他の奴らと違う扱いを受けているだろう？」

青年は、唇の端を上げて、にやりと笑う。はっとして青年を見ると、彼は私が異邦人であることを確信している表情で、笑う。……ああ、こういう笑い方ってできないな……と思う。同じような顔の作りなのに、自信ありげに笑う姿を不覚にもカッコいいと思ってしまった。少年の方は、どうやら私が異邦人とは知らなかったらしく、驚いた表情をしている。

「もう少し安全な場所に移動して、話をしようか」

私の提案に頷いた青年と少年を連れて、林から出て町へと向かった。

「まず、最初に。私はお偉いさんと、ある契約をしてる。この契約は、彼らの協力者となることが条件となっていて、彼らに求められれば二人の情報を売ることもある。それでも、私に協力を求める？」

「仮に、知らないと言えば？」

「私は、彼らに嘘はつけない。確かに、知らないことは知らないと言えばいいけど、さっき一緒に戦っているからね？　私が一撃で倒せないゴブリンを一撃で倒せる実力は伝わってしまう」

「なるほど。だが、必ず、すべてがバレるわけではないんだよな？」

「すでに、ユニークスキルについては、向こうにバレてるけど。そうだね、私は知らないことは知らないと言う。そういう点では、すべてがバレるわけではない。逆に、私と同じように契約を持ちかける可能性もあるし、しない可能性もある。そこを恨まれても困る」

「君だけが契約している。その価値があるってことか？」

「価値？　……ああ、そうだね。価値あるんだろうね……。だから、関わらないほうがいいんだよ。

……私みたいに契約するべきじゃない。……それに、わざわざ危険に飛び込む必要ある？　一人だけ良い待遇受けてる奴なんて恨まれても仕方ないのはわかる。責めてもいいから……」

「恨みはしない。だが、君はそれで大丈夫なのか？」

大丈夫？　何が大丈夫なのだろう？　何をもって大丈夫というのだろう？　私はどちらの立場に立つこともなく、死にたくない卑怯者《ひきょうもの》でしかない。

「……私、結構うまくやれたとは思うんだよね。恵まれてるとも思うし……実際に、生活基盤も整った。生きていける……」

「そうか」

低く、重い一言が返ってくる。そう、彼らと私の違い。私はうまくやった。彼らは野垂れ死ぬ寸前で、私はお金にも余裕が出てきて……足場を確立して…………他の異邦人と違って、この地での戸籍も用意してもらえる。もう、スタート地点が違う。

「大丈夫……うん、だいじょうぶ…………だよ？　……でもさ、一歩間違えれば君たちと同じだったとも思う……。一週間近く、外で野宿して、食事もろくにできずに飢えて……私もそうなってた可能性があることはわかってる。それに……この世界、全然安全じゃない。町の外には魔物がいるし、国同士は不穏。いつ、戦争起きるかもわからないって。私たちは利用できる戦力、肉壁……生きてるのに。意思もあるのに……この世界の人間にとって、死んでほしい存在なんだって………利用できそうだから、契約させられて……これからの保証なんてない」

「ああ、そうか」

また、同じように同意が返ってくる。重い、でも心地よく響く……自分たちの現状を互いにわかっている。私の気持ちをわかってくれる、そんな風に聞こえてしまう。言ってはいけない想いが……口から出てしまう。

「全員じゃないよ。この世界にだって、良い人はいる。助けてくれた人も、手を差し伸べてくれた人も……彼らがいて、私はたまたま、助かったの。…………ごめん、彼らから情報を得てるからわかるけど。……君たちは、私と同じでユニークスキルがレア、だよね？　その力を利用される。この世界で、手に入れることが難しい力を手にしてしまっている……。今なら、まだ逃げられるから……逃げてっ」

わかってる。私は恵まれている。死ぬ未来に怯《おび》えることはなくなった。今、問題を起こした異邦人たちは最前線に送られ、死んでいく運命にある。私はそんなことがない、平和な町で暮らしていける。

でも、逆に目をつけられて雁字搦《がんじがら》めでもある。あの契約に縛られて……これから先、都合のいい駒になる未来しかない。彼らの言う通りに、望まないことをさせられる未来。そう、奴隷のように。自分の意思ではなく……生きる。

「……泣くな。俺はどうすればいいかわからない……」

黙って聞いていた少年は、近づいてきて指で涙を拭《ぬぐ》ってくれる。気づかないうちに泣いていたらしい。不器用に、戸惑いながらも頭を撫でて、慰めてくれている。

「……ごめん、ありがとう」

つい、気持ちが昂《たかぶ》って余計なことを言ってしまった。情けない……。すぐに感情に走って、泣いてしまって……彼らにしたら、こんなこと言われたって困るだけだろう。

「それで、君はどうしたいんだ？」

「……逃げてほしい」

「そうだな。それも本心なんだろう。自分と同じになってほしくない。だが、もう一つあるだろ？」

逃げてほしい。自分のようにならないでほしい。今、町にいる異邦人のように、好き勝手に迷惑をかけ続ける存在にならないでほしい。

一人だけが助かるのは……他の人を見捨てて、自分だけを優先して…………他の人が破滅するのを見続けることが……辛い。そして…………見捨てないで、置いていかないで……ほしい。

「……………ひとりはいや……」

「……ああ」

「俺たちも、共に歩もう。きっと、根は同じだ。理解し合える。この世界に受け入れられなくても、同朋がいれば少しは気が晴れる、だろう？」

青年は顔を近づけてウィンクし、私を少年ごと抱きしめた。少し驚いた少年の顔が近くて、驚きつつ、顔が赤くなっていくのが見えて……笑えた。三人で、少し笑い合って、離れた。

「……逃げたほうが、自由に生きれるよ？」

「自分の命を救ってくれた子を見捨ててか？　そんな誇れない生き方はごめんだ」

「……遅くなったが…………ゴブリンから、助かったのはあんたのおかげだ。……飯もうまかった」

「だな。ありがとう、君のおかげだ」

「……うん…………ありがとう……本当に、このまま、あの町に行く、でいいんだね？」

「……ああ」

「もちろんだ」

「なら、一緒に行動しよう。多分、お金を渡してさよならしても、私が力を貸したのがバレる可能性がある。それなら、最初から一緒に行動したほうがいいよ」

そうすると、町に入る前に打ち合わせが必要だろう。お互いに協力できるなら、協力する。そのためにも打ち合わせが必要。今後、一緒に行動することに周囲が疑問を持ってしまえば、やりづらくなる。

「まず、私の現状ね？　私は薬師見習い兼冒険者。薬の素材採取をするために、冒険者として登録していて、冒険者ギルドの職員、レオニスという人に世話を焼かれていて、ソロ志望ってことになってる」

「なるほどな。君がソロ志望な理由は？」

「前提として、組む相手がいない。それと、信頼できない人と組んだりするくらいなら一人がいいと思ったからだね」

「……他の冒険者はどうなんだ？」

「うん？　まあ、問題がある人でない限り、パーティーを組んでるよ。新人でソロは珍しいっぽいけどね。……あとは、割と子ども扱いを受けてるかな」

「子ども扱いか。なら、それを利用したらどうだ？」

うん？　どういうことかな。子ども扱いを利用するっていう意味がわからないのだけど。私が首を傾《かし》げると、同じように少年も怪訝そうに青年を見ている。

「君の容姿は、まだ大人の庇護《ひご》が必要な年齢に見えるってことだろう。なら、それを利用して家出少女ってことにすればいい。そして、その事情を話したくないから、ソロ希望、パーティーに入らないようにしていた」

「あ～なるほど？　確かに、まあ、親に反発して家出するくらいの年頃かもね」

「だろ？　で、俺はそれを心配して追いかけてきた兄。ナーガは君と年齢が近いし、幼馴染《おさななじみ》が妥当な線だろ」

確かに。グラノスさんは私と容姿が似ているから、兄を名乗るのは問題がなさそうだし、ナーガ君は年齢も近い……かな？　私の方が上だと思うのだけど……相手も「俺のが上だ」とぼそっと呟《つぶや》いたので、似たような年というのは間違いがなさそう。

「問題は、どうしてこの町だとわかって追いかけてこれたのか、だな」

「それは、なんとかなるかも？　この町には高名な薬師がいるんだけど、レオニスさんが紹介してくれて、その人の弟子になってるから。薬師になりたいと言っていたなら、この町に行くという予想を立てるのはできたっていう設定はいける」

薬師になる目標でこの町を目指したということにできるので、追いかけてきたということも可能……だよね。

「じゃあ、そういう設定だな。家出少女」

「わざわざ追いかけてくる兄って、だいぶ過保護だよね」

「いいじゃないか。悪い大人に攫《さら》われそうな可愛い顔した妹が心配なんだ」

「いや……女より美人な男のが希少価値高いよね。攫われて見世物にされるんじゃない？」

二人で視線を合わせ、少し笑う。まあ、無理のない設定ができただろう。冒険者ギルドで、家出少女として、さらに子ども扱いを受けそうだけど。まあ、妥当な設定だろう。

「私は薬師を目指すからこの町から離れない。でも、二人はいつ離れてもいいから。家出後にちゃんと生活できてるのを確認したから、町を離れるという選択肢があるのを忘れないでね」

「……あんたはそれでいいのか？」

「判断をミスって巻き込むよりは私の精神的にも楽かな」

「まあ、君を危険にする可能性があればすぐに離れる。迷惑をかける気はない。いいよな？」

「……ああ」

そして、町へと向かった。


町には、西門から入った。

門番の人には、私の兄と幼馴染という説明をして、家出じゃないけど、勝手に出ていったから故郷から追いかけてきてしまったことにした。身分証はないけど、これから冒険者登録すると言って誤魔化した。

「なあ、こっちの門の方が遠いだろう？　なぜこっちの門にしたんだ？」

「西門は遠方から家族や知り合いが訪ねてくることが多いから、お金を払って入ることも結構あるみたい。東門は冒険者が使用することが多い分、悪目立ちする可能性もある。まあ、こっちからだと冒険者ギルドは遠いから見られることも少ない……逆に冒険者の格好の場合は、東門を使ったほうが悪目立ちはしないよ」

簡単に町の説明をしながら、家に向かう。まあ、人通りが少ないわりに賑やかというか、うるさい場所なんだけどね。家に入って、そのままお風呂場まで直行し、〈火魔法〉と〈水魔法〉を合わせて覚えた〈複合魔法〉、熱湯〈ホットウォーター〉を使う。このままでは熱すぎるので、水〈ウォーター〉で温度を調節して、浴槽にお湯を張る。ついでに、たらいにもお湯を作っておこう。

「お風呂、用意したから入ってくれる？」

「おおっ？　風呂があるのか⁉」

「その間に、服とか買ってくるから」

「いや、そこまでしてもらうわけにはいかないだろう」

「……その……冒険者って、あまり見た目こだわらない人が多いけど、その焼け焦げたり、ところどころ破れてボロボロになった服は目立つよ。新しい服を買ってから行ったほうがいいと思う。登録に来ただけなら、防具つけてなくてもおかしくないけど、その服だと変に勘繰られるかもしれないから」

「そうか？」

「あと……ちょっとにおうから」

においうと伝えたら、二人が微妙そうな顔をした。いや……普通に、仕方ないのはわかっている。だから、言わなかった。でも、一週間も同じ服で、外でマントとかもなく野宿だとね……そうなるよね。

正直、うちのお風呂は広いわけではないけど……素材加工するために、普通のユニットバスよりは広い浴室だから、なんとか男二人でも入れるはず。せっかく綺麗《きれい》にした部屋を汚さないためにも、お風呂で汚れを落としてほしい。

「……すまん」

「私も服を買いに行く予定だったから気にしないで」

とりあえず、服、下着を含めて二着ずつ買って、家に戻る。日用品については、二人が登録に行くついでに買ってきてもらおう。追加の服が必要なら、自分たちのセンスでお願いしたい。サイズは多分、入ると思うけど……。駄目ならベルトで調整してもらう。

家に戻り、風呂の前に着替えを置いたことを告げ、上の部屋で二人を待っている。

「いやぁ～さっぱりした。ありがとうな」

「……助かった」

「いいよ、気にしないで。とりあえず、私はお昼にするけど、二人はどうする?」

「ぐぅ………すまん」

「いいよ。じゃあ、用意するね」

ナーガ君がお腹で返事をしたから、少し笑ってしまった。さっき食べたとはいえ、食事をずっとしていなかったのだし、動き回っていたから、お腹も減るだろう。師匠仕込みの美味しい香草風味のお肉と野菜を焼いて、パンと一緒に出す。お茶を出してあげたいとこだけど……ちょっと節約。水で我慢してください。


食事を終えると、二人は眠そうにしている。魔物が出るような場所で野宿だと、まともに寝ていないと思われる。

「眠いところに悪いんだけど、ちょっと話をしてもいいかな」

「かまわないが、どうした?」

「二人とも、武器は持ってたけど、防具なし?」

「いや~。鋼《はがね》の武器と鉄の武器を選んだら、一文無しになった」

「………ああ」

まあ、鎧《よろい》とか何もつけてない時点でそうかな~とは思ったけど。なんていうか……武器二つもいるんだろうか? その感覚がわからない。持ってないなら、その方がバレるリスクは減るけど……魔物と戦って怪我するとか、怖くないんだろうか?

「そっか。武器二つという発想はなかった。…………武器と防具、みんな同じだから、それだけで異世界から来たことがバレる可能性があるから、防具なしは逆にいいのかもしれないけど」

「武器で異邦人とバレるのか？」

「武器も防具も定型品だからね。同じ武器持ってれば、多分バレるよ」

「だから、君、防具が変わってるのか？」

「まあ、そうなるね……そこまでしたから、バレないと思ってたんだけどね」

「ああ。俺にとって、君は印象的だったからな。他の奴からは覚えられてないと思うぞ」

印象的っていうのは、外見だよね。まあ、私も一目見れば覚えると思う。他人とは思えないほどに似てる。でも、男なのに私より美人……。いや、目の保養だけどね。

風呂上がりで、軽く癖があった白髪が、濡《ぬ》れたせいでさらに癖が出て、首に張り付いていて、なんだか色っぽい。腰まである長い髪……ちょっといじってみたい。とりあえず、替えのタオルを渡して、もう少し乾かしたほうがいいと思う。ナーガ君は、髪を洗ったら、だいぶ癖のない綺麗な赤髪だ。さらさらしてそう。

「君がそうしているってことは、俺らも異邦人ってバレないほうがいいんだよな？」

「多分……現状、不利に働くことはあっても、有利にはならないと思う」

「いっそ、武器を捨てるか？」

「登録するときに、戦闘スキルが必要だから……武器がないと登録できない可能性がある。……武器はあったほうがいいよ」

ダメだったときに困るからね。それに、ちょっと試したいことがある。〈調合〉と〈錬金〉はできるようになったが、武器に〈付与〉は使ったことがない。使い方については、本があったのを見て小物で試しただけだが、多分、やれないことはなさそう。

「…………壊れてもいいなら、試してみたいことがあるけど？」

「へぇ？　かまわないぜ？　どうせ使えない武器なんだろ？　何をするんだ？」

私の提案に、にやりと楽しそうに笑う。さっきも思ったけど、こういう顔って、私にはできないんだよね。男っぽくてカッコいい。まあ、男だからとかじゃなく、性格の問題だと思うけど。自信ありげに、にやりと笑っている自分が想像できない。

「私は〈付与〉も使える。武器に使ったことはないけど……魔力通して、多少の成形とかもできるから」

「なるほど。つまり、〈付与〉で武器を変えちまえばいいと！　面白いな！」

「どうする？　成功する保証はできないけど」

「俺はかまわない。君はどうする？」

「……頼む」

少し迷ったようだけど、ナーガ君も頷いたので、やってみよう。武器に〈付与〉はしたことがないけど……ちょっと試してみたかった。師匠の話だと、〈付与〉はレシピとかはないみたいだし、感覚でやることになる。それはそれで楽しそうと思いつつ、一つしかない武器に試すことはできなかった。二人とも、使えないよりはいいだろうとあっさりと承諾してくれたから、試してみよう。

この世界だと、色々とやってみたいことは多い。

「じゃあ、私はこれから二階で〈付与〉をするから、好きに過ごしてて。眠いなら、そっちの部屋は使ってないベッドがあるから」

「いや、大丈夫だ。作業を見させてもらってもいいかい？」

「うん、まあ……かまわないけど」

なぜか、二人とも興味があるようで、二階の作業場についてきた。まあ、自分たちの武器だし、気になるのもわかる。

〈付与〉はちょいちょい試しているが、あまりうまく出来ていない。

お風呂の浴槽に保温効果を付けるとかね……。してみたいから、まずはコップに保温効果を付けようとした。……が、失敗。そして、本とか調べて思いついた。理由は〈付与〉の時に使う魔石だと気づいた。

師匠が錬金用にと用意してくれた魔石と私が魔物を倒して入手した魔石。なんか違うのだ。前者の透明感のある魔石に対し、魔物が落とした魔石は黒ずんでいる。そのせいでうまく付与できないのでは……と、考えていたが、試せていなかった。同じようにするために、魔石に聖魔法の浄化〈プリフィケーション〉をしてみたのが昨日。確認してみると、多分、同じような状態になった気がする。何が違うのか、詳しくはわからないけれど、これで、試してみるしかない。

ぶっつけ本番で武器への〈付与〉になるが、〈錬金〉で魔石に魔力を流して形を変えるとかも慣れてきたから、最悪、デザインだけでも変わるようにすればいい。大体のやり方はわかる。レッツ、チャレンジ!

預かった太刀を作業台に置く。

まず、太刀の根元、鎺《はばき》に魔力を通して、魔石をはめる穴を作り、魔石をはめ込む。この魔石は、西の丘に行ったときに出てきた、オカオオトカゲという大きなトカゲの魔石。鱗《うろこ》が硬くて、攻撃が入らないから、なかなか倒せなかった魔物。攻撃に当たらなければ怖くないとレオニスさんに言われて、頑張って倒したあとに、魔法を使うと早いと教わり、苦々しく思った思い出の魔石。

他の粒のような魔石に比べると大きくて、3センチくらいある。大きいから効果も高いはず。実は魔石〈中〉はこれと、先ほど倒したボスゴブリンの魔石しか持ってないが、使ってしまおう。

この魔石を媒介して、刀の刃文《はもん》に〈火魔法〉を通していく。魔石に少しずつ赤い色が広がっていき、最終的には濃く赤い宝石、ガーネットのようなとても綺麗な色に変わった。〈火魔法〉が入ったということだろう。

刀の刃文は、元は綺麗な直刃《すぐは》だったが、うまく魔力がまっすぐに通らず、ぐねぐねと波を打つような乱れた刃文になってしまったけど、まあ、これはこれでいい味を出していると思う。ついでに、樋《ひ》の部分に細かい粒の魔石を置いて、魔力を通して溝の部分を魔石で埋めて、こちらにも〈火魔法〉を付与していく。

〈鋼の太刀〉改め、〈火の太刀〉といったところかな。刃文と樋の部分が赤くきらめく。うまくできたと思うけど。

魔力を通してみると、刀全体に火が灯《とも》る。うまくいったようだ。魔力を通していないときも、刃文の部分に赤い筋が通っているから、差別化はできたはず。刀の形は変えられないが、ついでに鞘《さや》とか鍔《つば》の装飾も魔石を取り付けて少し印象を変えておこう。

太刀の〈付与〉を終え、顔を上げると……。作業場にあるソファーで二人が仲良く寝ていた。

……だよね。すごく眠そうだったから、そうなると思っていた。上の部屋から毛布を持ってきて、二人にかぶせる。寝かせておいて、続きをしよう。

大剣は魔石をはめる場所がないから、無理やり鋲のようにリングをはめ込んで、魔力を通して定着させてから、くぼみを作って、表と裏に魔石をはめ込む。こっちの魔石は、東の森にいたワイルドボアの魔石を二つ。ワイルドボアは美味《おい》しい豚肉みたいな肉を落とす魔物だ。落ち着いたら、また狩ってこようと思ってる。魔石は1・5センチくらい。

ビー玉くらいの二つの魔石から、刀身の真ん中にまっすぐ魔力を通す。赤い筋が刀身についたから、そこに粒の魔石をのせて、さらに魔力を通してから、〈火魔法〉を付与する。大剣の方はすごくシンプルな作りだから、特徴がつけにくい。剣先の部分にも、ひし形に粒魔石を置いて魔力を通す。ついでに一本の線を柄《つか》まで伸ばして魔力を通して、〈火魔法〉を付与した。

魔力を通したが、剣先から20センチくらいまでの部分に火が灯り、全体には火が灯らない。伝線はつながっているのに、なぜだろう？　しかも、なんだか、色合いも太刀とはだいぶ変わってしまった。

とりあえず、これで量産品の大剣とは全然違うものになった。どちらも、魔力を流せば先端部分から〈火魔法〉が出てくる。デザインも炎をイメージしているが、太刀は優美な光彩を放つ炎だけど、大剣はマグマのように黒と赤が先端にだけ宿る形になっている。

魔道具の魔力の込め方の本を参考に、手直しをしていく。錬金で魔道具を作ることはあまりないみたいだけど、大家のアストリッドさんのメモとかも書き込まれていて、わかりやすかった。

この本を見ながらでも四苦八苦したため、すでに時間は夜。〈付与〉を始めたときは、まだお昼過ぎだった。時間がたつのは早い。


そして、作業を終えても寝ていた二人を起こす。寝ぼけている二人に武器を渡し、もう夜だから、急いで登録だけでもするように伝える。

「かっこいいな」

「……ああ」

二人に渡すと、気に入ったようで、手に取って見入っている。お気に召したなら、何より。私としては、ちょっと思ってたのと違う感じになってしまったから、失敗ではないけど悔いが残ってたりするのだけど。

思った通りに〈付与〉を行うのは難しい。だが、彼らも火がなくて、食事ができないということはなくなるはず。火を通せば、魔物の肉も美味しいから、次から少しは飢えることも減る。

使っていれば魔法を覚える可能性もある。今後の旅に役立ててほしい。

「君、やるなぁ」

「……礼を言う」

「うん。思ってたのと違う形になっちゃったけどね……火は出せるから、少しは冒険の役に立つよ」

ＭＰの成長はかなり良くて、最大値１６８になってる。それでも、ＭＰが枯渇して、魔丸薬で回復させながらの〈付与〉になってしまい、すごく疲れた。でも、付与は面白い。鋼素材は意外と魔力の通りが良かった。

魔力を通すと、多少は金属の形を変えられるけど、狙ったデザインになるまでには時間がかかりそう。

ただ、魔石が……せっかくたくさん集めたのにすっからかん。粒の魔石は二人が狩った魔物の分も浄化〈プリフィケーション〉をかけて使い、さらに師匠が錬金用にくれた分も含めて使ってしまった。

「ありがとう。とりあえず、ギルドで登録してくるか。行くぞ、ナーガ」

「おい……」

「いってらっしゃい。私はこの後も少し調合してると思うから、二人は三階の左側の寝室使って。私は右側使ってるから、そっちは入らないでほしい。お腹減ったらキッチンの食材使っていいから、適当にどうぞ。あと、ベッドは……一つしかないけど二人で使ってください」

二人でベッドを取り合うなり、なんなりしてほしい。作業部屋にはソファーがあるけど、作業している後ろで、ずっと寝るのはやめてほしい。どうしても必要ならソファーを移動することもできるけど、それはそれで不便になる。

「わかった。じゃあ、行ってくるぜ」

「……行ってくる」

とりあえず、〈調合〉をもう少ししよう。

昨日採ってきた百々草を洗い、土を流してから根と葉に分けてすり潰し……魔丸薬を作ろう。

百々草は消費期限が短い、使い切ってしまわないと勿体ない。魔丸薬は失敗も多いけど、予備にたくさん作っておかないと、足りなくなりそう。……一日三個。今日だけだから、ちょっと多く飲んでしまったけど、許してください。

〈調合〉を続けること、数時間。結構前に、二人が帰ってきたのは把握しているけど、手が離せないと伝えて、そのまま作業を続けた。作業をしていると嫌なことを考えなくていい。彼らのことも、これからのことも。

きりの良いところまで作業をしていたら、すでに二時を過ぎていた。さすがに寝ないといけないか。


二階から三階へ上がろうとすると、グラノスさんがリビングで本を読んでいた。長い髪を根元で束ねて、邪魔にならないようにして真剣に本を読んでいる。昼間寝すぎて眠れないのかと思ったけど、私を見て、すぐに読むのをやめたから、どうやら、話をするためにこんな時間まで待っていたらしい。

「終わったのかい？」

「うん。待ってたの？」

「ナーガは先に寝ている。……俺は今後のことについて、君と話しておかないといけないと思ってな」

今後について。実際、どうなるかわからない。彼らの出方次第になる。私としては、協力はする。私が知っている情報は共有し、逆に彼らの情報は知らないほうがいいだろう。そして、危険を感じたら逃がす。

「……とりあえず、暮らせる目途が立つか、二人に危険が迫るまでの協力関係、でいいでしょ？」

「ああ。それはもちろん。ただ、女性の家に男が二人泊まっているのは外聞が悪いだろう？」

外聞が悪いと言われても、この家自体は独り暮らし用ではないから一緒に暮らすことは可能である。三階が居住スペースだけど、２ＬＤＫある。まあ、三人だと部屋の数は足りないけども。そこは男女で分けるべきだと思う。あと、外聞なんてものは外見から兄妹《きょうだい》設定を通せば、いくらでも誤魔化せると思う。

「……………そんなことないよ、兄さん」

「そうだな、妹」

私が、今後は「兄さん」と呼ばせてもらうという意味を込めて呼びかけると、少し間をおいてから、答えが返ってきた。実際、私が、兄と呼んでおけばそれ以上の追及はないと思うから、それでいいだろう。兄妹としておいたほうが、異邦人であることを誤魔化すこともできるので、悪くないと思う。田舎から出てきた兄妹と幼馴染。冒険者ならこの町に来るのもおかしくないので、その設定を継続でいいだろう。宿を取って、別々な方が、兄妹なのにと疑問が出てきておかしくなる。シェアしておいたほうがいい。

「実際、今後どうなるかわからないから、ここは宿よりはいいと思う。…………ただし、長期間になるなら、家賃の支払いは協力してね」

「ここ、借家だよな？　よく借りられたな」

「うん、たまただけどね。〈調合〉はにおいの関係で、専用の部屋が必要ってことで、紹介してもらった。今月分については借金してるから、さっさと稼いで返さないとだけどね。来月分の家賃も確保する必要があるしね」

　まあ、〈調合〉で稼げるからいいんだ。でも、傷薬が納品できなくなるといきなり収入が減る。実際、今、異邦人に傷薬を渡したから一時的に不足しているだけなんだよね。今日も納品したから、そろそろ冒険者ギルドとしての在庫は十分になる気がする。でも、三十Gが二十五Gになったとしても、元手を考えるとプラスになる。品質のいい傷薬を作るならもっと高くなるんだけど……明日、師匠に聞いてみよう。

「なあ、この世界の物価はわかるか？」

「う～ん。なんとなくだけど、百円＝一Gくらいで考えてるよ。お昼に食べたこれくらいのパン二個で一G、野菜とか束一つで二Gとか三G。芋とか小麦が主食で、調味料は塩しかなくて、結構高かった。胡椒はたまに入荷するみたいだけど、さらに高額で手が出ない。宿屋の一泊料金は、十Gから五十Gくらいと聞いてるから、宿は安いのかな。物流については、あまり良くないから、この町で手に入らないものは割高かな」

「冒険者の一日の収入は？」

「ピンキリだけど……結局、魔物を倒して、その素材を売るのがメインだから、どんな魔物を狩るかで決まる。とはいえ、ダンジョンに行けない状態で狩れる魔物は、たかが知れてるからね」

「暮らしていけるか？」

「Fランクの間は別々に稼いだほうがいいかもしれない。二人だから収入山分けでもギリギリいける気もするけど。でも、強い魔物なら、魔物を狩るだけで収入安定するみたいだから……二人なら余裕だと思う」

「君の見立てでか？」

私の見立てというか……。二人は多分、戦力になるユニークスキル持ち……。おそらく、三段目の極み系。またはそれに準ずる何かを持ってる気がする。後から聞いたが、助けに行った時点ではレベル1の状態だったらしい。それでもゴブリンをあっさり一撃で倒してたしね。攻撃力が私とは段違いだった。

正直、レベル1であそこまで戦っていたの⁉　と驚いたくらいだ。ついでに、あの戦闘でナーガ君はレベル3に、兄さんはレベル4に上がったそうだ。むしろ、なんでその状態であんな場所に行ったんだか。レベルさえ上がっていたなら、そうそう魔物に後れを取ることはないだろう。

「うん。二人は強くなると思う。ただ、弱いうちに余計なこととして叩《たた》かれないよう気をつけてね。レベルアップで気づいたと思うけど、ステータスはすぐに上がる。私は二人よりレベルが高いだけで、素の能力は低いから。もう二人の方が強いと思う。……まあ、私は冒険者兼薬師で稼ぐ予定だから強くならなくてもいいんだけど」

「そうか。君は冒険者として頑張る気はないのか？」

二人と共闘したからこそ実感したけど、おそらく、異邦人の中で私の実力は最弱クラス。魔法使い寄りのステータスで、剣とか使ってる時点で中途半端。さらに、生産職寄りに伸ばそうとしているから実力差は広がっていく。この周辺の魔物とかには負けないが、ダンジョンとかに行けば弱いのがバレる。足手まといとして参加するのは嫌だ。

「うーん。コミュニケーション能力がないし……パーティー組んでもうまくいかない気がして……素材を自分で入手して、物作りするのが楽しいから。一人で自由に生きたいかなって」

「そうか。たまにでかまわない。今日みたいに一緒に出かける日があってもいいだろう？」

「うん？　まあ、目的が一致してれば、臨時で一緒に組むのはかまわないよ。ただ、二人よりも能力が低いから足手まといになるよ？」

二人なら無理やりハードなところに連れ出すとかなさそうだから、臨時で組めば、〈採取〉もできるから助かるけど。私と組みたい理由がわからないな。正直、すぐにメンタルが崩れて、泣き出すとか……うざくないだろうか。

「そうか！　大丈夫だ、君の護衛をする。少しでも恩を返させてくれ」

「え？　あ、うん」

恩返しだった。護衛……。まあ、確かに薬師の人の〈採取〉のために護衛する任務とかあるんだから、そういうのもありか。自分でも戦えるつもりだけど。まあ、貴重な素材を採取したいときには護衛頼むとか出てくるかもしれないよね。今のところ予定はないけど、頼りにさせてもらおう。

「それで、今後のことなんだが、冒険者登録はしたが、しばらくは様子見であまり動かないほうがいいと考えてる。今日、ギルドでの登録の時も、他の冒険者からの印象が少々な……」

「ああ……。すでに他の異邦人がやらかしてるからかな。まあ……二人の生活費は出すけど。念のため聞くけど、傷薬の材料になる素材をダメにした異邦人、君たちではないよね？」

「ああ。町の近くにはいないようにしてたが、君に声をかける以外はなにもしてない。近寄ってきた魔物は倒すつもりだったが、なぜか寄ってこなくてな。あのゴブリン戦が初めてだった」

なるほど。レベルが上がってなかったのはそういうことか。積極的に狩りに行かないと、魔物が避けるってすごいね。様子見というのは、私も賛成する。異邦人への対応をどうするか決まってない状態で、目立つようなことは避けておくべき。私も異邦人同士でも交流は避けたい。

「俺らはステータスの開示を拒否したことを知られているから、他の者を警戒しているが、君は、何を警戒しているんだ？」

「……私がギルドと、お偉いさんと契約することにした理由。それは、対応次第では殺される……異邦人の召喚をなかったことにされると思ったんだよね。確証はないけど、それができる人と取引している。私は、他の異邦人より自分が大事だから、自分のために契約した」

自分だけが助かればいいと思っていた。でも、実際にそうなったらと思うと怖い。

平和に生きたい。でも、それが許される世界ではない。

そもそも、異邦人は歓迎されてない。異邦人たちの考える魔王の脅威とか、そんな危機的な状況がこの世界にはない。……いや、諸問題はあっても、それを異邦人なんていう突然現れたイレギュラーに任せることはないようで、戦闘能力が高い異邦人は危険と考えられている。

これが、この町だけ、この国だけなのか。他の国でどうなってるのかも、情報がわからないから大人しくしているほうがいい。自分だけなら……。だけど、彼らが一緒なら……従うだけではダメだろう。

「なあ、契約の内容は？」

「知らないほうがよくない？」

「君だけに背負わせるくらいなら、俺も共犯になるさ。他人の気もしないしな。俺はあの場限りの慰めで言ったわけじゃない」

いいんだろうか。一緒に背負ってくれるのか。他の異邦人を見殺しにしようとしていた私を。たまたま、目に入った人だけを助け、その他を見捨てた私を。巻き込んで、背負ってくれるなら……一人で頑張らなくてもいい。不安を溜め込まなくてもいいのかもしれない。

「教えてくれ。君と同じように、俺も背負う」

真剣な瞳だった。リスクがある。契約内容を話すなとは言われていないけど……最悪、殺される。そうでなくても、彼にも首輪が付くのと同じ。身分を保証する代わりに、自由が奪われる。私はかまわなかった。素材採取を目的とするだけで、外へと……魔物を狩り、栄誉を求めるなんて考えていなかったから。この町に縛られても全然かまわなかった。

二人は、ステータスの提示を拒むくらいに、自由でいたかったはず。縛られたくなかったのに、縛られる可能性があるのに。それでも、一緒に背負ってくれるのなら……。

「……契約者に嘘をつかないこと、協力者となること、異邦人と名乗らないこと。王国に、この町の冒険者ギルドに所属すること。あっちは私の身を保証すること」

「協力する内容次第だが、悪くはなさそうだな」

「まあ、ね。あっちも異邦人の視点を知りたいから、飼っておくことにある程度の意義を持ってると思う。ただ……使えない駒と判断されたときにどうなるかはわからないけど」

「だが、君はそうならないと考えたから、契約したんだろう？」

「知ってることを伝えつつ、有用になると必死に頭つかってアピールした結果かな。正直、能力を考えると私である必要はないと思ってる。最初は殺す気だったのが、契約した途端に警戒が緩んだから……あの契約自体も何かあると思うけど」

むしろ、私が強さを求めないからこそ、私を飼うことにした可能性のほうが高いか。扱いきれない道具は、早めに処分ということなら、強くならなそうな私は適してる。逆に、二人は、強くなるからこそ危険。手を出せないくらい強くなってしまえばいいと思うけど。

「君から見て、異邦人をどうすると思う？」

「すでに犯罪を行い、捕まった異邦人は国境送りになるって聞いた。この国は場所的に中立地帯だけど、戦争は……今、起きてないだけっぽい。ステータスを開示した人たちは………多分、戦争の駒とかに……自由にするのはリスクが高いと思うから」

犯罪を行っていない者も、冒険者として身を立てさせて、このまま野放しにすることは、脅威だろう。この世界の常識も知らない戦いに特化した異邦人。手に負えなくなったときに、処分できないでは困るから、管理しつつ、数を減らしていくとしたら。この国に戦争がなくても、他の国では戦争の駒にされる。

そうなれば、この国でも戦争になったときの戦力として利用する。他の使い道は……ない。

私は、そう思う。使い潰してかまわない、使い勝手のいい、何も知らない戦力。そういう風に思われるような下地を、この町の異邦人は築いてしまった。他の町では、わからないけれど……。

「俺らは？」

「……わからない。私は、ギルドにきちんとお金を払ってる、一般の冒険者扱いにしてくれてる。二人も、そうなるかは……わからない。そう、なってほしいと思ってる。でも、こちらからそれを提案するのは……勧めない。同じ内容になるとは限らないから、こちらから願うのは……縛りが増えるかもしれない。……だから、逃げてほしいと思った。この町にいないなら、見逃すかもしれないと。でも、一緒にいてくれるなら……大人しくしていてほしい。私も……二人を売らないですむようにするから」

交渉相手は、ラズ様。ギルド長よりも偉い……。おそらく、貴族。彼が望むモノが何か……。わかっていない状態で、交渉しても、いい結果にはならないと思う。何か、切り札があればいいのだけど……。

「君の判断に従おう。だが、君が考えすぎる必要はない。俺らを何もなく受け入れてくれるかもしれないだろう？」

「でも……」

「大丈夫だ。しばらく居候させてもらうが、君に迷惑はかけないようにする。必要なことがあればなんでも言ってくれ。素材採取とかは俺らも手伝えるはずだ。無理だと判断したら、俺らを追い出せ」

「うん……大丈夫、心配しないで、お兄ちゃん」

「…………兄さんで頼む」

お兄ちゃん呼びは不服らしい。ものすごく溜めた後に、兄さんを所望された。せっかく、可愛く呼んでみたのに、嫌そうに眉間に皺《しわ》を寄せて、拒否している。私も兄さんのほうが呼びやすいから、かまわないけど。

「少し情報共有しておいてもいい？　言いたくないことは言わなくていいから」

「何でも聞いてくれ」

「……他に、登録を拒否した人はいる？」

「俺がこっちに来て、ギルドから登録の話が出る前までで、君以外で町に入った奴はほぼいなかった。まあ、代表して入った奴が戻らないと話していたから、いないわけではないが。最低、二組か？　君以外で町に入った奴はいるらしい。あとは一人、集団の話を聞いた後、町にも行かずにその場を離れた男がいる。それくらいだな」

「……う〜ん。どこかに行ったってこと？」

「ああ。戻ってこなかった。俺とナーガは、ステータス開示に難色を見せて、そこで知り合って、一緒にいたが、俺ら以外はステータスを開示していた。まあ、一部は魔法やスキルレベルが高いことを自慢していたしな。ナーガとはお互いにステータスの話はしていないから、何を持ってるかも聞いていない。悪いが聞き出す気もない。必要なら俺のは開示してもいいが」

「言わないで。情報は武器になるけど……諸刃《もろは》でもあるから。二人のステータスは知らないままにしておきたい。あと……この世界でどうするとか、考えてる？」

「何の因果か、この世界で生きてるからな。生きるしかないだろ？」

生きるしかない。その通りだった……もう、死にたくない。ああ、また頭痛がする……。

「君、大丈夫か？　顔色が悪いぞ」

「うん……現実世界で死んだ、よね……？　覚えてる？」

「多分な。死んだ瞬間は覚えてないが、俺は子どもの頃から難病だったんでな。こんなふうに立って、歩けるのもびっくりしている」

「えっ……重っ………私は自分のこと全然思い出せない。思い出そうとしても頭痛がする……」

「頭痛か。俺はそもそも体が健常ではなかったから、多少の頭痛は平気だしな」

やっぱり。向こうの世界で死んだ人が、なんらかの力を持って、こっちに来たのかもしれない。

取引材料にはならないな。

しかも、死んだ理由もバラバラなのかな？　少なくとも私は病気ではないはず。異邦人はみんな、この世界に来るときに一度死んでいる。死んで、この世界に転移してきた。だから、前の世界に帰りたいという気持ちがないいんじゃないか。

「他の異邦人をどう思う？」

「他の奴らはゲーム感覚が抜けてないよな。俺も能力を決めるときノリノリでキャラメイクしたんだが。君みたいに、もっと、現実的に暮らしていけるものを覚えるべきだった」

ゲームの世界。少人数なら、世界を救う勇者になろうと考える気持ちもわかるけど。たくさんの人が来ているのがわかっていて……ただの厄介者になってるのに気づかないのも変だ。

兄さんも、この世界に来るまで、この世界を救うためとか考えていたのだろうか。

「君。賢いのはいいが、考えすぎはよくないぞ」

「え？」

「過去を振り返ったところで、元の世界には戻れないだろう？　この世界で生きるにあたって、君は手に職がある。それは強みだ。冒険者として無理に戦う必要がない、いいじゃないか」

「え？　そう、だね？」

無理に戦う必要がないのは、いいことなのかな。自分だけ、安全地帯にいるということを……嫌に思われないのか。他の異邦人が戦争の駒として死んでいくことを傍観する。この人は許せるのだろうか。

「なあ、君。白い世界で、平常心でいられたか？」

「後から、おかしいことに気づいた。あと、一部の記憶が飛んでる」

「ああ、やっぱりか。俺もだ。他の奴らの話を聞いたが、白い世界の記憶がほとんどない奴もいる。いや、違うな。前世も白い世界も覚えていないが、この世界をゲームか何かと思っている奴らばかりだった。それと、自分がという主張が強すぎる。欲に溺れていると言えばいいか」

「え？」

欲に溺れている？　そんなにおかしい言動があったんだろうか。その疑問に答えるように兄さんは、ところどころで思い出すように彼らの言動を語る。この世界をゲーム感覚でいるというのもおかしいけれど……確かに、最後は町を襲うとかの話まであったなら、ヤバすぎる。

「正直、誰の言葉が正しいのか、判断がつかないくらい、言ってることがおかしいことがあった。この世界の人間もこちらに有利になることしか言わなかったから不自然すぎて様子を見たんだが」

「……あの林にいたのは偶然？」

「いや。君を追っていた。食料がないから、長くはもたないが、一人じゃないんでな。年長者としては何とかしたかった。それでも、登録した奴らに頼むわけにもいかない。君のことは、似ている奴が来たなと覚えていた。他の奴らに見られずに接触する機会があればと考えていた。そこに、君が人気《ひとけ》のない林に向かったのが見えたからな」

「無謀すぎる」

「君がまともな奴でよかった。それにあの時、救いに来てくれなければ死んでいた。命の恩人だ。でかい借りができたから、俺は君のためになるなら俺を売ってくれても構わないと考えている。俺はな。ナーガは、あいつはまだ幼さが残るんで、巻き込みたくないんだが。それでも、君の負担になることはあいつも望まないだろう。だから、俺らのことを助けようと君が無理をする必要はない」

無理、しているのかな。そんなことはない。二人と出会ったのだから、できる限りのことをしないと……。考えないと……わからないことだらけでも。……生き残るために。

「……恩はそのうち返してくれればいいよ」

「そのうちでいいのかい？」

「今、返せるものもないでしょ？」

「色々と溜め込んでる気持ちを受け止めるくらいはできるぞ？」

近寄ってきて、優しく抱きしめられた。そのまま頭を撫でられると、ぽろぽろと涙が出てきた。止めようとしても……止まらない。

「…………なんで……？」

「出会ったばかりの俺が無理しているのがわかるくらいに、君、目が死んでることがあるぞ」

「…………正直、きつい……」

「ああ」

おかしい……。そんなに溜め込んでいたんだろうか。抱きしめられて触れる体から伝わる体温に安心する。涙が出てきて……服を濡らしてしまっているのに気づいているだろうに、そのまま胸に抱きしめてくれていた。


しばらく、そのまま泣いていたが、ようやく涙が止まり、顔を上げる。

「ありがとう…………もうへいき…………結構、いっぱいいっぱいだったみたい……」

「役に立てたなら、なによりだ」

「……何かしてないと不安で…………だって……私の話次第で、異邦人への対応が変わるって……本気っぽいからさ。……でも、やらかした現場見て……ゲームの世界じゃない、破壊した木々が簡単に元に戻るようなこと……ありえないのに。…………なんか……どうするのがいいかわからなくて……昼間といい、今といい」

「いや、よく頑張ったな、一人で」

優しく頭を撫でられる。その仕草が少しぎこちなく、でも優しく感じられた。

「ごめん……」

「無理するな。いいか、君は君のことだけを考えろ。他の奴らのことなんか気にするな」

「……そんなことできない」

他の人のことなんか……。自分だけでも……そう考える。

でも、不安になる。師匠は優しい。レオニスさんも優しい。マリィさんも、大家さんやお隣さんも気にかけてくれている。お互いにメリットがあると保護してくれる人もいる。でも、そんな価値、自分にあるんだろうか。

私も、好き勝手にやりたい放題している。他の異邦人と何が違うのかな。

「大丈夫だ、考えすぎるな。いいか、まずは自分の安全確保。次は、そうだな。ナーガのことを考えろ。あいつは無口で不器用だから、誤解されやすいが、いい子だ。それにちょっと幼いしな」

「うん……泣き出した私が言うのもあれだけど、一生懸命、慰めようとしてくれたよね。不器用で、いい子だった。見かけ通りの年みたいだし」

「ああ。十四歳らしい。あちらでも、こちらでの年もそれくらいだろう。まだ、大人の庇護がいる年齢だ。まあ、君も見た目はそれくらいだが」

「……うん。まあ、私は見た目だけだから」

「そうだな。ナーガの次は俺のことを考えてくれ。いいか？　君の手は二つ。俺とナーガのことで手一杯だ。他の奴らを気にする余裕なんてない」

「……いいのかな」

「ああ。俺もそうしよう。君のことは俺が守る。君は俺の妹だ。なにがあっても守ろう。約束する」

いいのかな。自分たちだけで……でも……確かに、私の手は二つしかない。救える人が限られているなら……二人がいいかもしれない。二人も……そう考えてくれるなら、嬉しい。

「…………ん…………私も、兄さんとナーガ君を守る。ほっとしたら眠くなってきた」

「ああ。一人では落ち着かないなら一緒に寝るかい？」

「うん……今日だけ、いいかな？」

「ああ。もちろんだ」

不安そうな顔でもしていたのか……兄さんの方から一緒に寝るかと提案され、頷いた。そのまま私の部屋で、一緒に寝た。兄さんの胸に顔を埋《うず》めて心音を聴きながら……そのまま目をつむる。昨日もさっきまでも、不安でまともに眠れそうになかったけど、今なら大丈夫な気がする。

兄さんが一緒に背負ってくれるなら……。自分と……兄さんとナーガ君が生き残るために、できることをしよう。この世界で生き延びるために。

閑話　グラノス視点

目元を赤くして、泣きはらした瞼《まぶた》になっている少女。泣いたことで、溜《た》まっていた感情を吐き出させることには成功しただろうか。安心したのか、ベッドに入るとすぐに寝てしまった。町に戻る前は、だいぶメンタルが不安定だと感じていたが、少しは安定しただろうか。すやすやと寝息をたてている顔をじっくりと見る。少しはこの子に返せたならいいんだが。

うまくやっていることを突きつけておこぼれをもらえればと考えた己の浅はかさは、すぐに後悔に変わった。メンタル崩壊で彼女を泣かせてしまい、ナーガにも睨《にら》まれ、散々だった。俺が悪かったのは認めよう。焦って、手段を間違えた。

この世界に来て、不安な中で一人頑張っていたこの子に返ってきたのは、死か奴隷かの二択。さらに、お前以外は殺すということを仄《ほの》めかす悪辣《あくらつ》さ。この世界の為政者に反吐《へど》がでる。必死に保ってきたメンタルが崩壊してしまっても、仕方のないことだろう。

よく頑張ったなと、偉いぞと、褒めてやればいいのだろうが、命を助けてもらい、住居に転がり込んでいる男から言われても響くことはないだろう。せめてもの礼に、もう少し落ち着いて、好きなことをできる環境を整えてやればいいんだがな。

一週間前、俺はこの世界に転生した。前の世界では、幼い頃から難病にかかり、ほとんどを病院のベッドで過ごしていたため、体を自由に動かせることに喜びを感じていた。だが、最初はわくわくしていたが、すぐにその気持ちは消えてしまった。

「どこの世界でも同じか」

優劣をつけて、使えないと切り捨てた相手にはたいした情報も渡さない。活かさず殺さずの飼い殺しをする。戸惑っていたところに声をかけられ、集団に入ってしまったのが失敗だった。その場にいることだけを求められ、何かをすることを許されない。

「なあ、君の武器とそのレベルはいくつだ？　それと魔法は使えるか？」

「うん？　武器レベル1だな。刀使いだ。魔法は使えない」

「なんだ、外れか～」

唐突に聞かれた内容に対し、答えを聞いた後、俺への対応はなおざりだった。集団の中でも、すでに強さの順位付けがされていて、俺は最下位になったらしい。

時折、魔物の肉を焼いたものと水を渡されるが、他は放置されるか、よくわからない自画自賛の主張を聞かされている。だが、集団を出ていこうとすると止められ、団体行動を乱すなと叱責《しっせき》される。その場に座り込んで何もすることがなく、ただ時間を消費していく。

「ふざけた話だ」

戦力外と判断をされたらしい。訳がわからん。

俺はユニークスキルで〈刀の極み〉を取っている。これがどんな効果を持つか、体の方が理解していた。前の世界とは違う、俺には力がある。こいつらがどんなに俺をあざ笑っていても、刀を持つ限り、この中で一番強いのは俺だと確信していた。

だから、我慢をしていた。

「あんたは戻ってこないあいつらをどう思う？」

「さてな。へまをして捕まっていないことを祈るがな」

集団の方では勝手に色々と議論をして、リーダー格の奴らが、全員の余った金を集めて町に入っていったらしい。おそらく、俺がこちらに来る前だろう。俺には一切の説明がなかったから、来た後の可能性もあるが、たいして気にならなかった。そいつらが戻らないまま、すでに二日経過していた。最初は高《たか》を括《くく》っていた奴らも焦りだしたらしい。俺が気にしていないから、俺に縋《すが》ろうとしているようにも感じられて、虫唾《むしず》が走る。

最初からこの集団には何の期待もしていないが、雰囲気が徐々にギスギスしてきたのを感じる。戻ってこないことに焦り、金を出した者は不満を持ち文句を言っている。統率を取れる奴がいなくなったことで、雰囲気は悪化。このままなら、この集団はそのうち瓦解《がかい》するだろう。

いっそのこと集団から出ていってしまうこともできるが、すでに出ていった奴がいるから二番煎《せん》じになるのは面白くない。さて、どうするか。

「異世界から来た者たちに告げる。ステータスを開示することを条件に町に入り、冒険者となることを認めよう」

白髪《はくはつ》に白髭《しろひげ》の爺《じい》さんが、強そうな男たちを数人連れてやってきて、告げられた言葉はステータスの開示を要求するものだった。もちろん、開示する内容の中にはスキルや魔法なども入っている。

集団の連中が我先にとステータスを開示しているのを見ながら、辺りを確認する。ステータスの開示には、なにやら道具を使う必要があるようで、列が出来始めている。周囲を確認すると爺さんたち以外にもこちらの様子をうかがっている奴らが何人もいた。

ステータスを開示する。金がないから、この条件を飲むしかないことはわかっているが、面白くないというのが俺の考えだった。せっかく生まれ変わったなら自分がやりたいようにやるのが望ましい。誰かの考えに動かされるなんてごめんだ。

それに、なぜかわからんが、こっちの世界の連中は俺のことを警戒している。不自然ではないように俺の近くに陣取った男然《しか》り。通常であれば視界外の場所から俺を観察している奴らもいる。

「どうするかね～」

列に並ばずにその場に座り込み、近くにいた男に聞かせるように呟《つぶや》く。

「並ばないのか？」

「そうだな。あまり魅力を感じない提案なんでな」

「ほぅ。なるほどな」

俺の返答を聞いた男は楽しそうに嗤《わら》う。やはり、企《たくら》みがあるんだろうな。俺を観察していた奴に合図を送ると、俺への視線が消えた。この男はそれなりに権限があるらしいな。

「登録をしたくないなら、このまま座ってろ。並んでる連中が終われば、ギルド長の方からこちらに来るだろうからな」

「いいのかい？」

「冒険者にとって、情報は武器だからな。ほいほい手を晒《さら》すような考えなしと組むと、命一つじゃ足りないってのが、冒険者やって学んだ俺の考えだ。やりたくないならやらなくていい。その結果は自己責任だがな」

なるほど。その通りだ。

こいつは話がわかる奴で、こいつの反応を見る限り、ギルド長とやらも話のわかる奴みたいだ。結果、死ぬことになるのも含め、すべて自己責任であるなら俺としてもやりやすい。

「ふ〜ん」

ちらりと周囲を見るが、俺を見ているのはこの男だけになったのは間違いないようだ。

「どうした？」

「なあ、なんで俺は警戒されてるんだ？」

「別にお前だけじゃない。お前やあっちのガキ、あそこにいる白い服の女も警戒対象だ」

「理由は？」

「お前やガキは単純に強さだな。暴れられると厄介、抑え込むには骨が折れそうだ」

「へぇ、一緒にいた集団には役立たずだと思われていたんだがな」

「お前らにはお前らの基準があるんだろうが、こっちにはこっちの基準がある。お前はこの集団で一番厄介な奴と認定されてるぞ。まあ、俺はもう行くから、せいぜい頑張れよ」

俺はステータスの開示を拒否した。ギルド長とやらは、町の連中が不安になるから町から見える位置で野宿しないこと、盗賊と間違われないように身なりは気をつけるように言われただけで、その場から解放され、拍子抜けした。そして、同じように開示を拒否した少年、ナーガと町から少し離れた場所で野宿することにした。

「なかなか刺激的な世界だな」

「……あんた、なんで拒否したんだ？」

「君も拒否したんだろう？　なぜなんだ？」

「俺は……あの連中とつるむのが嫌だった。人を下に見て、偉そうな口だけの奴らだったからな」

「俺もそんなところだ。これであいつらと縁が切れた」

「……ああ」

意気投合というわけではないが、そのまま二人で行動を共にすることにした。相方は不愛想だが、素直ないい子だった。見た目よりも幼い言動に見え、年長者風を吹かせると嫌そうな顔をするあたり、実際の年齢も思春期くらいかもしれない。

二人で適当に過ごしていたが、結局、火と水がないため食料に困ることになり、早々に音《ね》を上げることになった。魔物を倒して換金でもするしかないかと考えていると、一人の少女が見えた。そこらへんにある草を熱心に採取している。外見が似ていたから覚えている。集団が声をかける間もなく、町へと入っていった同胞だと一目でわかった。

「声をかけてみるか」

「……何の話だ？」

「俺に似た子がいるだろ？　声かけてみないか？」

「……どこにいる？」

「ん？　ああ。ちょっと遠いか？」

この世界のアビリティとやらは優秀で、〈鳥の目〉というアビリティのせいか、この目は遠くまでよく見渡せる。距離がありすぎてナーガには見えなかったらしい。便利ではあるが、他の奴にはばれないほうがよさそうだ。

「なぜ、声をかける必要がある？」

「このままでいるわけにもいかないだろ？　俺らだけでは、水もない。食料もな」

「……」

「あの集団の奴らに頼むのは嫌だろう？　かといって、頼れる奴もいない。なら、他の奴に声をかけるしかない。俺に似ている子だと面白そうじゃないか？」

「……いたか？　そんな奴」

「おう。俺は目がいいんでな」

「………少し考える時間をくれ」

「わかった」

結局、ナーガが色々と考えているうちに少女は町に戻ってしまったため、声をかけることはできなかった。翌日に町を出て、人のいないほうに向かうので追いかけたが、失敗した。

魔物はなぜか知らないが俺らを避けることが多く、警戒していないところで、ゴブリンと遭遇。応援を呼ばれ、いつの間にか囲まれている。しかも、木が邪魔でうまく刀を振るえない。魔法と矢の雨をもろにくらい、俺もナーガも危険な状態となった。なんとか、接近戦では後れを取らずに戦っているが、もう一度、同じ遠距離攻撃が来たら、俺らは終わりだろう。

覚悟をしたときに、追いかけていた少女が目の前に来て、俺らを庇《かば》った。それでも、ダメージは負っていたが、すぐに俺とナーガも含めて回復魔法を唱え、戦える場所へと導き、迎撃をした。危機一髪の状況に現れ、その場を見極め、的確な指示を出した。その姿は凛《りん》としていて美しく、聡《さと》いこと、優しいこともわかり、助けを求めるならこいつしかいないと考えた。

ゴブリンを打ち負かすことに成功し、その後は食事も用意してもらい、お互いに協力することを認めてもらい、町に入り、服やら武器まで整えてもらい、世話になりっぱなしで情けない話である。今後、少しずつでも返していきたいところだ。

そして、身支度を終えて、冒険者ギルドへと行くように促されたわけだが。

「おっ、おチビ。こんな時間まで頑張ってたのか？」

「あぁ？　誰がチビだ？」

冒険者ギルドに入ると、いきなり後ろから肩を叩《たた》かれ、チビ呼ばわりされたから叩かれた手をつかんで睨む。顔が赤く、口から酒の匂いがするところから、酔っ払いで間違いない。

「お？　あれ、わりぃわりぃ。てっきり、クレインっておチビだと思って。悪かったな」

「クレインの知り合いか？」

「いや～おチビのおかげで仕事が楽に片付いたんだ。知り合いなのか？」

「妹だ」

どうやらこの酔っ払いはクレインの知り合いらしい。確かに、見た目が似ていることは認めるが、背格好はだいぶちがう。25センチ近くの身長差はある。俺が小さいと言われる筋合いはない。髪の長さも違うんだが、服の中に入れてしまったから、見えないか。

「そうか、そうか。なら、お前も何かあれば俺に声かけろよ。お礼に便宜図ってやるからよ」

「おい。新人に無理させるのはダメだと言ってるだろ。そこらへんにしておけ」

「おっさん」

「よう。遅かったな」

「レオさ～ん。まあ、そんだけ助かったってことでさ。あ、おチビに礼を言っといてくれ」

「ほら、お前らはこっちだ」

酔っ払いは手を振って去っていったが、目の前にいたのはステータス開示の時に俺の近くにいた男だった。そのまま奥の部屋にナーガと二人で連れていかれた。予定では、クレインに聞いた通りに受付で登録するつもりだったが、まずいことになったか。

「金は用意できたか？」

「妹に借りたな」

「ははっ、そうか。ほら、これが冒険者カードだ。そこに血を垂らせば登録できる。そっちは？」

「…………」

本当の妹ではないのはわかっているが、あえて関係を聞いているように見える。さっき、レオさんと呼ばれていたが、クレインがレオニスさんと言っていたのはこのおっさんか？　それならおっさん自体は信用できそうではあるが、戦闘スキルを確認されるという話だったはずだ。

「警戒しないでも取って食ったりしない。ほら、さっさと登録だけしちまえ」

「登録するには戦闘スキルの確認をすると聞いてるが？」

「お前らが戦えることは確認しなくてもわかるからな。確認するまでもない」

「俺らはこれがどういうもんかわからないからな。言われた通りにした結果、ステータスが勝手に抜かれるんじゃ意味がない」

俺の警戒に対し、大きく頷《うなず》いたおっさんは、懐から何かを取り出した。

「なるほどな。まず、これが俺の冒険者登録証だ。見てみろ。素材は違うが、同じだろ？　血を垂らせばここにランクと名前が表示される。あとは、このカードをギルド職員に渡せば、クエストの受付や完了が記録されていく。ついでに、魔物の討伐数とか、どんなクエストをしたかも記録される。ただ、戦闘に関係ない個人のステータスは登録しない。ついでに、ステータスの表示は、アーティファクトでないとできない。まあ、貴重なもんだから見せることはできないが、この場で情報を抜き取ることはできないと断言してやる」

「じゃあ、本当に登録するだけってことか」

「おう。金を払って、戦闘スキルを持っていれば誰だって登録できるもんだからな。ただ、お前らには色々説明も必要だろう。この部屋に呼んだのはそのためだ」

色々な説明か。まあ、情報が必要というのは事実だ。せっかくの場を拒否するのも勿体《もったい》ないか。

「……………なぜだ」

「ん？　まず、説明ってのはお前らの現状についてだな。クレインの兄と？」

「こっちは幼馴染《おさななじみ》だな」

「そうか。まあ、あいつの兄と幼馴染を名乗るなら、こちらも少々勝手が変わるのと、その説明を他の奴らに聞かせるわけにはいかないいんでな」

「…………」

「クレインは、とある契約をギルド長と、まあ、魔導士と結んでいる。で、その契約によってあいつのことは保護することになってる。お前らはその関係者というなら、同じく保護の対象にしてもいいが、そこらへんをちゃんと話しておく必要があるだろ」

「おっ、意外だな。俺らもいいのかい？」

クレインは、契約を重く考えていた。もっと歪《ゆが》んだ契約のようだったが、意外ときちんと保護する気のようだ。とはいえ、この男は契約をしていない第三者だから、知らない可能性もあるんだろうが。

「まあ、そこらへんは上の考えもあるが、あいつは異邦人ではない。そして、異邦人同士には兄弟はいないはずだ。なら、兄弟を名乗り、そっくりな奴がいるのはこちらとしてもありがたい。幼馴染もな」

「ふ〜ん。話で聞くよりも待遇は良さそうだな。さっきも冒険者は好意的だった」

「ああ。それは、あいつの仕事がよかったせいだな。丁寧でいい仕事だったからギルドの評価が高い。さらに、ギルドからの受注クエストで役に立ってくれたんでな。で、続けるぞ。お前らも当然、異邦人ではないということになる。そうだな。これが周辺の地図だが、ここらへんに小さな村があるんで、そこの出身、村の近くにある森で隠れて暮らしていたことにでもしておけ」

おっさんがポケットから出した地図は、おおよその場所しかわからない、地図と言っていいのかもわからないような紙だった。

「なんだ？　具体的だが、なんかそこにあるのか？」

「俺の知り合いがそこに通ってたんでな。通っていた先の女はすでに亡くなっているから、その子どもということにしておけば、村の連中が知らなくてもなんとでもなる」

「まあ、よくわからんがそういう設定にしておこう」

わざわざ身の上まで考えてあるとは、クレインはそこまでの価値か。俺らではわからない、こちらの世界での基準。自己申告で戦いが弱いと言っているクレイン一人に数十人の戦える異世界人よりも価値を見出《みいだ》している。しかも、あの子の身内であれば保護をしてもいいと考えるほど。これは、本人が考えてる以上に価値が高いな。

「あとは、お前らの武器を出せ。そのままだとばれるんでな。こっちで用意したのを使え」

「ああ、これかい？」

クレインが〈付与〉をした太刀と大剣を見せると、おっさんは眉間に皺《しわ》を寄せた。

「属性付きの武器なんて、どうやって手に入れた？　強盗とか犯罪者だというなら」

「……クレインが〈付与〉をした」

「おう。妹が俺らのために頑張ってたぞ」

おっさんは、大きくため息をついて、首を振った。

「あいつにもよくよく言い聞かせる必要がありそうだな。まあいい。それなら問題はない。お前らは冒険者になるためにこの町に来た。いいな？」

「ああ、それなんだが、クレインが薬師になりたいと村を飛び出して、俺らは追いかけてきて、説得のためにこの町で冒険者になって、暮らしてるってことにしてくれ」

「わかった。クレインと話し合っているんだな？　もし、あいつの意思でないなら……」

「ああ。ちゃんと話し合っている。それに、俺らはあの子に危害を加えることは絶対にない」

一緒に町に来ていないから、別々だった理由付けをしておく。一週間くらいなら追いかけてきたということに説得力もある。まあ、考えたのはクレインだがな。クレインを兄妹《きょうだい》として守ることは、俺の意思と合致している。おっさんの方は、俺とナーガを交互に見比べた後に、重々しく頷いた。

「ふむ、わかった。お前らは後から来たことにしたほうが、説得力がある」

「それと、俺らのことを知っている奴らはどうするんだ？」

「今後検討だな。上は異邦人たちを野放しにする気はなさそうなんでな。今は対応を考えても、無駄になる可能性がある。問題があれば言ってくれ、対処を考える」

すでに対策を考えているのであれば、任せよう。俺とナーガはできる奴らと限り顔を合わせないようにするだけだ。

「クレインはどうなる？」

「あいつは好きにさせておく。まあ、器用で頭もいい、どうとでもなる」

「俺らは？」

「クレインと仲良くしてる分には放置だな。兄妹で仲良くな」

「へいへい。じゃあ、そういうことにしておくか」

話を終えて、部屋を出る瞬間に、「明日、お前ひとりで来い」と言われたから、了承の意味を込めて手を振っておく。


「困った子だな。俺は君の本当の兄ではないんだ。少しは警戒してくれ」

安心して、すやすやと寝息をたてているクレインの顔を見る。俺らとは別の意味で気持ちを張り詰め、眠れない日が続いていたのか、よく見るとうっすら目の下に隈《くま》が出来ている。

クレインには言わなかったが、クレインとの契約内で俺とナーガのことも保護するつもりがおっさんにはあった。細い小さい肩にのせてしまった重い荷を取っ払ってやればよかったのかもしれない。

「やれやれ…………本当に似ているな」

眠る少女の髪を一房すくって、口づけた。

兄として彼女の内に入った。なら、頼れる兄として妹の面倒を見るのも、全力で守るのも兄の役目だろう。妹を守ると本人にもおっさんにも約束した、その誓いを果たさないとな。


翌朝、下の階の物音で目を覚ますと、落ち着きのある知的な老齢の女性が階段を上がってきた。クレインから聞いていた師だと思い、挨拶をしたが、纏う雰囲気とは違い、なかなかの迫力で問い詰められてしまった。俺が嘘偽りなく経緯を伝えると最終的にはわかってもらえたが、随分と彼女を心配し、可愛《かわい》がってくれているのがわかる。詰問が終わると互いに打ち解けて、お師匠さんと呼ぶようになり、朝食を共にした。

その後は、先に出かけたクレインたちを追うようにお師匠さんに見送られ、東地区へ向かう。ちょうどナーガが東門から出ていくのを確認し、冒険者ギルドへ。昨日の続きをあのおっさんとしておかないといけないからな。

「おう。遅かったな」

「すまんな。俺が一番早く起きたんだけどな。クレインたちに飯を食べさせた後も、あいつらさっさと出かけちまって後始末があってな」

「そうか。じゃあ、こっちだ」

おっさんが待っていた。俺が来た途端に腰を上げて、奥の部屋に連れていかれた。昨日の部屋より狭いが、上等なソファーが置かれている。調度品など、それなりに高級そうだ。それに、一切の音が聞こえなくなった。盗聴防止でもされているのか？

「それで、俺だけ呼び出したのは何でだ？」

「お前も聞きたいことがあるだろ？　あの子がいると言いにくいこともあるだろうと思ってな」

「俺らや異邦人の取り扱いが決まったなら教えてほしいが、他に聞きたいことがあるわけじゃないな」

「そうか。だがな、お前とナーガ、クレインは異邦人ではないって言わなかったか？」

「すまんすまん。気をつけよう。で、俺らもクレインと同じでいいって決まったのか？」

「ああ。俺が組んでいた冒険者の子どもだ。お前ら兄妹は俺が後見ってことになるな。悪さするなよ？」

一晩で許可を出したか。このおっさん、ギルド長の信頼が厚いのか？　そうだとしたら、クレインの味方ではない可能性もある。ナーガについては、幼馴染ってことにしかできないからな。さすがに、容姿が似ていない。とはいえ、俺らで考えた設定が大きくなっている。クレイン本人の意思も確認しておかないと、流されてるだけだとマズいそうだ。

「いつから決まってたんだ？」

「もともと、あいつとクレインは容姿が似ていたんでな。俺がパメラばあさんをクレインに紹介したときから、そうする予定で段取りを組んでいた。なんつーか、俺としてもほっとけないんでな」

「この顔が似てるのかい？」

「ああ、お前も似てるな。性格も容姿も、クレインの方が似ているがな。お前ら三人は、顔なじみの俺を頼って町に来たことにしておいたほうが理由付けもできる。死んだあいつや女には俺が死んだ後にでも詫《わ》びておく」

「そこまで用意されるのも怖いんだがな」

このおっさんの意思だけで、保護されているとなると、話が変わるんじゃないか？　ギルド長ともう一人の契約に、このおっさんは入っていないはずだ。クレインからきちんと聞いておくべきだったな。

「だろうな。だが、俺にとっては、死んだ仲間に似ている、もし、子どもがいればそれくらいの年だ。心情的にもお前らを放置はできない。クレインは何も悪いことをしていないのに、枷《かせ》を付けたのも許していない。だから、せめて戸籍は俺の近くになるようにした。そして、ギルド。さらに、この国では、パメラばあさんの弟子ってのは、価値がある。このまま保護をしておきたいだけの価値がな」

重々しい口調で、ゆっくりと理解させるように語る内容は、確かに真実味を帯びていた。

「国、ねぇ。そこまで目をつけられてるのか？」

「いや、まだだな。だが、そうなってもおかしくないくらいの天才薬師の四十年ぶりの弟子だ。ばあさんの年を考えれば最初で最後の弟子になるだろう」

「最初？」

「ああ。以前の弟子はレシピを受け継ぐ前に破門になってたはずだ」

「政治的にも、大事《おおごと》か。本人はわかってるのか？」

「まだ、その重さはわかってないだろうな」

〈調合〉が大事にされてるのではなく、お師匠さんの弟子だからか。まあ、本人も聡いからそのうち気づくだろう。俺から伝えるほどでもないな。だが、俺らも契約で保護されることは後で話しておこう。

「お前たちはあいつを利用するのか？　それともあいつの仲間になるのか？　どっちだ？」

「妹だ。死んでも家族を守る」

「本気だな？」

「ああ」

おっさんが俺を見極めるためか、目と目が合う。真剣な表情と、先ほどの怒り。このおっさんは少なくとも、クレインの味方らしい。俺も含めて、あいつのために、この世界の人間であることの足場を強固にすることを考えている。

「あいつが結ばされた契約、聞いてるか？」

「本人も何か裏があるとは思っているが、それが何かわかってないな。まあ、奴隷契約と認識しているみたいだな」

「ああ。本当に認識は間違ってないんだな。普通は、あの契約は結ばない。そして、厄介なのはお互いの同意がないと解消できないこと。無理に解消をしようとすれば、クレインの体に負担がかかる契約だ」

苦々しい表情。本当に厄介な契約を結ばされているらしい。俺らに結ばせないように、逃げろと言うだけはある内容のようだ。

「解消は難しい、か」

「少なくとも、結んだ相手よりも上の者からの命令でもない限り」

「上の者？」

「あれを使う許可を出したのは、十中八九、王弟殿下だ。簡単に会うことはできないだろうが。使うことを許可した人が撤回しない限り、クレインは蝕《むしば》まれ続ける」

「わかった。無茶して契約を解除しようとしないように言っておく」

おっさんは、重く頷いた。この点については、お互いに意見は一致。お師匠さんには言うなと口止めされた。まあ、俺もお師匠さんを巻き込む気はない。あくまで、クレインを守れるかが焦点だ。

「それと、異邦人についてだが、この町で、異邦人がやらかしたことは知っているか？」

「回復系の薬の材料をダメにしたって奴か？」

「それだけじゃない。最初に町に入った奴らは、牢屋《ろうや》を脱獄。捕まえようとした相手を殺し、逃亡。その後、再度捕まえて秘密裏に処刑。ステータス開示の時に言った、警戒していた女は、聖女を名乗り、奇跡を起こすと言って、教会の前でパフォーマンスを行い、教会と揉《も》め事を起こした上、領主の館《やかた》にて丁重に取り扱っているがわがまま三昧《ざんまい》。冒険者登録した奴の中には、冒険者同士の言い合いで、キレて相手を殺した奴もいる。薬の材料の件は、東の森にて、七割近くを数か月間、採取不可能にするという大惨事。この数日で問題を山ほど起こしている。他の町での情報も集めているが、この町に限った話じゃないそうだ」

「それで、よく俺らを保護する気になったな」

クレインから聞いた以上にやらかしてる。まあ、不思議なことではない。集団の時から、なぜか知らんが自分を上に見て、従わせようとする奴らばかりだった。好戦的なのか、妙に話が通じない。この世界でうまくやっていく気があるとは思えなかった。

「問題を起こす奴はいらん。だがな、問題がないなら手元に置いておきたいという考えもある。クレインみたいに、ただ生きていたいと望むことが悪いと俺は思わない。お前らがそれを支えるなら、それもいいだろう。それと、お前自身も気をつけておけ。お前とナーガも戦力としては有数の実力を持つこともありえる」

クレインもユニークスキルは把握されてるようなことを言っていたからな。それについても、こっちも考えておかないといけないが、こちらは情報が少なすぎる。怪しい動きをするわけにはいかないが、こちらばかりが情報を取られている。

「しっかり調べられているようだが、気分がいいものじゃないな。この世界では他人のことを勝手に調べるのは失礼じゃないのか？」

「まあ、許される行為ではない。だが、こっちも事情がある。野盗が町を襲うというケースだってある。相手方の戦力分析は必要だ」

「ああ。それを言われると辛《つら》いな、区別なんぞできんか」

野盗ね。実際に集団の連中が、町に入れないことに苛立《いらだ》ち、我慢できずに町を襲う計画を立て始めていたことは……言わないほうがよさそうだ。俺らまで危険人物となるのは困るからな。

「そういや、町に入らなかった異邦人はどうしてるんだ？」

「ん？　お前とナーガ以外は、さっさと提示したぞ？」

「いや。一人だけ、俺らの集団に来て、話を聞いた後すぐに立ち去った奴がいたんだが。黒髪の長髪で紫の瞳の男」

「いや、俺は確認してないな。いたのか？」

「おう。俺は話をしていないんだが、どうも気になってな」

鼻で笑って、その場を離れたのを見ただけだが、一瞬だけ背筋がぞくっとした。俺が見ているのに気づくはずがない距離だった。こちらを振り向くことはしなかったので、あいつが何かしたかはわからないんだがな。

「こちらでも調べておく。で、話を戻すが、お前とナーガ、聖女とやらは重要視されていた。お前らがこちらで抑えられるようになったことで、今回の戸籍もあっさり許可が出ているくらいだ。まあ、聖女については、微妙だがな。場合によっては、死ぬことになる」

「使えないのか？」

「ちやほやされたいだけで、聖女として滅私奉公する気がないのは確認できたらしい。本当に聖女になりたいなら、この国を選ぶべきではなかったんだろう」

「そんなものか？」

聖女様ね。集団の時にも、色々言ってたな。弱そうだけど、美形だから侍《はべ》らせてあげるとか。丁重にお断りしたら、癇癪《かんしゃく》起こしたから、距離取ってたな。しかし、問題を起こせば本当に殺されるのか。裁判とかもなしに、それができる。現代の法治国家ではありえないな。

「考え事しているところに悪いが伝えておく。クレインには話したそうだが、ユニークスキルは貴重だ。持っている奴は少ない。そんな中で、異邦人は全員持っている。さらに、この町でクレイン、ナーガ、お前、聖女ともう一人以外は、皆、同系統のユニークスキルだ。お前らは貴重なスキルだからこそ、絶対に口外はするな」

「同系統？」

「一段目と二段目で、スキルは〈天運〉〈天命〉。一度死んでも生き返る、と確認されている」

「…………生き返る？」

俺がしばし沈黙した後、聞き返した言葉に、おっさんは深く一度だけ頷いた。その表情は真剣そのもの。嘘《うそ》ではない。事実として、死んだ後に生き返るなんて話があったということだ。しかも、そのスキルを持つ者が多数いる。ナーガとクレインになんて説明するか。

まあ、クレインは気づいてる可能性が高いか。死にたくないから契約したってことは、殺されるという危機感があったわけだ。まいったな。ナーガは気をつけさせる必要があるな。

「殺されたくないなら、強くなれ。それが自由に生き残るために必要だ」

「それが真実だと誓えるかい？」

「ああ。俺の大切な相棒だったあいつと似ているお前を嵌《は》めることはない。だが、クレインには国の思惑が付きまとうことになる。守りたいなら、より強くなって守るしかない」

真剣な表情を見る限り、嘘ではないのだろう。しかし、妻帯者と聞いていたんだがな？　相棒とはいえ、男だろう。同じ顔というだけで厚遇にするってのが、少々気になるところではある。

「わかった。信じよう。ちなみに強くなる方法がわかるなら教えてくれ」

「レベルの低いうちに、アビリティを多く覚えろ。それはステータスの底上げになる。レベルが低くても、アビリティが多ければ強さになる」

「覚え方は？」

「わからん。熟練度を上げれば覚える。熟練度の上げ方は人によって違う、なんでも体験してみるしかない」

体験してみるとは、随分と曖昧すぎないか？　こちらには言えないということだろうか？　視線を合わせるが、手をひらひらと振るばかりで応える気がなさそうだ。

「もう少し、ヒントとかないのか」

「お前、俺が賢いと思うか？　見た目通りの筋肉でできているんだが？　まあ、多少はクレインに伝えた。あいつの方が本能的にわかってるだろ、聞いてみろ」

「期待した俺が悪かった。なあ、おっさんは俺らが手に負えなくなってもいいんだな？」

「ああ。お前は言われた通りの行動しかできない木偶《でく》の坊《ぼう》ではなく、自分で考えることができるだろう？　自分の考えで、妹を守ってほしいがな」

強くなる、か。まあ、兄としては、弟や妹を守れるくらいの強さは欲しいよな。クレインの契約についても、どうにかしないとだが、すぐにはどうしようもないだろう。

自分が自分らしく生きるために強くなる必要があるなら、頑張るしかない。しかし、強くなるためには、相談するか。頭脳担当《クレイン》に。俺もナーガも、おっさんと同じで脳筋族だからな。

できることならクレインが、この世界で生き延びるためには、一人ではなく仲間が必要だと考えてくれるといいんだがな。

6. 新しい日々

いい匂いがして、目を覚ました。昨晩は兄さんにしがみついたまま、寝てしまった。そのおかげか、久しぶりにぐっすりと眠れた……かも。あんなに不安で寝られなかったのに……。

お腹がぐ～っと鳴って、そういえば夕食を抜いて作業をしていたことを思い出した。耳を澄ませると、兄さんが誰かと話をしている声が聞こえる。匂いと声につられて、部屋を出ると兄さんとナーガ君、それに師匠がいた。

部屋を開けた瞬間に、再度、大きなお腹の音が鳴ってしまい、こちらに注目が集まってしまった。

「おう、おはよう。お邪魔しているよ、ひよっこ」

「おはよう。よく眠れたみたいだな」

テーブルの方に近づいて「おはようございます」と師匠に、兄さんとナーガ君には「おはよう」と挨拶する。そして、一階まで下りて顔を洗い、寝ぐせを直して戻ってくると、兄さんが笑顔で、空いてる席に座るように指示してくる。師匠の前、ナーガ君の隣の席に座ると、兄さんはその様子に苦笑してから、奥のキッチンへと向かい、食事を用意してくれている。師匠が、笑いながら水を渡してくれたので、それを飲む。喉も結構渇いていたみたいで、一気に飲み干してしまったら、ナーガ君が新しく注いでくれた。

「師匠……もうそんな時間ですか？」

「まだ、十時過ぎくらいさね。器具も揃《そろ》ってるんだ、こっちで教えたほうが、効率がいいさ。ついでにわたしは本も読めるさね」

師匠は、先日持ち帰った本とは別の分厚い本を手元に持っている。でも、きっとそれは口実な気がする。優しい瞳で私に笑いかける姿は、きっと気にかけ、心配して来てくれたのだろう。

しかも……私が寝ている間に、兄さんとナーガ君とも打ち解けている。何があったんだろう？　まあ、後で話を聞けばいいか。師匠が来ているなら、急いで素材を用意してきたほうがいいかな。

「えっと、じゃあ、今日使うための魔石とか百々草《ももくさ》、急いで取ってきます。昨日、ようやく大量生産できるようになったので、つい遅くまで作業してしまって……魔石も百々草もすっからかんで」

「そうかい。とりあえず、食事してから考えな。焦らんでも魔石くらいは用意してやるよ。それに百々草以外での〈調合〉も練習したほうがいいさね」

「いえ。師匠はここでゆっくりしていてください。あ、お茶淹《い》れますね～」

「お茶ならすでにもらってるよ」

確かに……。よく見たら、師匠の前にはお茶が入っているコップが置かれている。兄さんに視線を送ると、ウィンクで返ってきたので、兄さんが淹れてくれたようだ。

「クレイン。君も座れ。昨日の肉と卵を焼いてある。買い置きのパンと一緒に食べるといい」

目の前に皿が置かれ、とても良い匂いがする。ぐ～と再びお腹が鳴ってしまった。

「ふっ、腹の方が素直に返事をするな」

「むぅ……いただきます」

パンに、焼いたお肉と野菜を挟んである。ぱくりと食べると肉汁が口に溢《あふ》れる。美味《おい》しい……。昨日も三人で食事をしたけど、こんな穏やかで賑《にぎ》やかな食事をしていると安心する。もぐもぐと食べていると師匠が楽しそうに笑っている。

「師匠？」

「ああ、何でもないよ。頬《ほお》にパンくずを付けて、美味しそうに食べるなと見ていただけさね」

「あ、あははっ……お腹空《す》いていたみたいで」

「まだ、成長期だろう。たくさん食べておきな」

恥ずかしいところを見られてしまった。兄さんは、ナーガ君の前にもおかわり用のパンと肉の皿を置いて、師匠の隣に座った。ナーガ君も、もぐもぐと美味しそうに食べている。師匠は微笑《ほほえ》ましそうに見ながら、お茶を飲み、兄さんも笑って見ている。すごく穏やかな時間を感じる。

「おかわり、いるかい？」

兄さんに確認をされたが、これ以上は食べれそうもない。お腹は空いていたけど、そんなに朝から量を食べるわけじゃない。

「ん……大丈夫。師匠、ちょっと魔石を取りに行ってきますね」

「もう行くのかい。そうさね。外でヤコッコがいたら狩ってきな。〈調合〉〈錬金〉だけでなく、〈クラフト〉ができるように練習するよ。あとは手のひらサイズの石もあれば拾ってきな」

「わかりました～。あ、兄と幼馴染《おさななじみ》のことは気にしないでゆっくりしてください」

「おいおい、君、酷《ひど》くないか」

「酷くないよ。師匠のが大事ですから！」

師匠は何も言わずに、私たちの話に耳を傾け、様子を見ているようだ。兄さんは苦笑いしているけど、別に私の態度を責めるつもりはないらしい。師匠にはゆっくりしていてほしいというのもわかっているようだ。

「まったく、寝坊助《ねぼすけ》な君のために、朝食を用意しておいたんだがな」

「それは、感謝してるけど……」

ナーガ君も食べ終わったらしい。兄さんは、皿を洗ってから行くというので、ナーガ君は先に出かけていった。私も準備をして、家を出た。


師匠を待たせているので、そのまま〈採取〉に行ってもよかったのだけど……。冒険者ギルドに寄って、大量のゴブリン討伐の報告をしないといけないことを思い出した。ただ、ゴブリン自体は、キングでもエンペラーでもなかったので、上位種かというと微妙。あのボスゴブリンの種類がわからない。死体はそのまま持って帰ってきているので、ギルドで教えてもらおう。本当なら、昨日町に戻ったときに報告しなきゃいけないことだったかもしれない。

「おはようございます、マリィさん」

「はい、おはようございます、クレインさん。よかったです、いつもより遅いので、今日は来ないかと心配していたんですよ」

「え？　なにか、ありました？」

「クレインさんにプレゼントが届いていまして。皆さん、できれば、身につけたところを見たいようなので、少し時間いいですか？」

プレゼント？　と思ったが、「こちらです」といつも通りに奥の部屋へと案内された。そこには、先日の東の森での調査を担当したパーティーの人たち。リーダーだけでなく、他のメンバーが何人かいるっぽい。さらに、この町では数少ない女性冒険者の人たちもいる。

「えっと、マリィさん……どういう状況ですか？」

「大丈夫ですよ。まずは、これをどうぞ」

太めのベルトを渡された。よく冒険者がしているような服の上からつけるタイプで、左側に剣を固定するためのホルダーがあり、小物を入れる小さなバッグに、何かをひっかけることが想定された金具とか、ベルトに色々とオプションが付いている。

「クレインさん。まずはつけてみましょうか」

言われた通りにするけど、みんなそれを見ているから、なんかやりにくい。背負っていた盾を外し、ローブを脱いでから、ベルトをつける。

「サイズは少し緩いですかね。必要なら、もう一つ穴を開けてもいいかもしれませんね」

「マリィ。この大きいところがいいんだろう。ぴったりのサイズじゃ、可愛《かわい》くないよ。せっかく可愛いんだから、少しはおしゃれにしてやるべきだ」

そう言って近づいてきた女冒険者の人にベルトの位置を直されると、大きいと思ったけど意外としっかりと固定されている。さらに適当に腰に差していた武器をベルトの剣ホルダーに差し替え、背負っていた盾もベルトの金具に取り付けて腰の後ろ側あたりに下げる形になった。

「ほら、これで動いてみな。カチャカチャとうるさい音がしなくなる」

「え？　……あ、ほんとだ」

ベルトの金具で盾はしっかり固定され、今まで、歩く度に胸当てと盾がぶつかって鳴っていた音が消えた。剣もしっかり固定されていて、ブラブラしたりしないから、しゃがんだりしても邪魔にならない。ベルト一つで、だいぶ動きやすくなっている。

「こっち側の紐《ひも》を引けば、金具が簡単に外れるから、すぐに手持ちにできるからね」

「すごい……」

さらに近づいてきた女冒険者の人に説明されて、やってみると、盾が簡単に取り外せ、すぐに盾を構えることができた。今までの背負った状態だと、装備まで少し時間がかかり、外では魔物がいない時にも手で持っている必要があるなど、盾の持ち方・扱いに困っていたのだけど、これで解決した。その様子を見ている他の男性の冒険者たちは頷《うなず》いて、親指を立てて笑っている。

「え、でも、なんで？」

今、十人以上の冒険者がこの部屋にいるが、ちゃんと話したことがある冒険者は東の森の件で関わった三組のリーダーだけだ。見かけたことはある、挨拶とかはしたことがあっても、何か接点があったわけではない。

「おチビがいつまでたっても、冒険者らしくならないからな。いいか？　外で、そんなカチャカチャと物音をさせてたら、魔物が寄ってくるだろうが」

「あ、はい……すみません」

その通りだけど、音を鳴らさないためには、装備を仕舞う必要があって……。それはそれで危険だと思っていたんだけど。確かに、これなら、音の心配もなく、すぐに装備可能。冒険者の人たちの多くがベルトをつけていることに意味はあったのだと、納得した。

でも、そんなに冒険者らしくないのだろうか……。いや、前からちょくちょく言われてるけど。

「今日はクレインさんを褒めるために集まったんですから、落ち込ませないでくださいね」

「そうそう。ジュードは言い方が悪い。心配ならそう言えばいい」

「そうだ、そうだ」

マリィさんが落ち込ませるなと言うと、ジュードという名のリーダーの人が肩を叩《たた》かれたりしている。全員が、それなりに名前を知っていて、仲が良さそうだ。

「来たばっかりで東の森で大手柄上げたのに、沈んでるって聞いたからな。せっかくの新しい仲間だ！　いつもなら酒で歓迎するが、おチビちゃんはもうすこし大きくなってからのがよさそうだからな。祝いの品を贈ろうとみんなでカンパして用意したんだ」

「でも、被害出ちゃってますし……食い止められなかったんですよ？」

「それは馬鹿どもが悪いんだよ。あんたは、ちゃんと報告したんだ。そのおかげで犯人は捕まった。それだけでも立派な手柄だ」

口々に「偉いぞ」「これから頑張れ」「期待してる」などの言葉をかけられた。

マリィさんから、耳打ちされて教えてもらった。女性の冒険者たちは結束力が高い。男に交じって仕事をするからこそ、新人の女冒険者が食い潰《つぶ》されたりという被害を受けないようにと牽制《けんせい》したり、見守ってくれているらしい。

今回、私が沈んでいるのに気づいて、東の森を調査していたパーティーに詰め寄り、事情を確認して、元気づけるためにこの企画を用意してくれたらしい。ベルトを用意してくれたのも、女冒険者の人たちで、装備を見て、これが一番必要だろうと考えたらしい。

「いいか？　身を守る手段は自分で考えるのが当たり前だ。今回みたいに用意されてから気づくとか、遅すぎるからな」

「はい……」

ジュードさんは、近づいてきてまだお説教をしたかったようだけど、他の仲間に腕を回されて、そのまま部屋の隅まで運ばれていった。

代わりに声をかけてきたのは、おそらく一番年長者の女性冒険者。

「ほら。マントを身につけても、だいぶ動きやすいだろう？」

「はい。あの、ありがとうございます」

「いいんだよ。女が冒険者になると、男と違って色々大変なのに、相談にも来ないから心配していたんだ。聞けずに困ってることはある？」

「あ、基本的にはディアナさんから教えてもらいました」

「そうかい。それで来なかったんならよかったよ。聞けずに、沈んでるのなら心配だったんだ。それに、魔物避《よ》けの基本も教えてもらってないみたいだしね」

沈んでいたのは、ちょっと別件ですとは言えない。でも、冒険者ギルドで気にかけてくれる人がこんなにいたとは思わなかった。

それに、魔物避けの基本？　と思ったら、音を鳴らすのは、弱い敵なら逃げるし、強い敵は寄ってきてしまうので、よろしくないとのこと。騎士のような音がガチャガチャと鳴るような装備は好まれないらしい。フルプレートの防具でも、音を出さない工夫をするのは基本らしい。そして、音を出している私は素人という認識だった……。そういうのは、言ってほしい。

でも、先輩たちに聞きに行かなかったのは私だけど。……そこは反省しないといけない。わからないことをそのままにしてしまえば、危険度が増す、それが冒険者の世界だと言われた。

他にも少し話を聞いていると、「困ったことがあれば、ここにおいで」と自分たちが使っている女専用の宿屋も教えてもらった。行けば誰かいるだろうと、女性冒険者同士での情報交換の場でもあるとのこと。なるほど……。今度、顔を出してみるのもいいかもしれない。

「レオさんなんか、わかってても放置してるだろ。自分で気づくのも大事ってな。フィ……俺らが世話になった冒険者も、何事も工夫次第だと言ってたしな」

「最初にレオニスさんが講習してんのに、音鳴らしてたからな。初心者だから、気を配ってやれってことだろうけど。おチビもわからないことは先輩に聞いていいんだぞ？」

うん？　確かに、レオニスさんなら、こういう便利なベルトのこと絶対知ってたはず。そのうち他の冒険者から教えてもらうだろうってことで、教えてくれなかったのか。

各自で色々と情報は持っているし、自分たちの利益のために隠すこともあるが、まだまだ初心者の同業者には、死なないように最低限の知識を教える。自分たちもそうされてきたのだという。

「クレインさん。冒険者って、ならず者が多くて怖く見えるかもしれないですけど、結構、仲間意識が強くて、みなさん後輩を大事にしてくれます。たまに暴走もしますけど。同じ冒険者が困っていたら相談に乗ってくれますよ。怖かったら、橋渡しとか、お手伝いもできますから頼ってください」

マリィさんにお礼を言うと、「お酒好きな人が多いので、ご馳走《ちそう》したりするとさらにいいですね」と言いながら、ウィンクしてくれた。最初からずっと迷惑をかけていると自覚していただけに、頼ってもいいと言ってくれるとは思わなかったから、ホッとした。冒険者たちも自分で図書室とかで魔物の生体を調べるのもいいが、先輩冒険者にお酒をおごって、生の情報を聞き出すのも大事だと、わからないなら来いと言ってくれる。

ビジネスライクだと、相談もしにくいと思っていたけど……。冒険者は死が近い職業のため、一人でやれると過信するほうが危険とのこと。どんな些細《ささい》な相談や報告でもかまわないと、マリィさんからもお願いされた。

「おチビ。レオさんの期待はでかいから、無理だと思ったら俺らに言えよな。あの人には世話になったけど、たまにやりすぎっからさ」

「気分転換にソロじゃなくて、他のパーティーについていくこともできんだぞ」

「もっと自信持っていいぞ。お前の報告が的確なおかげで、セージの葉が全滅ではなく、三割残ったんだと誇っていいからな！」

それぞれが、大丈夫だと、まだ始めたばかりでも成果を出せてるんだと励まして、応援してくれた。落ち込んでいたという話だけで、励ますために集まってくれたらしい。

「皆さん、ありがとうございます。ちゃんと、一人前の冒険者になれるよう頑張ります！」

少なくとも……冒険者ギルドのすべて、全部が全部、敵というわけではなかった。

レオニスさんだけでなく、マリィさんだって……。様子を見ていた冒険者の人たちだって、私のことを見守って、心配してくれていた。私が、自分から声をかけられないのならと、こんな機会まで設けて、応援してくれている。わからないことは聞けと言ってくれている。

冒険者のみんなに励まされて、嬉《うれ》しかった。これからも頑張ろうと意気込んで部屋を出たら、さらに奥の部屋から兄さんとレオニスさんが出てきたところだった。

「うん？　君もまだいたのか？」

「あ、兄さん。うん、ゴブリンの件で報告があったから」

「ああ！　そういえば、忘れてたな」

「ゴブリン？　なんかあったのか？」

兄さんの後ろから、不思議そうにレオニスさんが首を傾《かし》げている。どうやら、兄さんとレオニスさんで話し合いがあったらしい。

「レオニスさんに聞いた林に行ったら、ゴブリンが集団になって、こちらを襲ってきまして……百匹以上倒して、ボスみたいな個体を倒したら引いていったので……。昨日、結構苦労して倒したので報告に来たんです」

その言葉を聞いた途端、私の後ろにいたマリィさんが、きりっとした表情でこちらを見たので、びくっと肩を揺らして後ろに下がる。しかし、マリィさんはそれを許さずに手をがしっとつかまれてしまった。

「クレインさん！　そういうの、すぐに報告お願いします！」

「はい、すみません！」

慌ただしく詳細を報告して一緒に討伐部位を提出、ついでに率いていた個体を見せると……ざわっと騒がしくなった。このボスゴブリンは、コマンダーゴブリンというらしい。ナイトゴブリンの手前で、これ以上成長させてナイトになってしまうと、とても厄介らしい。

さっきの冒険者の一部が有志で、他にも厄介な個体がいないか確認に行ってくれることになった。ついでにゴブリンは群れになっていると厄介ということで、数減らしをさらにしておいてくれるらしい。

「兄貴も美人だな～　次なんかあれば声かけろよ」

「おう。そんときは頼む。ありがとうな」

兄さんは、冒険者たちに軽く挨拶していた。私の隣に立って一緒にギルドを出た。覗《のぞ》き込むように視線を送れば、にっと笑って頭を軽く撫《な》でられた。

私には寄り添ってくれる兄さんとナーガ君がいる。厳しくも優しく導いてくれる師匠やレオニスさんがいる。気にかけてくれるマリィさんや後輩を心配してくれる先輩冒険者たちも。決して一人ではなかった。

薬師としても、冒険者としてもまだまだ未熟で、この世界はとても厳しいところだけど……それでも、この世界で私は生きていこう。

MFブックス

異世界《いせかい》に行《い》ったので手《て》に職《しょく》を持《も》って生《い》き延《の》びます 1

2025年2月25日　初版発行

著者　白露鶺鴒
発行者　山下直久
発行　株式会社KADOKAWA
〒102-8177　東京都千代田区富士見2-13-3
0570-002-301（ナビダイヤル）
印刷　株式会社広済堂ネクスト
製本　株式会社広済堂ネクスト

ISBN 978-4-04-684235-0 C0093　Printed in JAPAN

企画　株式会社フロンティアワークス
担当編集　前野遼太（株式会社フロンティアワークス）
ブックデザイン　モンマ蚕（ムシカゴグラフィクス）
デザインフォーマット　AFTERGLOW
イラスト　LINO

本シリーズは「小説家になろう」（https://syosetu.com/）初出の作品を加筆の上書籍化したものです。

ファンレター、作品のご感想をお待ちしています

宛先
〒102-8177　東京都千代田区富士見 2-13-3
株式会社 KADOKAWA　MFブックス編集部気付
「白露鶺鴒先生」係「LINO先生」係

二次元コードまたはURLをご利用の上
右記のパスワードを入力してアンケートにご協力ください。

https://kdq.jp/mfb

パスワード
7z3v5

● PC・スマートフォンにも対応しております（一部対応していない機種もございます）。
●アンケートにご協力頂きますと、作者書き下ろしの「こぼれ話」が WEB で読めます。
●サイトにアクセスする際や、登録・メール送信時にかかる通信費はご負担ください。
● 2025 年 2 月時点の情報です。やむを得ない事情により公開を中断・終了する場合があります。

元オッサン、
チープな魔法で
しぶとく生き残る
～大人の知恵で異世界を謳歌する～
頼北佳史
Raiho Yoshifumi
イラスト：へいろー
俺の能力、
しょっぱすぎ？
――元オッサン、魔法戦士として異世界へ！
Story
死に際しとある呪文を唱えたことで、
魔法戦士として異世界転移した元オッサン、ライホー。
だが手にした魔法はチートならぬチープなものだった！
それでも得意の話術や知恵を駆使して冒険者としての一歩を踏み出す。
MFブックス
MFブックス新シリーズ発売中!!

「こぼれ話」の内容は、
あとがきだったり
ショートストーリーだったり、
タイトルによってさまざまです。
読んでみてのお楽しみ！

アンケートに答えて著者書き下ろし「こぼれ話」を読もう！

よりよい本作りのため、
読者の皆様のご意見を参考にさせて頂きたく、
アンケートを実施しております。

奥付掲載の二次元コード（またはURL）にお手持ちの端末でアクセス。

↓

奥付掲載のパスワードを入力すると、アンケートページが開きます。

↓

アンケートにご協力頂きますと、著者書き下ろしの「こぼれ話」がWEBで読めます。

- PC・スマートフォンに対応しております（一部対応していない機種もございます）。
- サイトにアクセスする際や、登録・メール送信時にかかる通信費はご負担ください。
- やむを得ない事情により公開を中断・終了する場合があります。